麦家作品

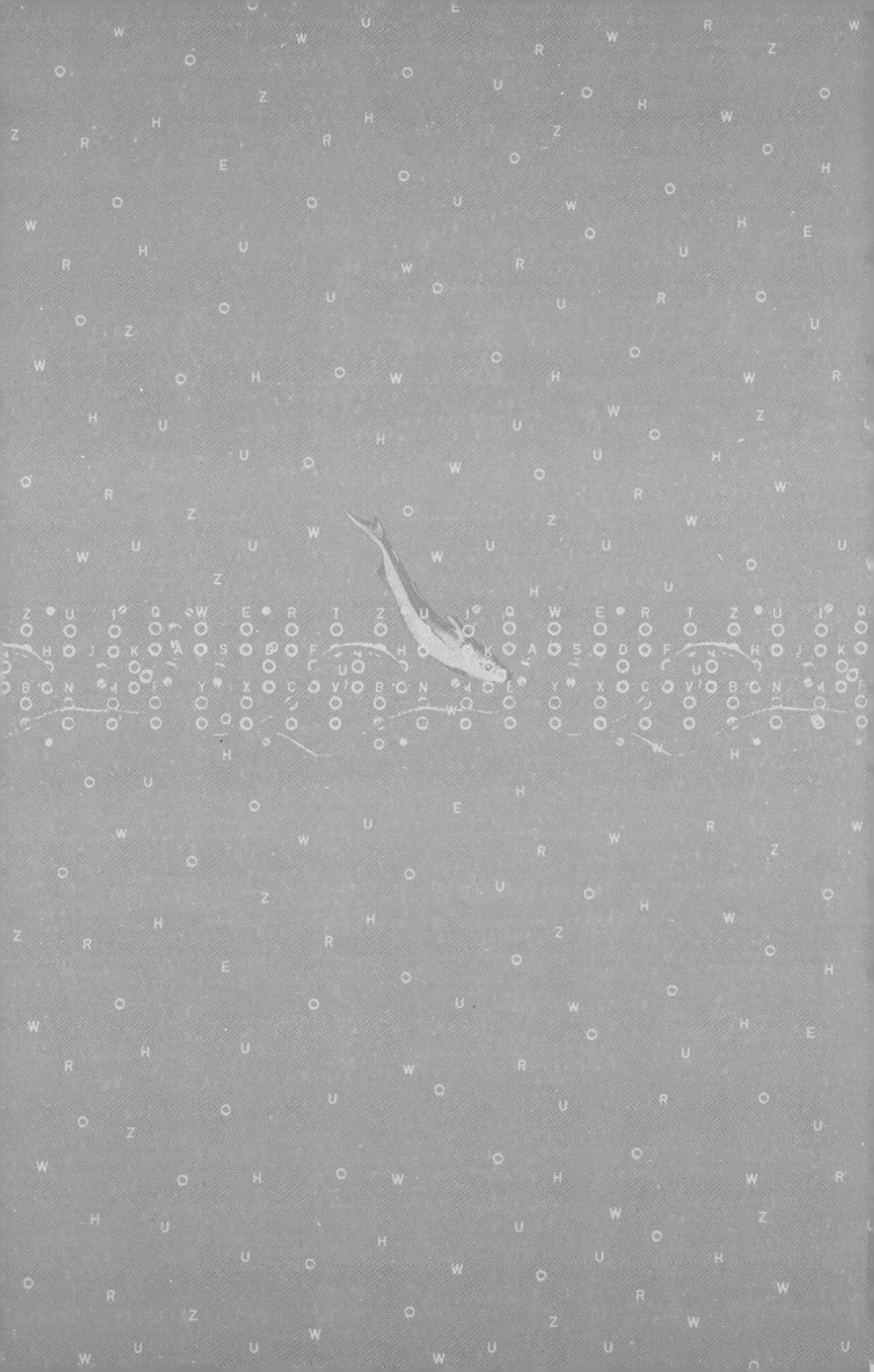

暗算

麦家

北京出版集团公司
北京十月文艺出版社

新经典文化股份有限公司
www.readinglife.com
出 品

目 录

序　曲　1

第一部　听风者　15

第二部　看风者　69

第三部　捕风者　319

代　跋　《暗算》版本说明　353

序 曲

01

　　一个已经几十年不见的人，有一天，突然在大街上与你劈面相逢；或者一个素不相识的人，有一天，突然成了你的故交挚友，然后你的人生像水遇到了水，或者像水遇到了火，开始出现莫名的变化。我相信，这样的事情说起来大家都有。我也有。坦率说，本书就源自我的一次奇特的邂逅。

02

　　说起我的这次邂逅很有意思。
　　那是十二年前的事。十二年前，我是个三十岁还不到的嫩小子，在单位里干着很平常的工作，出门还没有坐飞机的待遇。不过，有一次，我们领导去北京给更大的领导汇报工作，本来，汇报内容是白纸黑字写好的，小领导一路上反复看，用心记，基本上已默记在心，不需我亦步亦趋。可临时，大领导更改了想听汇报的内容，小领导一下慌张起来，于是紧急要求我"飞"去，现场组织资料。我就这样第一次荣幸地登上飞机。正如诗人说的：凭借着天空的力量，我没用两个小时就到达北京。小领导毕竟是小领导，还亲自到机场来接我，当然不仅是出于礼仪，主要是想让我"尽快进入情况"。我刚出机场，跟小领导见上面，二位公安同志却蛮横地拦在我们中间，不问青红皂白，要求我跟他们"走一趟"。我问什么事，他们说去就知道了，说着就推我走，把小领导急得比我还急！路上，小领导一个劲地问我到底怎么回事，我又何尝知道呢？这几乎可以肯定是一次神秘的"带走"，要不就是错误的。我反复跟"二位"申明我的名字，是麦子的麦，家庭的家，不是加法的加。其实，我父母给我取名麦家，首先是孤陋寡闻，不知世上有麦加圣城之说，其次是出于谦卑，也许是要求我谦卑吧。因为，麦家的意思，说白了就是田地的意思，耕作的意思，农民的意思，很朴素的。

"二位"对我名字毫无兴致，他们说，管你是加法还是家庭，我们带的就是你，错不了的。听来有点不讲理，其实全是理，因为是有人有鼻子有眼地指着我喊他们来带我的，哪会有错？那喊他们来带我的，也是两个人，在飞机上，我们坐在同一排，听他们私下交谈，乡音不绝于耳，给我感觉是回到了自己远方老家。我也正是听着"两位"熟悉的乡音后，才主动与他们攀谈起来。殊不知，这一谈，是引火烧身，引来二位公安，把我当个坏人似的押走。

公安是机场的公安，他们是否有权扣押我，另当别论。这个问题很深奥，而且似乎也并不重要，重要的是我将如何脱身。公安把我和小领导一起引入他们办公室，办公室分里外两间，外间不大，我们一行四人进去后，显得更小。都坐定后，二位公安开始审问我，姓名、单位、家庭、政治面貌、社会关系，等等，好似我的身份一下子变得可疑可究的。好在本人领导在场,再三"坚定又权威"地证明我不是社会闲杂人员,而是"遵纪守法"的国家干部。所以,相关的审问过去得还算利索。

接着,二位话锋一转,把问题都集中到"我在飞机上的所见所闻"之上,我一下子有点不知从何说起。因为,这是我第一次光荣坐飞机,"见闻"格外丰富、琐碎、芜杂,乱七八糟的,谁知道说什么呢?在我请求之下,二位开始有所指向地问我,其实,说来说去只是一个问题,就是:我在飞机上从两位"小老乡"的私谈中听到了些什么。这时候,我才有所觉悟,我邂逅的两位乡党可能不是寻常人物,而我的这次不寻常的经历跟我听到——关键是听懂——他们之私谈直接相干。他们认为满口家乡"鸟语"会令人充耳不闻,就如入无人之境,斗胆谈私说秘,不想"隔壁有耳",听之闻之,一清二楚。

于是,心存不安。

于是,亡羊补牢。

但是,说实话,我真的没从他们嘴里听到什么骇人听闻的东西,他们并非一开始就说家乡话,我也不是那种"见人熟",加上又是第一次坐飞机,好奇之余,又发现没什么好奇的,等飞机一拔上天,马上觉得无所事事,光傻瓜地坐着,自然戴起耳机看起电视来。我是在摘下耳机时才听到他们在说家乡话,一听到,就跟见了爹妈似的,马上跟他们套亲近,哪知道他们在聊什么。我这样说似有狡辩之嫌,但是天知地知我知,我绝非虚假。

事实上,想想看,如果我有什么不良企图,怎么可能主动跟他们认老乡？再说，既然我要认，又怎么可能听他们说了很久之后再认？再再说，既然我一听到就认，又怎么可能听到什么前因后果？虽说口说无凭，但平心而论，我的说法——没听到他们说什么——不是不值得尊重的。我的谆谆诱导没有枉费心机，又承蒙我领导极力美言，二位公安终于同意放我。不过，必须我保证一点：不管我听到什么，事关国家机密，何时何地都不得外传，否则一切后果自负。我自然是连连承诺，这才"一走了之"。

03

其实，又怎么能一走了之？

在以后的日子里，此事如团异物，常盘桓在我心头，令我神秘莫测又毛骨悚然。我不能想象，那两位乡党究竟是何等人物，有这般神秘的权威和秘密，连一句话都听不得？我要说也算是见过世面的人，但这样的"世面"没见过不说，而且打心里说，也害怕见。离开公安后，我做的第一件事是从口袋里摸出两位乡党留给我的名片，撕掉，丢入垃圾桶里。机场垃圾桶。不用说，这名片肯定是假的，所以也可以说，它们本来就是垃圾。我那么希望丢掉它们，意义不完全是为了丢垃圾，而是我希望通过丢掉这玩意儿，把两位乡党可能给我带来的麻烦统统变成垃圾，见鬼去。这对我很重要，因为我是个平民百姓，最怕出是非。

但我有种预感，他们还会找我。

果不其然，从北京回来不久，我就接到两位乡党的电话（我给他们的地址和电话是真的），两人轮流在电话上向我解释、问候、致歉、安慰，还客气地邀请我去他们那边玩。说来，他们单位其实就在我们地区下属的一个县城郊外，也许是在山里。我以前便听说过，那县上有个大单位，住在山沟里，很神秘的，他们进山之后，县里就没有一个人再进过山，包括原来在山里生活的山民，都举家迁了居。正因如此，所以没有人能说得清，这到底是个什么单位。说法倒是很多，有说是搞核武器的，有说是中央首长的行宫，有说是国家安全机构等等，莫衷一是。这样神秘的单位，有人请你去看看，一般人都容易冲动，我虽然心有余悸，依然不乏冲动。却迟迟没有践行，大概还是因为"心有余悸"吧。

然后是国庆节间的一天，有人开车找到我家，说是有人要请我吃饭。我问是什么人，来人说是他们首长。我说你们首长是谁，他说你去就知道了。这话跟机场公安说的一样，我马上敏感到可能是我的那两位神秘乡党。去了，果然如此，同时还有另外几个满口乡音的人，有男有女，有老有少，总共七八个。原来，这是老乡间的一次聚会，年年如此，已经开展五六年，不同的是今年新增了我。

至此，可以说，我与本书已建立起一种源头关系，以后的事情都是水到渠成。

04

本书讲述的是特别单位701的故事。

"7"是个奇怪的数字,它的气质也许是黑的。黑色肯定不是个美丽的颜色,但肯定也不是世俗之色。它是一种沉重,一种隐秘,一种冲击,一种气愤,一种独立,一种神秘,一点玄想。据我所知,世界上很多国家的一些担负某些特殊使命的组织似乎都跟"7"有关,如英国的皇家七处,前东德的七局,法国总统的第七顾问,前苏联的克格勃系统的第七研究所,日本的731部队,美国的第七舰队等。说到中国,就是特别单位701,这是我国仿效前苏联克格勃第七研究所而组建的一个情报机构,其性质和任务都是"特别的",下面有三个"特别的"的业务局:

侦听局

破译局

行动局

侦听局主要是负责技术侦听,破译局主要是搞密码破译,行动局当然就是行动,就是走出去搞谍报。侦听,就是听天外之音,无声之音,秘密之音;破译,就是解密,就是要释读天书,看懂无字之书;谍报,就是乔装打扮,深入虎穴,迎风而战。在系统内部,一般把搞侦听的人都称为"听风者",搞密码破译的人叫作"看风者",搞谍报的叫作"捕风者"。说到底,搞情报的人都是一群与风打交道的人,只是不同的部门,打交道的方式不同而已。

我的两位神秘乡党,其中一位是当时701的一号首长,姓钱,人们当面都喊他叫钱院长,背后则称钱老板;另一位是行动局的一名资深谍报人员,姓吕,早年曾在南京从事地下工作,人称"老地瓜",就是老地下的意思。两位都是"解放牌"的革命人物,年届花甲,在701算得上是硕果仅存者。在以后的时间里,我与两位乡党关系渐深,使我有机会慢慢地演变成701的特殊客人,可以上山去"走一走"。

山叫五指山,顾名思义,可以想见山的大致构造:像五个手指一样伸在大地上。自然有四条山沟。第一条山沟离县城最近,大约只有二三公里山路,出得山来,就是该县城关镇:一个依山傍山的小山城。这条山沟也最宽敞,701的家属院便建在此,院子里有医院、学校、商店、餐馆、招待所、运动场地等,几乎是一个小社会,里面的人员也是相对比较繁杂,进入也不难。我后来因为要写这本书,经常来采访,来了往往要在招待所住上几天,几回下来这里有很多人都认识我,因为我老戴墨镜(我自二十三岁起,右眼被一种叫强光敏感症的病纠缠,在正常的白炽灯光下都要戴墨镜保护),人都喊我叫墨镜记者。

后面三条山沟是越来越狭小,进出的难度也是越来越大。我曾有幸三次去过第二条山沟,第三条山沟去过两次,而第四条,也就是最里面的山沟,一次都没去过。据说,那里是破译局的地盘,也是整个山上最秘密的地方。行动局是在第二条山沟里的右边，左边是培训中心，是个副局级单位；两个单位如一对翅膀一样依山而扎，呈扇形张开，但左边的扇形明显要比右边大。据说，行动局平时没几个人，他们的人大多"出门在外"。

第三条山沟里也有两个单位，一是侦听局，二是701机关，两个单位的分布不同于行动局与培训中心——面对面，相对而立，而是分一前一后，前为701机关，后为侦听局，中间地带属双方共享，都为公用设施，如球场、食堂、卫生所等。

因为无乡民进得了山，山上的一切无人糟蹋，年复一年，现在山上树木郁郁葱葱，鸟兽成群结队，驱车前往，路上经常可以看到飞禽走兽出没。路都是盘山公路，发黑的沥青路面，看上去挺不错，只是过于狭窄，弯道又多，很考司机手艺。据说，山体里有直通的隧道，可以在几个单位之间快速来回。我第二次去侦听局时，曾提议钱院长是不是可以让我走一回隧道，老头子看我一眼，未予理睬，好像我这个要求过分了。

也许吧。

不过，说真的，在我与包括院长在内的701人的接触过程中，我明显感觉到，他们对我的心态是比较复杂的，表面上是害怕我接近他们，骨子里又似乎希望我接近。很难想象，如果只有害怕，我这本书将如何完成。肯定完成不了。

好在还有"希望"。

当然，更好在每年还有"解密日"这个特殊的日子。

05

  我要说,作为一个特别单位,701的特别性几乎体现在方方面面,有些特别你简直想不到,比如它一年中有个特殊的日子,系统内部都管它叫"解密日"。

  我们知道701人的工作是以国家安全为终极目标,但职业本身具有的严密保密性却使他们自己失去了甚至是最基本的人身自由,以致收发一封信的自由都没有,都要经过组织审查,审查合格方可投递或交付本人阅读。这就是说,若你给他们去信,主人能否看到,要取决于你在信中究竟写了些什么,如果你的言谈稍有某种嫌疑,主人便可能无缘一睹。退一步说,即便有缘一睹,也仅是一睹,因为信看过后将由组织统一存档保管,个人无权留存。再说,如果退回二十年,你有幸收到他们发出的信(应该说这种可能性比较小,除非你是他们直系亲人),也许会奇怪他们为什么会用复写纸写信。其实,这没什么好奇怪的,因为他们投出的信件组织上必须留下副本;在尚无复印设备的年代里,要让一份东西生出副本,最好的办法无疑是依靠复写纸。更不可思议的是,在他们离开单位时,所有文字,包括他们平时记的日记,都必须上交,由单位档案部门统一代管,直到有一天这些文字具备的密度消失殆尽,方可归还本人。

  这一天,就是他们的"解密日"。

这是一个让昔日的机密大白天下的日子。

这个日子不是从来就有,而是起始于一九九四年,即我邂逅两位乡党后的第三年。这一年是钱院长离任之年,也是我初步打算写作此书的年头。由此不难想见,我写作此书不是因为结识两位乡党,而是因为有幸迎来了701历史上未有的"解密日"。因为有解密日,我才有权进山,去山沟里走走,看看。因为有解密日,701人,严格说是获得解密的人,才有资格接受我的采访。

不用说,若没有解密日,便不可能有此书。

06

我的身份无关紧要,我说过,这里人都喊我叫墨镜记者。我的名字叫麦家,这我也是说过的。我还说过,生活中,邂逅一个人,或者邂逅一件事,这是常有的事。我认为,有的邂逅只是正常生活的一部分,一种形态,一种经历,一点趣味而已,并不会给你的生活创造或带来什么特殊的不同,但有的邂逅却可能从根本上把你改变了。现在,我忧郁地觉得,我与两位乡党的邂逅属于后一种,即把我从根本上改变了。现在的我,以写作为乐,为荣,为苦,为父母,为孩子,为一切。我不觉得这是好的,但我没办法。因为,这是我的命运,我无法选择。

至于本书,我预感它可能是一本不错的书,秘密,神奇,性感,陌生；既有古典的情怀，又有现代的风雅，还有一点命运的辛酸和无奈。遗憾的是，最支持我写此书的人钱院长已经去世，无缘一睹此书的出版。他的死，让我感到生命是那么不真实，就像爱情一样，昨天还好好的，今天就完蛋了。鸡飞蛋打，什么都没有了，生变成了死，爱变成了恨，有变成了无。如果说，此书的出版能够给他的亡灵带去一点安慰，那即是我此刻最大的愿望。

此书谨献给钱院长并全体701人！

第一部 听风者

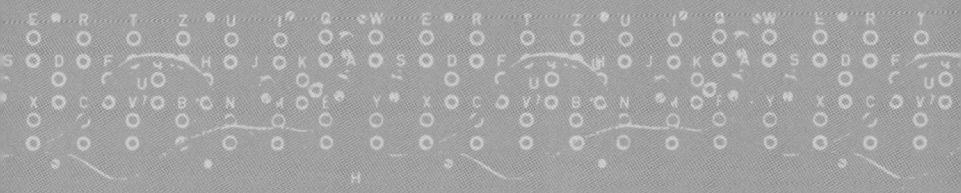

怀揣着首长恩赐的特别通行证，我的秘密之行受到了从未有过的善待和礼遇，几乎在任何环节上我都可以做到心想事成，并被人刮目相看。只有一样东西无视了我，那就是不通人性的运气。是的，我有神秘的通行证，但没有神秘的运气。

第一章　瞎子阿炳

瞎子阿炳的故事是我的两位乡党之一钱院长，讲给我听的。这也是我听到的关于701故事的第一个。讲这个故事时，院长还是院长。就是说，他是在离任前给我讲的这个故事，当然还是"密中之人"。再说，那时候也还没有"解密日"之说；即使现在，他依然没有列入解密的名单中。根据以往惯例，701头号人物的解密时间一般是在离职后的十年左右，如果以此计，那么也要到明年才是他的解密时间。所以，有关他的故事，我所知甚少，有所知也不敢妄言。这不是胆大胆小的问题，而是常识问题。人在常识面前犯错误，不叫胆大，而是愚蠢。

那么，他何以敢在解密日颁布前私自将阿炳故事诉之我？我思忖，大概他在当时已经知道即将有解密日之事，而且阿炳的事情必在头批解密的名单中。事实也是。这就是所谓艺高胆大，他是位高胆大——站得高，看得远。他凌驾701众生之上，比他人先知早觉一些内情秘事，实属正常。但以我之见，这不会是他急匆匆给我讲阿炳故事的决定理由，决定的理由也许是没有的，倒是有两个可以想见的理由：一个，他是阿炳故事最直接的知情人，自然是最权威的讲述者；二个，我怀疑他对自己的命数充满不祥之疑虑，担心某一天会说走就走，所以便有"早说为妙"之心计。他后来果然是"说走就走"，夜里还好好的，还在跟人打电话，说往事，一觉睡下去，却永远瞑目不醒。现在，我重述着他留下的故事，有种通灵的感觉。

下面是老人的口述实录——

01

我去世已久的父母不知道，我以前和现在的妻子，还有我三个女儿包括女婿，他们也都不知道，我是特别单位701的人。这是我的秘密。但首先是国家的秘密。任何国家都有自己的秘密，秘密的机构，秘密的武器，秘密的人物，秘密的……我是说，有说不完的秘密。很难想象，一个国家要没有秘密，它会以什么样的方式存在。也许就不会存在了，就像那些冰山，如果没有了隐匿在水面下的那部分，它们还能独立存在吗？有时候我想，一个秘密对自己亲人隐瞒长达几十年甚至一辈子，是不公平的。但如果不这样我的国家就有可能不存在，起码有不存在的危险，不公平似乎也只有让它不公平了。

秘密不等于见不得人。在我秘密的一生中，我从没有干过见不得人的事，我的单位你知道，它不是什么恐怖组织，而是一个重要的情报机构，主要担负无线电窃听和破译任务。要说这类机构任何国家和军队都有，所以它的秘密存在可以说是公开的秘密，真正秘密的是其所处的地理位置、人员编制、工作手段及困难和成果等等，这些东西打死我也不会说——它们比我生命更重要。

在我们701，大家把像阿炳这样的人，搞侦听的人，叫"听风者"，他们是靠耳朵吃饭的，耳朵是他们的武器，也是他们的饭碗，也是他们的故事。不用说，作为一个从事窃听工作的专业机构，701聚集了众多在听觉方面有特别才能的人，他们可以听到常人听不到的天外之音，并且能够识别声音中常人无法识别的细微差别。所以，他们的耳朵常常被人誉为"顺风耳"。顺风耳是跟着风走的，风到哪里，他们的听觉就跟到哪里，无音不闻，无所不知。然而，那一年，那一阵子，我们一双双顺风耳都被对方捂住了，一个个听风者都成了有耳无闻的聋子。

事情是这样的，这年春季，由我们负责窃听的×国军方师旅级以上单位的无线电突然静默了五十二个小时。这么大范围，这么长时间，这么多电台，无一例外地处于静默，这在世界无线电通讯史上是创下纪录的。如果说这是出于战略需要，那么这种军事谋略也是破天荒的，与其说是军事谋略，倒不如说是疯狂行为。想想看，这五十二个小时不定会发生多少的天下大事？什么天下大事都可能发生！所以说，对方的这一招绝对疯狂透顶。

然而,他们这次耍疯狂的结果是当了个大赢家,五十二个小时静静地过去了,什么事也没发生。这是第一赢,可以说赢的是运气。还有第二赢,赢的却都是我们的血本。就在这五十二个小时期间,他们把师旅级以上单位的通讯设备、上下联络的频率、时间、呼号等等,统统变了个翻天。这说明什么?说明我们偷偷摸摸十多年来苦苦积攒起来的全部侦听资料、经验和手段、技术等等,一夜间全给洗白了,等于了零。他们就这样把我们甩得远远的,一时间,我们所有人员、技术、设备等都形同虚设,用我们行话说那叫:701瞎眼了。

想想看,在那个随时都可能爆发战争的年代里,这有多么可怕!

02

事情层层上报,最后上面传达下来一句话:我们不喜欢打仗,但更不喜欢被动挨打。

这意思很明确,就是必须改变这种局面。

然而,要指望701在短时间内改变局面显然不可能,迫不得已,总部只好紧急起用地面特工,即行动局的人。但这样获取情报的风险太大,而且截取的情报相当有限,只能是权宜之计。要彻底改变局面,除了让侦听员把失踪的敌台找回来,没有第二个办法。为尽快找到失踪的敌台，701临时成立了一个办公室，专门负责四方奔走，招贤纳才。办公室由701头号人物铁院长亲自挂帅，侦听局吴局长直接领导，下面有七个成员。我就是成员之一，当时在侦听局二处当处长。

在总部的协助下，我们很快从兄弟单位抽调了二十八名专家能人，组成了一支"特别行动小组"，每天在茫茫的无线电海洋里，苦苦搜索，寻觅失踪的敌台。我们的努力是双倍的，但收获并不喜人，甚至令人十分担忧。特别行动小组，加上我们原有的侦听员，浩浩×××人，每天二十四小时忙碌，一个星期下来，却仅仅在四十五个频率上听到了敌台的声音，而且都转瞬即逝的。

要知道，军用电台不像民用广播，后者使用的频率一般不变的，而前者使用的频率少说是一天三变：上午一套频率，下午一套，夜间一套；三天为一个周期。这就是说，一个最低密度的军用电台，至少有九套频率（3套×3天）。一般的电台通常有十五或二十一套频率，个别特殊电台，它变频的周期有可能长达一个月，甚至一年，甚至没有周期，永远都不会重复使用频率。

据我们了解，对方师旅级以上单位至少有一百部电台在工作。换句话说，我们至少要侦听到他们一百部电台的声音，才能比较全面地掌握敌情，好让高层做出正确的战略部署。如果一部电台以平均十八套频率计算，那么100×18=1800套频率。而现在一个星期过去了，我们仅仅找到了四十五套频率，只有最起码要求的2.5%。以此类推，我们少说需要二十五个星期，即将近半年时间，才能重新建立正常的侦听秩序。而总部给我们的极限时间只有三个月。

很显然，我们面临的现实十分严峻！

03

说来奇怪，虽然同在一个院子，他是大领导，我是小领导，要说应该是有接触交往的。但就是没有，怪得很。我是说，以前我还没有正面地接触过我们院长，铁院长，只是不经意地碰到过几次，点头之交，认识而已，给我的印象是个子很高，块头很大，长相很英俊，但对人很冷漠，老是板着脸，不苟言笑，像个已淡出绿林的武士。单位里的人都害怕他，怕他沉默中的爆发，有人甚至因此给他取了个绰号，叫"地雷"，意思是碰不得的。这一天，我正在打电话，他突然气冲冲地来到我们办公室，进门二话不说横到我面前，抢过了我手上的话筒，狠狠骂道：

"我从半小时前就开始给你们打电话，一直占线，说，你在打什么电话，如果不是工作电话，我就撤掉你的职务。"

好在有吴局长作证，我打的是工作电话，而且就是联系侦听员的事，无可指责，否则我这个处长就只有去天上飘了。由此可见，"地雷头头"真正是名不虚传啊。

平静下来后，首长（铁院长）对我们招贤纳才的工作提出质疑，认为我们老是在"圈子内"挑来选去，收罗到的或正在收罗的只是优秀的侦听员而已，而 701 现在更需要在听觉方面有过人之处的怪才，偏才，甚至天才。他建议我们打开思路，走出圈子，到社会上或者民间去寻找我们需要的奇人怪才。

问题是去哪里找这样的人？

从某种意义说，要找到这样的人要比找到失踪的电台还要困难。

首长对我们提这种无理要求，让人感到他似乎已经有些失去理智。其实不然。事实上他已打探到这样一个人，此人姓罗，曾经是国民党中央乐团的专职调音师，据说还给宋美龄调过钢琴，后者十分赏识他，曾亲笔赠他三个字：罗三耳。解放前，在南京，罗三耳的名字总是和蒋夫人连在一起，甚至还有些绯闻传出。解放后，他改名叫罗山，移居上海，当时是上海音乐学院的老师。走前，首长把这个人的联络方式，并同一本由总部首长（一位著名的领导人）亲笔签发的特别通行证丢给我们局长，要求我们即刻派人去把"他"请回 701。

我曾经在上海工作过几年，对那里情况比较熟。可能是这个原因吧，我们局长把这个任务交给了我。

04

怀揣着首长恩赐的特别通行证，我的秘密之行受到了从未有过的善待和礼遇，几乎在任何环节上我都可以做到心想事成，并被人刮目相看。只有一样东西无视了我，那就是不通人性的运气。是的，我有神秘的通行证，但没有神秘的运气。就在我来上海前不到半个月，我要带的人，罗山，或者罗三耳，这个混蛋因为乱搞男女关系事发，被当时上海市文艺界一位响当当的大人物送进了班房——罗把他闺女的肚子搞大了！

我想过，如果仅仅如此倒也罢，或许特别通行证还能帮我峰回路转。可问题是这混蛋的屁股上还夹着根又长又大的"罗三耳"的尾巴，这时候自然要被重新揪出来。新账老债一起结，他似乎料定自己难能有翻身之日，于是骗了个机会，从班房的一幢三层楼上咚地跳了下来。

算他命大，没摔死。但跟死也差不多了。我去医院看他，见到的是一个除了嘴巴还能说话，其他可能都已经报销的废人，腿脚摔断了不说，从大小便失禁的情形看，估计脊椎神经也断了。

我在他床前留了有半个小时，跟他说了两层意思：第一层意思，我告诉他，本来我可以改变他命运的，但现在不行了，因为他伤得太重，无法为我们效力——起码是在我们有限的极限时间内；第二层意思，我询问他，在他认识或知道的人中间，有没有像他一样耳朵特别好使的人。

他一直默默听着我说，一动不动，一声不吭，像个死人。直到我跟他道过别，准备离去时，他突然喊了一声"首长"，然后这样对我说：

"过黄浦江,到炼油厂,那里有条黄浦江的支流,顺着支流一直往下走五里路,有一个叫陆家堰的村庄,那里有你要找的人。"

我问这个人叫什么名字,是男是女。

他说是个男的,名字他也不知道,接着又向我解释说:"这无所谓,等你去了,问村子里的任何一个人都行,他们都认识他。"

05

沿河而扎的陆家堰村庄,似乎比上海城还要古老又殷实,房子都是砖砌石垒的二层楼,地上铺着清一色发亮的青石板和鹅卵石。下午两点多钟,我顺着陆家堰码头伸出去的石板路往里走,不久,便看见一个像舞台一样搭起的井台,一对妇女正在井台上打水洗衣。当我并不十分明了地向她们说起我想找一个什么样的人时,两人却似乎很明白我要找谁。其中年纪稍长一点的妇女这样告诉我:

"你要找的人叫阿炳,他的耳朵是风长的,尖得很,说不定我们这会儿说的话他都听见了。他现在肯定在祠堂里,你去那儿找他就是。"

她说着伸手给我指了一下。我以为她指的是附近那幢灰房子,结果她说不是。她又伸手指了一下,对我说:

"喏,是那一幢,有两个大圆柱,门口停了一辆三轮车的。"

她说的是胡同尽头的那幢八角楼,从这儿过去少说有百米之远。

这么远,他能听得到我们说话,那怎么可能是人?老美最新型的CR-60步听器还差不多。

我忽然觉得很神秘。

祠堂是陆家堰村古老和富足的象征,飞檐走角,檐柱上还雕刻着逢双成对的龙凤和狮虎。古人为美刻下它们,如今它们为岁月刻下了沧桑。从随处可见的斑驳中,不难想象它已年久失修。但气度依然,绝无破落之感,只是闲人太多,显得有些杂乱。闲人主要是老人和一些带娃娃的妇女,还有个别残疾人。看得出,现在这里成了村里闲散人员聚集的公共场所。

我先在祠堂门前转了一会儿,然后才步入里面。有两桌人在打"车马炮"——一种在南方盛行的民间纸牌,还有一桌人在下象棋。虽然我穿着朴素,并且还能说一口基本能乱真的上海话,但我的出现还是受到四周人的另眼注目。我转悠着,窥视着,指望能从中猜认出阿炳。但感觉都似是而非。有一个手上吊着绷带的孩子,大概有十一二岁的样子吧,他发现我手上戴着手表,好奇地一直尾随着我,想看个究竟。我取下手表给他看,末了,我问他阿炳在不在这里。他说在,就在外面过厅里,说着领我出来,一边好奇地问我:

"你找阿炳干什么?"

"听说他耳朵很灵光是不是?"

"你连这个都不知道?看来你不是我们村里人?"看我点头后,他马上变得神秘地告诫我,"你别跟他说你不是我们村里人,看他能不能听出来。"笑了笑,又说,"不过我想他一定能的。"

出来到外厅后,孩子左顾右盼一下,便领我到一个瞎子前,大声喊起来:

"阿炳,来,考考你,他是谁家的人?"

这个瞎子刚才我一来这里就注意到了,坐在小板凳上,抱着一根粗陋的竹拐杖,露出一脸憨笑,看样子不但是瞎子,还像个傻子。我怎么也想不到,罗山举荐我的居然是这么个人,又傻又瞎!这会儿,他听孩子说要考他,似乎正是他等待已久的,立即收住憨笑,一脸认真地等着我"开口说话",把我弄得糊里糊涂,一时有些不知所措。

"说话啊,你,快说话。"孩子催促着我。

"说什么?"

"随便说什么都可以。"我稍一犹豫,孩子又惊惊乍乍地催促我,"快说!你快说话啊!"

我觉得这样不太好,好像我们合伙在欺负一个瞎子似的,所以我想都没想,就以一种很客气又支吾的口吻对他说:"你好……阿炳……听说你的耳朵……很灵光,我是来……"

我话还没说什么,只见阿炳双手突然朝空中奋力一挥,叫道:"不是。他不是我们村里人。"声音闷闷的,像从木箱里滚出来的。

说真的,我没有因此觉得他听力有多么了不起,毕竟我的上海话不地道,说的话和这里人虽是大同,却有小异。我甚至想,换成我,哪怕让我闭上眼睛,他阿炳,包括这里任何人,只要开口说话,我照样听得出他们不是上海城里人,而是乡下的。这是一回事。难道这就是他的本事？正在我疑惑之际，孩子已节外生枝，给我闹出事情来了。这孩子我越来越发现很调皮的，他存心想捉弄阿炳，硬是骗他猜错了。

"哈哈，阿炳，你错了，他就是我们村里人！"

"不可能……"

"怎么不可能？他是我在北京工作的叔叔。"

"不可能！"

这一回阿炳否定得很坚决，而且还很生气地——越来越生气，咬牙切齿地，最后几乎变得像疯癫子一样地发作起来："不可能！绝对不可能！你……你是骗子！你骗人！你骗我！你……你……你们万家的人都是骗子！都不是好东西！骗人的东西！骗子！骗子！……"

骂着骂着，脸变得铁青铁青，浑身跟抽风似的痉挛不已。

旁边的人见此都围上来，一个城里人模样的老者像哄小孩一样哄着安慰他，还有位妇女一边假装抡起巴掌威胁要刮孩子耳光，一边又暗暗示意他快跟阿炳道歉，孩子也假假地上前来跟他认错道歉。就这样，好不容易才让阿炳安静下来。

这一切在我看来简直怪得出奇。如果说刚才是我把他看作傻子，那么现在该说是他让我变作傻子了，前后就几分钟的时间，我看到的他，既像个孩子，又像个疯子，既可笑，又可怜，既蛮横，又脆弱。

我感到神秘又怪诞。

06

　　世界有时候很小，那个城里人模样的老者原来是罗山一个单位的，几年前才退休回村里养老。不用说，罗山是通过他知道阿炳的。

　　老人告诉我，阿炳是个怪物，生下来就是个傻子，三岁还不会走路，五岁还不会喊妈。五岁那年，阿炳发高烧，在床上昏迷了三天三夜，醒来居然会张口说话了，可眼睛却又给烧瞎了，怎么治也治不好。奇怪的是，虽然什么也看不见，但他知晓的东西似乎比村里任何一个明眼人还要多，庄稼地里蝗虫成灾了他知道，半夜三更村子里进了小偷他知道，谁家的媳妇养了野男人他知道，甚至谁家住宅的地基在隐秘地下沉他也知道。这一切都得益于他有一双又尖又灵的神奇的耳朵，村子里有什么事，别人还没看见，他已经用耳朵听见了。有人说他耳朵是风长的，只要有风，最小最小的声音都会随风钻进他的耳朵。也有人说，他身上的每一个汗毛孔都是耳朵，因为人们发现，即使把他的耳朵堵住，堵得死死的，他的听力照样胜人一筹。可以这样断言，阿炳的耳朵是了不起的，靠着这双耳朵，他虽然双目失明，但照样能够凭声音识别一切。

　　老人认为，凭阿炳出奇的听力，最合适去当个乐器调音师，所以一度想让罗山认阿炳做个徒弟，好让他谋碗饭吃。但罗山来村里看阿炳这个样子（又瞎又傻），断然不肯，阿炳母亲，还有村里很多人求他都不肯。老人认为罗山是个自私的人，对他现在的结局（我告诉他的），老人没有幸灾乐祸，但也没有表示一点悲伤或者惋惜。

就在我跟老人聊谈之间，有人抱着一个小男孩又来"考"阿炳了。孩子才一岁多一点，还不会说什么话，只会跟人鹦鹉学舌地喊个叔叔阿姨什么的。从穿戴上看，孩子不像村里人，说的是普通话。来人把孩子丢在阿炳面前，一边引导孩子喊"阿炳叔叔"，一边要阿炳"耳测"他是谁家的孩子。孩子鹦鹉学舌地喊过一声"阿炳叔叔"后，就抓住阿炳手上的拐杖，叽叽呀呀的要抢过来玩。就这时，阿炳没有丝毫犹豫地一口气这样说道：

"这是陆水根家老三关林的孩子，是个男孩。我不会记错的，关林出去已经九年零两个月又十二天，在福州部队上当兵，出去后回来过四次，最近一次是前年端午节，他带着他老婆回来。他老婆跟我说过话，我记得的，是个北方人。这孩子的声音像他妈，很干净，有点硬。"

虽然说话的声音还是有点发噙，但已全然不见刚才那种紧张、结巴，感觉像在背诵什么，又像是一台机器在说。像这一切，早在他心中滚瓜烂熟，只要他张开嘴，它们就自动淌出来了。

老人向我解释道，他们陆家堰是方圆几十里出名的大村庄，有三百多户人家，大大小小近两千人，村里没有谁能够把全村人都有名有姓、有家有户地指认出来。唯独阿炳，不管大人小孩，不管你在村里还是在外地生活，只要你是这村子里的人，父辈在这里生活或者生活过，然后你只要跟他说上几句话，他听声音就可以知道你是哪家的，父母是谁，兄弟姐妹几个，排行老几，你家里出过什么事情，等等，反正你一家子的大小情况，好事坏事，他都能如数家珍地报出来，无一例外，少有差错。刚才这孩子其实是生在部队长在部队的，这还是第一次回村里来，但依然被阿炳的耳朵挖得根底朝天。

我惊诧不已！

我想，这个又傻又瞎的阿炳无疑是个怪人，是个有惊人听力和记忆力的奇才，当然就是我要找的人。村里没电话。当天晚上，我赶回城里，给我们局长要通电话，把阿炳包括姓罗的情况作了如实汇报。该要的人不行了，想要的人又是个瞎子傻子，我们局长犹豫再三，把电话转给了院长大人。院长听了汇报后，对我说：

"俗话说，十个天才九个傻子，十个傻子一个天才。听你这么说，这人可能就是个傻子中的天才，把他带回来吧。"

07

第二天清早，我又去陆家堰。想到昨天来回一路的折腾，再说今天还要带个瞎子走，这次我专门租了一艘游艇来。

游艇在码头等我。

我第二次走进了屋密弄深的陆家堰村庄。

离祠堂不远，门前有七级台阶，走进去是一个带天井和回廊的院落，里面少说有七八家门户。村里人告诉我，三十年前的一个夜晚，这个院子曾接待过一支部队，他们深夜来凌晨走，这里人甚至不知道他们是哪方部队。但是谁都知道，他们中肯定有一人让这儿裁缝家的女儿受尽了委屈或者欺骗。十个月后，裁缝家没有婚嫁的女儿无法改变地做了痛苦的母亲。三十年后的今天，这里一家敞开的门里依然传出缝纫机的声音，就在这间屋子里，阿炳母亲接待了我。她是村上公认的最好的裁缝，同时也是全村公认的最可怜的女人，一辈子跟自己又瞎又傻的儿子相依为命，从没有真正笑过。在她重叠着悲伤和无奈的脸上，我看到了命运对一个人夜以继日的打击和磨难。还没有五十岁，但我看她更像一个年过七十的老妪。靠着一门祖传的手艺，母子俩基本做到了衣食无忧，不过也仅此而已。

开始，阿炳母亲以为我是来找她做衣服的，当我说明是来找阿炳时，母亲似乎也就一下明白我不是本村人。因为，村里人都知道，每天上午阿炳总是不会在家的。因为耳朵太灵敏的缘故，每当夜深人静，别的人都安然入睡了，而阿炳却常常被村子里"寂静的声音"折磨得夜不能寐。为了睡好觉，他一般晚上都去村子外的桑园里过夜，直到中午才回村里。看管桑园的老头，是阿炳母亲的一个堂兄弟，每天他总是给阿炳准备一小捆桑树杆，让他带回家。这是他们母子俩每天烧饭必需的柴火，也是儿子能为母亲唯一效的劳。那天，阿炳被我临时喊回来，匆忙中忘记给母亲带桑树杆回来。一个小时后，阿炳已随我上了游艇，就在游艇刚脱开码头后，他像突然想起什么似的，焦急万分地朝码头上高呼大喊：

"妈,我今天、忘……忘记给你带柴火了,怎、怎么办……"

游艇才脱开码头不远,我还来得及掏出二十块钱,塞在烟盒子里,奋力抛上岸。

阿炳听到我做了什么后,感动得滴出泪,对我说:"你是个好人。"

这件事让我相信阿炳并不傻,只是有些与众不同而已。

说真的,那天村子里起码出动了几十个人,男男女女,老老少少,他们一直把我和阿炳送到码头上。当他们看见游艇一点点远去,确信我不是骗他们,而是真的把阿炳带走了(去培养当调音师),我想他们一定以为我也跟他们阿炳一样是个傻子,要不就是个大坏人。在乡下,老人们都说拿什么样人的骨头烤干,磨成粉,做出来的药可以治什么样人的病。换句话说,拿阿炳的骨头做成药,可以叫成群的像阿炳一样的傻子都变成聪明人。而我有可能就是这样一个人,想用阿炳骨头做药的大坏蛋。否则,他们有充足的理由怀疑我和阿炳一样,是个大傻瓜。

不过,不管怎样,有一点我想陆家堰的村民们是万万怀疑不到的,就是:他们认定的傻子阿炳即将成为一个撼天动地的大英雄。

08

尽管首长(铁院长),还有我们吴局长,对我带回来的人存在着生理缺陷这一点早已有一定的心理准备,但当阿炳亲身立在他们面前时,他们还是感到难以接受的失落。

由于旅途的疲劳——一路上阿炳连眼皮都没碰一下,他在嘈杂的人声里怎么睡得着?和旅途中造成的脏乱,以及由于心情过度紧张导致的面部肌肉瘫痪,再加上他病眼本身有的丑陋,阿炳当时的样子确实有些惨不忍睹,可以说要有多邋遢就有多邋遢,要有多落魄就有多落魄,要有多怪异就有多怪异。

简直不堪入目!

对我来说,我最担心的是他在老家神奇有余的耳朵,到701后变得不灵敏了。所以,事先我再三交代他,到时间——等首长们来看他时——一定要给他们"露一手"。事后看,我这交代是弄巧成拙了,因为他认定我是个好人,对我的话言听计从,我这一交代之后,他时时处处都不忘"露一手"。结果来的人,不管谁开腔说话,也不管你是不是在跟他说,他都当作在"考"他。于是正常的谈话根本无法继续下去,只听他左右开弓地在"应试"——

"你是个老头子,少说有六十岁了,可能还经常喝酒……"

"你是个烟鬼,声音都给熏黑了……"

"你还是那个老头子……"

"嗯,你比较年轻,顶多三十岁,但你的舌头有点短……"

"嗯,你的嗓子好像练过,声音跟风筝一样会飞……"

"嘿嘿,你还是那个老烟鬼……"

说话间,院子里突然传来两只狗的叫声,阿炳一下子屏声静气,显得十分用心又使力地倾听着,以致两只耳朵都因为用力而在隐隐地抽动。不一会儿，他憨憨一笑，说：

"我敢说，外面的两只狗都是母狗，其中一只是老母狗，少说有七八岁，另一只是这老母狗下的崽，大概还不到两岁。"

狗是招待所养来看门的，这会儿招待所长就在首长旁边。首长问他："是吗？他说的对吗？"

"也对也不对，"所长答道，"那只小狗是雄的。"

阿炳一下涨红了脸，失控地叫道："不可能！绝不可能！你……骗我！你……是个坏人，捉、捉弄我、一个瞎子，你……算什么东西！你……你、你是个坏人……"

气急败坏的样子跟我在陆家堰见到的如出一辙。

我赶紧上前安慰他，一边对所长佯骂一通，总算把他哄安静下来。完了，我示意大伙出去看看。一边出门来，所长一边对我们嘀咕，说："那只小狗从去年生下来就一直在我眼皮底下，雌和雄我哪能不知道。"但当我们走到院子里，看见那两只狗时，所长傻掉了，原来他所说的那只雄性小狗并不在现场，在场的两只狗，只有那只老狗是他招待所的，另一只是机关食堂。而此狗与他们招待所的那只雄小狗（暂不在场）是一胎生下来的，而且就是雌的。

听所长这么一说，大伙全都愣了。

完了，首长拍拍我肩膀说："看来你确实给我带回来了一个活宝。"回头，用一种命令的口气对所长说："按干部待遇安排好他的吃住，另外，给他找副墨镜戴上，晚上我再来。"

09

这天晚上，首长亲自带着我们局长等一行人，这行人又带着二十部录放机和二十个不同的莫尔斯电码来到招待所，在会议室摆开架势，准备对阿炳进行专项听力测试。测试方式是这样的，先给阿炳听一个信号，给他一定的时间分辨这信号的特征，然后任意给他二十种不同的信号，看他能否从中指认出开始那个信号。这感觉如同现在阿炳面前坐有二十个人，他们的年龄和口音基本上相同，比如都是二十岁左右，都是同一地区的人，首先安排张三随便地跟阿炳说上几句话，然后再让这二十人包括张三，依次跟他说话，看他能否从一大堆口音中把张三揪出来。

当然，如果这二十人都是中国人，说的都是国语，我对阿炳是有信心的。但现在的情形显然不是这样，因为阿炳对莫尔斯电码一窍不通，也许听都没听过，就好比这二十人说的都是外语，那么我觉得难度就很大。何况事实比这个还要复杂，还要深奥，因为再怎么说外语总是人在说，是从人嘴巴出来的，这里面自然还有些共性可循。狗也是这样，在陆家堰的很多夜晚，阿炳正是从变化了的狗叫声中解破流贼入村的机密的。这也就是说，阿炳对狗叫声很熟悉。而电波这玩意儿对他来讲纯属天外之音，世外之物，他可能想都未有想过，更不要说打什么交道了。所以，对晚上的这种考测，我基本持悲观态度。我甚至觉得这样做是有点离谱了。

但阿炳简直神了！

也许对一个非常人来说，他们的日常生活就是由种种非同寻常的、在你眼里不可理喻的奇事怪情组成的，你担心他们某一件奇怪异事做不下来，正好比穷人担心富人买不下一件昂贵之物，本身就是杞人忧天，同时这也成为证明你现在不是、今后也难以当上奇人或者富豪的最直接证据。

考测的过程有点复杂，但结果很简单，就是阿炳赢了。不是一局一胜制的赢，也不是五局三胜制的赢，而是全赢。全赢也不是五局五胜的赢，而是十局十胜的赢。期间，阿炳除了不停地抽烟，似乎并没有更出奇的依靠或者更神秘的魔法。

要说清楚测试情形是困难的，但又不能因为困难而回避不说。你也许知道，莫尔斯电码是国际通用的电讯语言，不管明码还是密电，电文均将译成若干组电码，而每一组电码一律由四位阿拉伯数字组成，俗称"千数码"。考虑到阿炳对电码不熟悉，第一次测试，工作人员让他听了十组码，算时间的话大概有近半分钟。这就是"听样时间"，如果在这段时间内不能对"样品"留下足够的特征记忆，那么以后你必然无法将它从一堆电波中指认出来。听完样品后，工作人员开始制造混乱，相继打开八部录放机，也就是放出八种不同的电波声，每一种播放十组电码。阿炳听罢，均一一摇头否认。第九次播放的就是他刚才已经听过的样品，依然有十组码，但才播放到第四组时，阿炳便果断地摁灭烟头，说：

"就是它。"

没错，就是它！

阿炳赢了第一回合。

后来的回合和第一回相比，程序和内容都相同，不同的只是"样品码"在依次减少，如第二回合样品码已减至九组，然后逐一减少，到第十回合时，样品码只剩下一组。毫无疑问，样品码越少，就是听样时间越短，相应的辨别难度也就越大。但对阿炳而言似乎都没有难度，都简单。从第一回开始到第十回结束，没有一回叫他犯难的，更不要说出错了。没有错。非但没有错，而且每一回合他都提前胜出。而最快的是第五回合，他只听了一组码便击掌叫起来：

"行了，就是它！"

这个晚上让所有在场的人都感到万分震惊和鼓舞！

10

求胜心切是当时 701 所有人的心情。

根据阿炳已有的天才本领，我们吴局长率先向首长提议，力荐阿炳马上投入实际侦听工作，并得到了在场多数人的赞同。在提议的背后，也有足够的理由支持，主要有三条：

1. 虽然阿炳对莫尔斯电码并不懂，但晚上的事实充分表明，懂与不懂跟他无关，不懂他照样能去伪存真，百里挑一。如果要等懂才上机实战，那就不是他奇人阿炳了。

2．作为一个国家和军队的通讯系统，不管怎么变动，总是或多或少存在着一定的共性和特征。现在我们已经找到对方五十多套频率（几天中又可怜地增加了几套），这就是说，我们已经有了一定数量的"样品"。虽然那些未知敌台的声音不会跟这些"样品"的声音一模一样，甚至在常人听来可能完全不一样，但对能够把两条狗的血缘关系及雌雄辨别出来的阿炳来说，我们应该有信心相信他一定能在差异中寻求到蛛丝马迹的共性和暗合。

3．至于阿炳不会操作机器就更不是问题了。因为我们可以给他配上一个甚至几个701最出色的侦听员做他助手，他们会给他解决实战中面临的所有具体操作问题。事实上，阿炳神奇的是他的耳朵，我们要使用的也只是他的耳朵，等等。

我是当事者中唯一的反对者。但吴局长包括众多赞同者说的是那么头头是道，以至把我都差点说服了。不过，出于谨慎，我还是道出了我反对的理由。我这样对大家说：

"也许我比大家更了解阿炳，阿炳是个什么人？奇才，怪人。奇在哪里？怪在哪里？我们不难看出，他一方面显得很天才，一方面又显得很弱智，而且两方面都很突出而又不容置疑。我认为，缺乏正常的理性和思辨力，这是体现阿炳弱智的最大特征。在生活中，阿炳认定事物的方式和结果总是很简单，而且只要他认定的东西，是不可改变和怀疑的。这说明他很自信，很强大。但同时他又很脆弱，脆弱到了容不得任何质疑和对抗。当你和他发生对抗时，他除了自虐性的咆哮之外，没有任何抗拒和回旋的余地。关于这一点，局长在下午应该有所体会，而我通过这几天的接触则深有体会。请相信我的感觉，阿炳的脆弱和他的天才一样出众，一样无与伦比，他像一件透明的闪闪发光的玻璃器皿一样，经不起任何碰击，碰击了就要毁坏。这是我要说的一点。

"第二点，根据阿炳已有的表现，我们有充分理由相信，就这样不做任何准备，派他直接上机实战，未必就一定会影响他天才的发挥，他剑走偏锋，一下来一个出奇制胜，这完全是可能的，而且可能性相当大。但我认为光可能不行，可能性很大也不行，必须是百分之百。因为如果一旦出现失利，失败将极可能是百分之百的。正如大家所说，对阿炳我们不能把他视为常人，如果是一个平常人，他有如此高超的本领，我们又是那么求胜心切，不妨就这样盲目让他去试一下，如果行，最好；不行，再回头来给他练练兵，等练完兵后再重新上阵也不是不可以。问题是他不是常人，我们不能拿他去试，去冒险，因为万一不行，阿炳可能会由此对侦听工作产生无法消除的恐惧和厌恶，甚至很可能以后他一听到电波声就会咆哮，就会发抖，就会疯狂。这样他的天才，他天才的一面，对我们701来说就意味着被报销掉了。谁敢百分之百肯定他上机一定能剑走偏锋，在短时间内找到敌台？谁又知道他耐心的极限时间有多久，是一天？两天？还是半天？还是一两个小时？所以，我建议大家还是保守一点好，给他一定的练兵时间，让他在有百分之百把握的情况下再投入实战……"

我的声音——余音——在会议室里静静地盘旋，静静地等待着

首长发话。铁院长在众目睽睽下立起身,一步一停地走到我面前,然后又一字一顿地对我说:

"我听你的,我把他交给你。从现在开始,你可以动用我701任何人力和设备,只要对他练兵有利。"

"给我多少时间?"

"你需要多少时间?"

我想了想:"半个月。"

首长咬牙切齿地说:"我没有那么多时间,我只给你一个星期!一个星期后你必须把人给我带进机房,而且必须是万无一失的,拿你的话说就是——百分之百不是冒险的!"

11

一个星期等于七天。

七天等于一百六十八个小时。

减去每天的睡眠时间,还有多少小时?

我成为侦听员是接受了八个月的培训,要算课时大概在两千堂之上,而且大多数侦听员都是这么成长起来的。有一个姓林的北方人,是女的,开始在我们总机班当接线员,然而一个月下来,她居然把701那么多人的声音都认识并牢记了。有这个本事当然应该去当侦听员。于是在我们毕业前三个月,她成了我们队上的插班生。

当时教官们都不相信她能随我们如期毕业，但毕业时她各课的成绩都在大部分人之上，尤其是抄收莫尔斯电码的速度（这是我们绝对的主课），遥遥领先于全队所有人，达到每分钟抄收二百二十四个电码的高速，几乎是当时我们全队平均成绩的双倍。一年后，在全国邮电系统举行的莫尔斯电码抄收比赛场上，她以 261 码 / 分钟的优异成绩勇夺桂冠，一度为系统内部人誉为"天兵神将"。

我说这些的意思是，无论如何，一个礼拜是训练不出一个侦听员的，即使阿炳的本事在人家"林神将"的十倍之上，这个时间也远远不够。但我不可能增加时间，谁也不可能。所以，我想，唯一的可能就是"偷工减料"，不指望把阿炳训练成真正合格的侦听员，而只是用这短短的时间尽量灌给他一些必不可少的东西，比如莫尔斯电码，他起码要听得懂；另外，对我们已经找到的敌台，他应该反复地听录音，听出它们的特征和差异。前者是常识，后者是感觉，两者兼而有之，他上机才不至于莫名其妙。只能这样。但就这样，七天时间也只够点到为止。

一天。

两天。

三天。

第四天下午，我来到局长办公室，向他汇报阿炳练兵情况。我说，阿炳现在练兵达到的水平在某些方面已经不在"林神将"之下。局长要我把刚才的话再说一遍。"眼见为实。"我说，"局长，你不妨请铁院长一同去看看。"

局长当即抓起电话向铁院长汇报情况。院长听了，也以为是自己听错了话，要局长重新说一遍，局长便把我刚刚说过的请他去看看的话照搬说了一道，说：

"院长，眼见为实，你要有时间不妨亲自来看一看。"

12

还是几天前的会议室。

如果今后有人问阿炳是在哪里完成侦听员学业的，那就是这间简陋的会议室。

为了不叫铁院长和吴局长产生任何嫌疑，我关掉所有的录放机，请局长亲自拟定至少八组"千数码"。然后，我要求发报员对着局长落成的报文，以每分钟一百码的速度发报。

"滴滴哒 滴滴滴哒哒 哒滴滴 滴哒……"

发报完毕，我们都盯着阿炳：他似乎是睡着了一样的面无表情。

局长纳闷地看看我，又看看阿炳，翕动着嘴唇，像要说什么。我赶紧示意他别出声。就这时，阿炳像被我无声的手势惊动了似的，如梦初醒，长长地呼了口气，然后便朗朗有声地报诵起电文来：

"×××× ×××× ×××× ……"

八组码。

三十二位数字。

一组不落。

只字不错。

跟原文一模一样！

一般讲，手写肯定是跟不上耳听的，一边抄录，一边把听到又来不及抄录的码子记在心上，这种技术行业内管它叫"压码"。对两个一流的抄收员，在比赛场上比高低，说到底就是比一个压码技术，谁压得多谁就可能胜出。我记得"林神将"在那次全系统练兵赛场上压的就是六组码，现在阿炳是八组。虽然由于速度不一，双方不能绝对等同，但由此我们不难想见，阿炳对莫尔斯电码已经滚瓜烂熟到了何等地步。至于已有的五十多套敌台"样品"录音，他根本不需反复听，只要听个一两道，他便把它们间深藏的共性和差异全挖得有眉有目，可说可道的。总之，虽然规定的练兵时间刚过半，但阿炳已经出色完成练兵内容，完成得至善至美。完美得有点假。

一个小时后，我陪同阿炳走进机关大院，在政治机关的小洋楼里，举行了阿炳志愿加入特别单位701的宣誓仪式。仪式是庄严的，对阿炳来说又是神秘的，面对一个个生死不计的"要求"和"必须"，阿炳以为自己即将奔赴硝烟弥漫的战场，并为此一半是激动，一半是恐慌，激动和恐慌都达到了无以复加的程度。最后，负责宣誓的干部处长问阿炳对组织上有什么要求，阿炳"悲壮地"提了两个要求：

1. 如果从此他不能回家（陆家堰），希望组织上妥善解决他母亲的"柴火问题"；

2. 如果他死了（战死沙场），决不允许任何人割下他耳朵去做什么研究。

真是令人哭笑不得。

但作为701志愿者提出的要求，仪式的一项内容，组织上必须庄严地向他承诺，并且记录在案。

宣誓完毕，有三份文书需要当事者签名画押。考虑到阿炳不识字，组织上只叫他盖了个手印，名字委托我代签。这时我才想起该问他真姓实名，得到的回答是：没有。

"我就叫阿炳。"阿炳说，"我没有其他任何名字。"

然而，我知道，阿炳绝不可能是他的名字，喊他阿炳，是因为有个著名的瞎子叫阿炳，就是那个把二胡拉得"跟哭一样唱"的瞎子，就是那个留下名曲《二泉映月》的瞎子。因为有了这个瞎子，"阿炳"几乎成了后来所有瞎子的代名词，但不可能是某一个瞎子的真姓实名。

不用说，这又是一件叫人哭笑不得的事。最后，根据他母亲姓陆和他家乡叫陆家堰的事实，我们临时给他冠了一个叫"陆家炳"的名姓，并立刻签署在了三份即将上报和存档的机密文书上。

13

这天凌晨，天刚蒙蒙亮，我带阿炳走进了我们侦听局高墙深筑的院中之院。院门的左右两边，挂着两块一大一小的牌子，上面的字分别是：

> 陆军第 × 武器研究所
> 军事重地　无证莫入

当然都是掩人耳目的东西。

老实说，这是一块从人们感知和足迹中切割下来的地域，包括我们701机关的某些内勤人员，如卫兵、医生、司机、炊事员等，他们也休想走进这里。这里的昨天和今天一样。这里不属于时间和空间。这里只属于神秘和绝密。谁要步入了这块院地，谁就永远属于了神秘和绝密，属于了国家和人民，永远无法作为一个个人存在。

下面的一切是空洞的，但请不要指责我。这里的所有一切，房子、草木、设施、设备，甚至空中的飞鸟，地下的爬虫，我都无法提供。因为言说这里的任何词语都将无一幸免地被放到聚光灯下精心琢磨、推敲。这就是说，言及这里的任何词语都可能出卖我，你们可以对我行刑，甚至以死来威胁我，也可以天花乱坠地诱惑我，但这全都休想撬开我缄默的嘴巴。因为我宣过誓。因为这是我今生唯一的信念。

听不见枪声。

闻不到硝烟。

阿炳问我这是哪里。

我说这是没有硝烟的战场……

战场其实是上好的机房，木头地板，落地窗户，进门要换拖鞋，因为机器都很昂贵又娇气，比人还要干净，怕灰尘。阿炳进屋后，我安排他在沙发上坐下，在他右边是我们侦听局一位最行家的机器操作员，男，姓陈，科长职务；左边是一只茶几，茶几上放有一只茶杯、一包香烟、一盒火柴、一只烟缸。我把陈科长给阿炳介绍认识，并对他说：

"阿炳，从现在开始,他就是你的一只手,希望你们俩合作愉快。"

根据事先要求，这时陈科长及时给阿炳递上烟，点上火，并讨好地说他很乐意做阿炳的助手什么的。阿炳由此得出结论：陈科长跟我一样，是个好人。要知道，这对发挥阿炳的天才很重要。在不喜欢的人面前，阿炳是抖抖索索的，而且很容易发怒，一发怒他的智力就会迅速下降。我不希望看到出现这种情况，更害怕阿炳的智力有一天下降后再也不会回升，就像烧掉的钨丝。对阿炳这么个神奇之人，我们应该想到，什么样神秘怪诞的事都可能发生在他身上。所以说真的，阿炳的天才也不是那么好使用的，从发现之初到现在他愉快地坐在机器前，这中间有我们的努力，也有我们的运气。

两人略作商议后，陈科长的手机警地落在频率旋钮上。手指轻巧捻动，频率旋钮随之转动起来，同时沉睡在无线电海洋里的各种电波声、广播声、嚣叫声、歌声、噪音，纷至沓来。阿炳端坐在沙发上，抽着烟，以一种丝毫不改变的神情侧耳聆听着，右手的食指和中指不时在沙发的扶手上点击着。

"能不能转快一点？太慢了。"

"还是慢,再快一点。"

"还可以快。"

"再快一点……"

几次要求都未能如愿,阿炳似乎急了,起身要求亲自上机示范。他试着转了几下,最后确定了一个转速,并要求陈科长以这个速度转给他听。当时陈科长和我都愣了,因为他定的那个转速少说在正常转速的五倍之上。在这个转速下,我们的耳朵已经听不到一个像样的电波声,所有电波声几乎都变成了一个倏忽即逝的"滴"或者"哒"。换句话说,转速快到这个程度,所有不同的声音都变成了一样的噪音。打个蹩脚的比喻也许可以这样说,在无线电里找电台,感觉就如同你想在录像带里找个什么东西,由于要找的东西夹杂在一大堆貌似相同的群体中,以致用正常的速度播放带子你都不一定轻易找得到,可现在有人却要求按下"快进"键,快放着看。当然,这下走带的时间是节省了,可所有影像都成了转眼即逝的影儿,你去哪里找你要的东西?

这简直是胡闹!

陈科长不知所措地望着我。

我想了想,与其让他发怒,不如陪他胡闹。胡闹总有收场的时候,再说我们认为是胡闹,他可能不呢。就这样,陈科长按照阿炳刚才示范的速度转起来,一下子我耳朵听到的全变成了奇音怪声,置身其中,心慌意乱,坐立不安。而阿炳却照样静静地坐在沙发上,依然吸着烟,依然是一种丝毫不改变的神情在侧耳聆听,右手的食指和中指依然不时点击着沙发扶手。

十分钟。

二十分钟。

半个小时过去了。

突然,阿炳猛喊一声"停",然后对陈科长吩咐说:"往回转,就刚才那个滴声,让我听一下……慢一点……对,就这个,守住它,把声音调好一点……"

陈科长把声音微调到最佳状态。

阿炳听了一会,会意地点点头,说:"不会错,就是它。"嘿嘿一笑,对我说,"这可比在我收音机上找个广播要难多了。"

电台正在发报,我们一时难以判断它到底是不是我们要找的敌台,只好先抄下电报,拿去破译再说。陈科长抄完一页丢给我,继续抄收着。我拿上这页,直奔破译局,要求他们尽快证实是否是失踪的敌台。我刚回来不久,就接到破译局打来的电话。我放下电话,兴奋地冲到阿炳跟前,简直无法控制地抱住他,大声说道:

"阿炳,你太伟大了!"

完了,我发现我流泪了。

14

你的父亲应该知道,日本鬼子由于在南京遭到一定抵抗,死了不少人，然后采取了一系列报复行动，比如南京大屠杀。打到我们家乡时，报复还在继续，所以日本鬼子在我们家乡是要遭天杀的，烧杀抢掠奸淫，什么坏事都干尽。不过，我们家还好，多亏父亲消息灵通，预先安排母亲带着我和两个妹妹，回无锡乡下生活了一年多。我们住的村子就在太湖边上，村子上的人多半以捕鱼为生，我有个堂伯是当地一带出了名的捕鱼好手。到了冬天，鱼都沉入湖底，出去捕鱼的人经常空手而回，唯独我这个堂伯，从来没有空着手回来过，他的竹篓里总是装着你想象不到的大鱼或者其他水鲜。究其缘故，是我堂伯冬天捕鱼有个绝活：他能从水面上冒出的纷繁凌乱的水泡中，一眼瞅出哪些是冬眠的鱼吐出的，哪些不是；对着"鱼泡"一网包下去，天网恢恢，鱼成了瓮中之鳖。

阿炳侦察敌台给我的感觉就是这样，他不但能从众多水泡中看出哪些是鱼泡，而且还能从各式各样的鱼泡中分辨出各式各样的鱼类。换句话说，他不但知道哪些水泡下面有鱼，而且还知道是什么鱼，鲤鱼，鲫鱼，还是其他什么鱼。

无疑，阿炳比我堂伯还技高一筹。

我说过，求胜心切是当时701所有人的心情。在阿炳进机房之前，没有人知道怎么样去赢得胜利，然而自阿炳进机房的这天起，大家似乎都一下明白了。这一天，阿炳在机房坐了十八个小时，抽了四包烟，找到敌台三部共五十一套频率，相当于每小时找三套，也相当于之前那么多侦听员十多天来收获的总和。

这简直令人惊叹的兴奋和难以置信！

以后的一切可想而知，阿炳每天出入机房，几乎每天都在不断刷新由他自己创造的纪录，最多的一天，即第十八日，他共找到敌台五部、频率八十二套。奇怪的是，这天之后，他每天找台（频率）的数量逐日递减，到第二十五日这天，居然一无所获。第二天一个上午下来又是这样，劳而无功。下午，阿炳已经不肯进机房了，他认为该找的电台都找完了。

是不是这样呢？

墙上挂有找敌台进度统计表，一目了然：到此为止，我们一共找到并控制对方八十六部电台，共计一千五百一十六套频率。其中阿炳一个人找到的有七十三部电台，共一千三百零九套频率，占电台总数的85%、频率总数86%。但根据我们掌握的资料看，至少还有十二部电台没有找到，而且这都是对方军界高层系统的电台。

一边是不容置疑的资料，表明还有敌台尚未找到；一边是绝对自信又绝对值得信任的阿炳，认为所有敌台都找完了。怎么会出现这种情况？局长临时召集各路专家开会，分析研究，结果大家一致认定，只有一种可能就是：未显形的敌台肯定以一种与已有敌台截然不同的形式存在着，否则阿炳不会一下变得束手无策。

但到底是什么形式呢？

无人知晓。

会议不终而散。

15

第二天，我没有带阿炳去机房，而是要了部车，决定带他去散散心。我原想去桑园肯定是最好的，但找了又找没见着，最后去了一个果园。我不会告诉你是什么果园的，因为你知道是什么果园后，就有可能缩小我们701的地区方位，是南方，还是北方？是东南，还是西北？在那里，就是在果园里，我们一边呼吸着自然，一边闲聊着。阿炳像个孩子一样的高兴，而我则更像一个心事重重的父亲。结束游园之前，我跟阿炳讲起了我堂伯捕鱼的故事，故事的下面这部分是我有意编造的，很神话，而阿炳却听得如醉如痴，信以为真。

我说："有一年冬天，我堂伯照常去湖里捕鱼，但接连几天都看不到湖面上冒出'鱼泡'。我堂伯由此认为湖里的大鱼都被他抓完了，于是就待在家里，靠吃鱼干过日子。但有一天，他孙子去湖边玩耍，看见成群的大鱼在岸边浅水区'游来游去'。这就是说，湖里还有很多的大鱼，只不过这些大鱼都变狡猾了，它们知道沉在湖底总有一天要被我堂伯识破，所以都离开湖底，游出深水区，来到岸边的浅水区。岸边虽然寒冷，但空气充足，用不着使劲呼吸就可以存活。不使劲呼吸就不会冒出气泡，不冒气泡，我堂伯自然就找不着它们。"

我就这样让阿炳明白：我们至少还有十二部敌台尚未找到，为什么找不到？是因为它们"像狡猾的大鱼一样"躲起来了，躲到我们想不到的地方去了。躲去哪里了？现在只有一个办法可以找到它们,但这个办法很难,我问阿炳想不想试一试。阿炳说,那我们回去吧。

就是说,他想试。

在回来的路上,我专门找了家邮局,给阿炳母亲汇了一百块钱。我告诉他,这不是我一个人的钱,而是701很多人的钱,他们和我一样希望他尽快把那些电台找到。我相信,我这么做和这么说都是有意义的,因为阿炳是个孝子,十分重情义,知恩图报。

回到山上,我从资料室调了整整八大箱录音带——都是我们现在还没找到的十二部电台以前的录音资料,我把它们往阿炳面前一放,对他说:

"现在你的任务就是听这些录音带,反复地听,仔细地听。听什么?不是听它声音的特点,而是听报务员发报的特点。我想你一定能听出这里面总共有多少报务员在发报,每个报务员发报又有什么特点。"

我是这样想的,既然我们认定对方高层十二部(至少十二部)电台肯定以一种与已有电台截然不同的形式存在着,那么就意味着我们再不能沿用惯常的、根据对方机器设备特定的音质去想象和判断的老一套办法去寻找它们,必须另辟蹊径。如果阿炳能够听出这些电台的报务员各自发报的特点,那么这不失为一条捷径。

但话是这么说,其实谁都知道,这比登天还要难。

当然,从理论上说,报务员用手发报,就跟我们用嘴说话一样,不同的人有不同的口音,每个人有每个人细微的差别。但实际上这种差别微乎其微，很难分辨出彼此。可以这么说，世上没有比莫尔斯电码更简单的语言，组建这门语言的只有"滴"和"哒"两样东西。因为它过于简单，再说又是一门绝对专业的语言，使用者都经过专业培训，所以一般人都会标准掌握。大家都在一个标准之上，差别自然就难以形成，即使形成也往往细微得要被人粗糙的感知忽略不计。在我近五年的侦听时间里，我唯独听出对方一个报务员，这个人发报很油，而且有个明显的孤僻动作：常常把五个"滴"的"五"发作六个"滴"，即"滴滴滴滴滴滴"。在莫尔斯电码中没有六个"滴"的字，这是个别字，好在这个别字不会产生什么歧义，一般人肯定就想到是"五"。我就这样"认识"了这个报务员，每次听到出现六个"滴"的"五"时，就知道是这家伙在当班。

不过，这样出格、油滑的报务员很少，尤其在高层电台，你要这样"油条"早给赶下去了。所以，我话是那么说，但心里也明白，要想叫谁把对方每个报务员发报的特点分门别类，给予一一区分，这简直比登天还难，即使悟透了世上最高级或最低级的谜也不行。

然而，阿炳似乎决计要跟我们神奇到底。第二天早晨，我还在睡觉，招待所所长给我打来电话，说陈科长喊我过去。我过去后，陈科长递给我几页纸，说：

"阿炳已经把八大箱录音带都听了（当然是走马观花的，但阿炳需要仔细听吗？），结果都在这几页纸上，你看看吧。"

我一边看着，他在一边又感叹道："简直难以相信，简直太神奇了,这个阿炳!我敢说,要不了几天,我们就可以把对方所有电台全部找完!"

说真的,我看到的跟陈科长完全是一种感觉,阿炳不但听出了八箱录音带里窝有七十九个报务员,而且对每个报务员的"手迹"特征都一一作了"注册",比如——

1号:"3/7一起时喜欢连发";

2号:"5/4相连时经常会发错码,要更正";

3号:"发1时'滴'音尤为短促";

4号:"手法最为熟稔、流利";

15号:"再见时有个孤僻动作,喜欢把'GB'发成'GP'";

等等,等等。

总之,1号到79号无一幸免,都被阿炳抓住了各自出格的"辫子"或"尾巴"。我们无法考证阿炳抓住的"辫子"或"尾巴"是真是假,但有一点可以确认,就是:十二部电台出现七十九位报务员,这个数字是可信的。因为一般一部电台昼夜开通,双方起码需要六个报务员,6×12(部)=72。然后加上有人休假临时顶替的,在一定时间内出现七十九个报务员,这是非常合情合理的。而阿炳并不了解这些常识,也就排除了他瞎猜的可能。

完了,我对阿炳说:"现在我们去吃早饭,等吃过早饭,阿炳,我们就去机房,去把这些报务员找出来!"

我说的是"去找报务员",目的就是要让他明白,这次找台和以前有所不同,以前主要是"辨音质",而现在主要是"识手迹"。

然而,辨音质也好,识手迹也罢,殊途同归,找到的都是敌台。

16

大家知道,上次找台阿炳成功采用"快进"手法,使人大为震惊,这次快进显然是不可能的。因为听"手迹"和听"音质"完全是两回事,后者加快速度并不改变音质本身,前者速度一快,以致完整的电码都不见了,还谈何"手迹"?所以,这次必须慢慢转。这一慢阿炳又觉得不过瘾,提出要再添一套设备,两套一起听。

两套还不行。

三套也不够!

就这样,设备和操作手一套套添加,直至增加到六套时,阿炳才觉得"差不多"。此时的阿炳,已被六套机器和操作手团团围住,机器转出的电波声和嘈杂声此起彼伏,彼起此伏,前后左右地包抄着他,回绕着他。而他依然纹丝不动地稳坐在沙发上,默默吸着烟,耳听八方,泰然自若。九点一刻钟时,他突然霍地站起来,转过身,对他背后的一位操作手说:

"你找到了!你们听,这人老是把'〇'字的'哒'音发得特别重,这是三十三号报务员。不会错的,就是他(她)。"

对方正在发报。

把电报抄下来,虽然只抢抄了个尾巴,但对破译人员来说这已足够破译并作出判断：这确实是对方高层的一部电台！

然而，要没有破译人员的证明，谁也不敢相信这就是我们要找的敌台，因为这部电台发出的电波声太破烂、太老式了！任何人听它声音都会没什么犹豫地肯定，这绝对是几十年前甚至是上个世纪的设备在忙乎。这种设备当时早已被淘汰，可以说没有哪个国家，哪怕是最贫穷的国家，也不会使用这种老掉牙的通讯设备。什么人或组织可能用？一些个人无线电爱好者，或者相应的协会，或者一些穷国家的私人社团，比如海上打捞队、近洋公司、渔业公司、森林守护队、野外动物园、旅游公司等等。正因如此，侦听员听到这些电波声一般根本不予理睬就放过去了，而现在居然成了对方高层联络设备，这显然是诡计，目的就是要麻痹侦察人员，让你永远与它"擦肩而过"。这跟有人故意把你想偷的东西专门放在你身边一样，你找上寻下，挖地三尺，就想不到在自己身边看看，一个道理，玩的都是魔鬼的那套，以疯狂、大胆和怪诞著称。

然而，神人阿炳比魔鬼还道高一丈！

魔鬼的这套诡计一旦被识破，等于机关被打开，剩下的都指日可待。

三天后，对方高层十五部电台（比原来增加了三部）全部"浮出水面"。

十天后，对方军事系统一百零七部秘密电台、共一千八百六十一套频率，全部被我方侦获并死死监控。

17

阿炳不费吹灰之力解决了701乃至国家安危的燃眉之急，他在短短一个月里所做的，比701全体侦听员捆在一起所做的一切还要多得多，还要好得多。所以，他理应得到701所有人的敬仰和爱戴，也理应得到属于701人的所有荣誉和勋章。可以这么说，如果不是因为701工作的秘密性，荣誉等身的阿炳早已成为家喻户晓的英雄人物，他神奇又光辉的事迹将被人们兴奋又不知疲倦地颂扬。然而，由于701特定的工作性质决定，知道他的除了我们这些人外，恐怕只有陆家堰的村民们了。不过，这有什么关系呢？对阿炳，真正有关系的始终只有两样东西：一是他母亲的"柴火问题"，他一直念念不忘；二是他耳朵的"权威问题"，任何人、任何情况下都不能对他质疑。

不用说，这两个问题现在早已不成其为问题。

大功告成后的阿炳生活得很轻松闲逸，除偶尔被兄弟单位借去"解决问题"，其他时间他都在山沟里度过。组织上专门给他配有一个勤务员，曾经是我们局长的勤务员，管他的吃住行和安全。每天吃过早饭，勤务员总是带他来到高墙深筑的院门前，然后由值班侦听员带他去机房。到了机房，他的工作就是坐在那等同事们出险，他来排险。但这种情况并不多，大部分时间他都在学盲文和听广播。不过，总的说，他不太坐得住，到了下午他一般不爱待在机房，喜欢去院子里一些公共场所打发时间。他去得最多的是警卫排,坐在操场边,听年轻士兵操练、唱歌、比武、打闹,有时也跟他们玩一玩老一套的"听力游戏"。当时我因为发现阿炳并且"调教有方"有功,被破格提拔为副局长,侦听局副局长,而警卫排恰好是我分管的一部分。在这里,每一个士兵心里都装着我的忠告:不能对阿炳失敬,也不能随便跟他开玩笑。

事实上,我的忠告是多余的,在我们局里,乃至在701,没有一个人不把阿炳当作首长一样敬重,也没有一个人敢跟他开什么玩笑。我很容易注意到,凡是阿炳出现的地方,不管在哪里,所有见到他的人都会主动停下来,对他行注目礼,需要的话,给他让道,对他微笑——虽然他看不见。如此崇敬一个人,在701历史上从未有过,恐怕也不会再有第二个。

18

日子一天天在山谷上空流逝。

冬天来了,阿炳被一场突如其来的阑尾炎送进了医院。医院在一号山谷里,家属区,从我们这里过去有点路程,但有车也快。在他住院期间,我经常搭车去医院看他。有一次,我走进病房,看见护士林小芳正在给阿炳换药。这个人我是认识的,家在农村,她哥哥原来是我们警卫排排长,在一次实弹训练中以身殉职。她也正是作为烈士的妹妹被701破格招来，后又被保送到护士学校学习，回来就提了干，在医院当护士。因为是烈士的妹妹，她对自己要求一向很严格，对701则有一种农村人朴素的感恩心情。看着她那么细心又热情料理阿炳的情形，我突发奇想，并回头向局长汇报了我的想法。局长说我的想法不错，但医院那边的人事，他这边管不了，喊我向院长汇报，看院长的态度。于是，我又专门去机关，向铁院长汇报我的想法。

首长听罢，干脆地回答我：

"嗯，这个想法不错，与其给他配勤务员，不如给他安个家。这是件好事，就看你能不能促成。"

我问："如果不能，我可否以组织的名义出面？"

首长没有正面回答我，只是这样沉吟道："如果我有个女儿，只要阿炳看中，我会以父亲的名义让女儿嫁给他的。"

我想也是。从某种意义上说，是阿炳再造了701，只要他需要，我们是没有什么理由拒绝的。这就是说，我已经想好了，如果林小芳有什么顾忌，我将以组织的名义影响和干扰她的意志，极力促成这门婚姻。这在现在说来是无知的，可笑的。但在当时，起码在我们701，这样的事并不出格。坦率说，我的前妻就是组织上安排的，我们后来感情很好，只是她过早病故了，去世前她还把自己一个表妹介绍给我，做了我现在的妻子。我讲这些想说明什么？我是说，在当时，在701，我们把婚姻更多地看作是革命和事业的一部分，而且正是这种信念让我们拥有了无比真切的爱情和生活的甜蜜。

作为701的外勤人员，林小芳并不知晓阿炳真正的工作性质，她一直以为阿炳的荣誉是因为他发明了什么保家卫国的秘密武器。但这并不影响我张罗一场完美的婚姻。说真的，林小芳一听我的想法，几乎没任何犹豫就答应下来了。她说，如果她哥哥还活着，一定会支持她这么做的——嫁给一位为我们国家研制出先进秘密武器的大英雄。至于阿炳看得到的缺陷，她认为这正是她要嫁他的理由：英雄需要她去关爱。

我为小芳表现出的坚定意志和高风亮节深受鼓舞，然后我又找到阿炳，把同样的想法告诉他。我敢说，这是阿炳生来第一次对自己耳朵发生怀疑，于是我不得不把说过的话再说一遍。完了，我听到阿炳这样自言自语道：

"谁愿意嫁给我一个瞎子？在我们陆家堰，只有瞎子才愿意嫁给瞎子，可两个瞎子在一起不是更瞎了吗？"

当我确凿无疑地告诉他小芳绝对愿意嫁给他后，他似乎很想抑制内心涌动的兴奋和激动，却又似乎怎么也抑制不住，啊啊地问我：

"这是真的？"

"真的。"

"真的？"

"真的。"

我们就这样反复地问答了好几遍。

这年春节，阿炳和林小芳在701大礼堂举行了隆重的婚礼。701的人，上至一号首长铁院长，下至一个炊事员，都由衷地赶来祝贺，各式各样的小礼物堆满了舞台，以至最后不得不出动一辆卡车才把它们拉走。拉到他们的新家——在一号山谷，又把他们的新居塞得满满当当的。他们的新居是一幢两层小楼，本来住着我和吴局长两家人，为安排阿炳跟"他最信任的人"住在一起，吴局长主动让出房子，给阿炳住。可以这么说，对这场现在看来有点什么的婚姻，当时的701人真正有一种说不出的喜悦和满足，大家似乎都觉得阿炳为701做了那么多，现在701终于为他做了一件实实在在的事情，为了使这场婚姻尽可能的完美，大家似乎也都乐意尽可能地奉献自己的一点爱心热情。

19

就像我在陆家堰发现阿炳改变了他人生一样，我成功的做媒再次改变了阿炳的生活和命运。老实说，林小芳并不漂亮，待人接物也谈不上贤惠。但她有足够的爱心和耐心。在她无怨无悔、日复一日的关爱下，人们明显注意到阿炳的穿戴越来越整洁，面色越来越干净而有活力。阿炳正在享受他一生中最惬意的岁月。两年后，小芳又让他幸福地做了父亲。

考虑到阿炳特殊的情况，组织上根据小芳意见，特批她两年假期，让她回娘家去生养孩子，期间工资分文不少，还另加每个月十块钱育婴费。

小芳回家后不久，701邮局就迎来这样一封电报：喜得贵子。母子平安。小芳。

我跟阿炳是邻居，我几乎每天都去对门看他。我听负责照顾阿炳生活的小伙子说，而且我自己也注意到，从收到小芳的电报这天起，阿炳天天都用他抽完的烟盒子叠鸽子，一只烟盒，一只鸽子，一只只鸽子放在桌上，放在床头，放在可以摆放的任何地方。后来实在是多了，多得没地方可放了，小伙子就替他用红线串起，挂在楼梯扶手上，挂在墙壁上，挂在天花板下，挂在可以悬挂的任何地方。等林小芳带着儿子返回单位时，阿炳家楼上楼下几间屋子里，都挂满了一串串五颜六色的鸽子，有人数了数，总共有五百四十三只。这就是说，在儿子降生第五百四十三日这天，阿炳终于见到了他梦寐以求的宝贝儿子。小家伙长得很漂亮，尤其是一双明亮的眼睛，更是令人万分欣慰。

我记得很清楚，小芳归队的当天下午，我亲自下厨烧了一桌子菜，给他们母子俩接风。也许是见儿子太兴奋了，到了晚上，我去喊他们过来吃饭时，阿炳头痛得不行，已经吃过药上床睡觉了。少了阿炳，这桌接风酒自然有些遗憾，不过小家伙又给大家制造了不少意想不到的笑料和快乐。

第二天早上，我正常起床，先散了会儿步，回来看对门有动静，就敲开门，问小芳阿炳的头痛怎么样。小芳说好了，还说他都已经去上班了，是半夜里走的，说有要紧事。这么说，他是临时被机房召去排险了。这样的事以前常有，不奇怪，我因之也没有觉得什么。

等我转身要走时,小芳又像突然想起什么似的,叫我等一等,说着回去拿来一个布包交给我,说是阿炳要她交给我的。我问是什么,小芳说阿炳交代过,是工作上的秘密,不能看,所以她也不知道。

回到家里,我打开布包,先是一层绒布,后是一层麻布,然后又是一个牛皮纸做的大档案袋,里面有一封信和一部录放机。这种小带子录放机当时还很少,全701可能只有他阿炳有一部,是总部一位大领导送给他的。拆开信,我看里面装的是几百块钱,顿时有些诧异和不祥的预感。看录放机,里面还装着录音带。我摁下播放键,过一会,先是听到一个呜呜的哭声,然后又听到阿炳带着一种哭腔在这样跟我说:

"呜呜(哭声)……我虽然看不见,可我听得见……呜呜……儿子不是我的,是医院药房的那个山东人的……呜呜……老婆生了百爹种(野种的意思),我只有去死……呜呜……我们陆家堰男人都这样,老婆生了百爹种,男人只有死!去死!……呜呜……小芳是个坏人……呜呜……你是个好人,钱给我妈妈……呜呜……"

天呐!

我哪里还听得下去?!我紧急叫车,紧急上车,紧急驱车,从紧急通道,直奔单位机房。十几分钟后,我砸开阿炳办公室(机房),看见他蜷曲着倒在地上,手里捏着一个赤裸的电源插头,整个人已被该死的电流烧得一塌糊涂……

阿炳!

阿炳!

阿炳——!

阿炳的耳朵再也听不到人世间的声音了。

20

阿炳死了。

阿炳通过录放机告诉我:他老婆是个坏人,儿子是个野种,所以他自杀了。

阿炳的死让701人都感到无比的震惊和悲痛。人们没有愤怒,是因为我欺骗了他们。

是的,我欺骗了组织。我做了什么?我没有及时把阿炳留给我的那盘录音带交给组织。没有这盘录音带,谁又知道阿炳是自杀的?对阿炳的死,悼词中是这样说的:工作中不慎触电身亡。对一个盲人来说,发生这种"不慎事件"似乎并不荒唐,所以也不叫人觉得蹊跷。这样,生得伟大的瞎子阿炳,死得也是光光荣荣的。

请相信我,我这样做绝没有个人目的,完全是为阿炳甚至为701着想。说真的,自从阿炳来到701后,我们去外面开会什么的,人家常常不说我们是701的,而说是"阿炳单位的"。这就是说,阿炳在系统内的知名度已经无人不晓，这样一个人自杀的消息会比任何消息跑得快。而这样一个消息传出去，对701和阿炳是多么不幸和丢人现眼。我正是为了保全701和阿炳的荣誉，才斗胆藏起了阿炳的"遗书"。

但事后我左思右想，觉得这事情应该让组织知道，否则我无法替阿炳"雪恨"。要知道也很容易，只要把录音带交给铁院长听一听就行了。按组织程序，我把录音带交给了吴局长。当然，为免于追究我的错误，我又编了个谎言，说是"刚刚才发现这盘录音带的"。就这样，吴局长成了第二个知道阿炳真实死因的知情人。

吴局长又把录音带交给了首长，于是铁院长成了第三个知情者。

过去了那么多年，我依然还听得见——仿佛犹在耳边——铁院长在听了阿炳留在录音带里的遗言后发出的咆哮声：

"叫他们给我滚蛋！两个都滚！现在就滚！马上通知他们，明天就给我滚！滚回老家去！如果让我再看到一眼，老子就毙了他们！"

我敢说，如果这个事情发生在战争年代，大家腰里都别着手枪，说不定两人身上早钻满了失控的子弹。但是现在不会，而且也不行。为什么？因为追悼会已经开过，阿炳的光辉历史已经铸就，与其翻案，显然不如将错就错。这样问题又出来了，就是：既然阿炳是"不慎触电身亡"，我们又怎么能叫他妻子滚蛋？不可能的。我真的没想到，由于我对阿炳和701的私心，以致我们无法对该受罚的人严惩不贷。这似乎是对我不该有的私心的报复。

不过，这不包括药房的那个山东人，这个混蛋第二天就被我像条狗一样拉上汽车,丢在了火车站。因为要确保阿炳死的秘密,当时我们没有对他言明罪名,也不可能言明。正因此,他在被我丢在火车站时几乎有些理直气壮地责问我:凭什么开除他。我哪有心思跟他狗日的啰唆?我二话不说,从卫兵腰里一把抽出手枪,推上子弹,指着他鼻子骂道:

"我告诉你,如果你敢再放一声屁,老子今天就毙了你!"

这狗日的完全给吓坏了,没敢放一个屁,乖乖地滚蛋了。

21

后面的事情还是有你想不到的。

是山东人滚蛋后不久的一个晚上,我刚回家,林小芳便找到我,见面就咚地跪倒在我面前,哭哭啼啼地说了一些我想不到又不敢确信的事。她告诉我:阿炳是没有性能力的,他认为——"阿炳像个孩子一样的认为",只要跟老婆睡在一张床上,抱抱她,亲亲她,自己就会做父亲,他妈妈就会抱孙子——

"你知道的,他是个孝子,他那么想要孩子就是想让他妈妈做个奶奶。一年后,他看我还没有怀孕,就觉得我有问题,经常对我发气,不跟我睡在一起,还几次说要休掉我,重新找一个女人。我害怕他抛弃我,被他抛弃,我怎么在701活呢?怎么对得起701和我死去的哥哥,就这样,我……我……"

最后，她向我发誓说，从她知道自己怀孕后，她再也没有让那个山东人碰过一下。

不知为什么，虽然我相信她流的泪包括所说的都可能是真的，但就是无法打动我，哪怕是一点恻隐之心都没有。墙那边传来孩子恐惧的哭喊声，我厌倦地站起身，冷漠又粗暴地责令她离开我家。

林小芳离开时，对我说道："我知道，我应该为阿炳赎罪，相信我，我会的。"

第二天，有人看见林小芳抱着孩子离开了701，却没有人看见她再回来，也没人知道她到底去了哪里。直到有年秋天，我去上海出差，顺便去陆家堰看望阿炳母亲，才知道林小芳离开701后就来到陆家堰，一直和阿炳母亲生活在一起。奇怪的是，我没看见那个小孩，问林小芳，她也不告诉我具体情况，只是说他不配待在这家里。从她说话的口气和做事看，她完全把这里当作了自己家，而阿炳母亲炫耀地说她是全陆家堰最好的儿媳妇，村里人都在夸她老人家福气好。

一九八三年，老人因糖尿病症引发心脏衰竭去世。村里人说，在安葬老人后的当天，林小芳便离开了陆家堰，并且都说她是回阿炳原来的部队去了。但我们知道，她并没有回来。她到底去了哪里？说真的，她的下落我们至今也不知道，开始有人说她是回自己老家了，也有人说她是去了山东。但是，后来证实这些说法都属谣传，于是又冒出新的说法，有人说她离开陆家堰后就跳进了黄浦江，有人说曾在上海街头见过她，有人又说曾在阿炳的墓地里见过她……总之，关于她的下落问题，我感觉似乎比阿炳出奇的听力还要神秘和离奇。

第二部
看风者

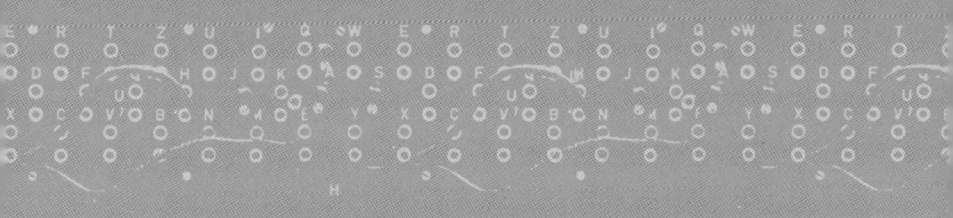

我记得安德罗曾对我说过,当今世上冯·诺伊曼是最伟大的破译家,他有两个脑袋,一个是东方的,一个是西方的……世界上只有他既可以破东方的密码,又可以破西方的密码,他收罗了大批东方学子,为的就是领略东方智慧的玄奥……所以,有人说他的脑袋比爱因斯坦还要复杂,还要深不可测……

第二章 有问题的天使

她是个天使，但并不完美。

嘿，她是一个有问题的天使。

她就是701破译局欧洲处第五任处长黄依依。

在701，有关黄依依的传闻并不比瞎子阿炳平淡，人们因着自己的好恶和见闻，以不同的感受向我讲述着同一个人的故事和传闻。他们的讲述是那么引人入胜，使我对这位701历史上唯一的女破译处长——黄处长——充满写作冲动。但我一直不敢贸然下笔，因为一个对黄依依故事最知情的人，一个像讲阿炳故事的钱院长一样的人物，我迟迟未能谋面，他就是701历史上的第四任院长，安院长。

安院长资格甚老，系701初创时著名的九位元老之一，曾有"九君子"之称。现在九君子相继辞世，他是唯一在世的，已经八十好几。但身体似乎还好，跟我握手时，我感觉他手上的气力很充足，说话的声音也有气有力，只是浓重的浙西土语让我听来有些吃力。他离休后一直生活在北方某个偏僻小镇，那里既不是他家乡也不是他的工作地，只是他刚满周岁的小孙子胡乱确定的一个地方。据说，安老这人颇为怪异，离休时面对北京上海等大好城市都不去，只要求组织上给他任意安排一个陌生的城市去生活。不管哪里，只要陌生！这可把组织难住了，因为中国这么大，他陌生的地方多着呢，怎么来确定呢？最后，还是他自己做主，让只满周岁的小孙子在一幅中国地图上随便丢一枚硬币，硬币停落之处，便为他归宿之地。这有点宿命的意思。就这样，这些年来，他有如一只失散的鸟，过着几乎与701人隔绝的生活，时间长了，要找到他谈何容易。

后来当然找到了，但可以想见，要请他开口绝非易事。无疑，当初他选择"失散"的目的大概本身就是为了免开尊口。所以，我理解。但我不能接受。最后，我以巨大的耐心和诚恳战胜了他的固执，不是全胜，只能算半胜。他同意跟我讲关于黄依依的故事，但同时要求我，是签字画押地要求：在本书中不能写他离职前后的故事。是有所指的故事。那故事，我在701已经有所耳闻，相信如果写出来，也许比阿炳和黄依依的故事还要好看。现在，我跟他签字画押过，这故事成了我的禁忌，讳莫如深，在此不敢有半点涉及。连暗示也不敢。他还要求我，关于黄依依的故事只能采用"他的说法"。这也是签字画押过的。所以，现在我只能以他的口吻讲述本故事。

不过，说真的，他的讲述远没有我的乡党讲得好，也许是年纪大的缘故吧，讲得特别拉拉扯扯，我几乎花了多于对付阿炳十倍的精力，才勉强整理出下面这个样子，应该说，依然有诸多不尽人意之处。但我没办法，因为我不能添加材料，不能变腔改调，只能删繁就简，作些词语的调整而已。如此这般，也只能是这个样子——

01

我的故事要从莫斯科开始讲起。我是个革命的孤儿，从小在莫斯科长大。一九三一年，我才四岁，就去了莫斯科，回国时已经二十岁，是一九四七年。我在莫斯科学的是无线电业务，回国后组织上安排我进了701工作。开始干的就是最基础的侦听业务，后来因为我俄语好，做过一阵子情报收集、整编工作。一九五七年，组织上把我和妻子小雨都派去莫斯科，我妻子小雨在外交部驻苏联大使馆工作，我则在莫斯科大学数学系编码研究中心学习破译技术。这是改变我命运的一件事，我一生的功与过、荣与毁、幸与不幸都跟破译有关，包括现在，我走出人们的视线，蛰居在这里，也是它的后遗症。我的导师安德罗经常说，**这不是一个职业，而是一个阴谋，一个阴谋中的阴谋**。一个人长期从事这种阴暗、秘密、高智力强度的工作，身心都会受到某种伤害。日积月累，潜移默化，最后你无法过一个正常人的生活。

按理我应该是一九六〇年七月毕业，但是这年三月初的一天，我突然接到组织上通知，让我迅速回国。是一个代号叫"飞机"的同志来通知我的，她是女性，长春人，长得很高大，皮肤像游泳运动员一样棕红棕红：一种健康的颜色。她是我在莫斯科期间的领导，当时我名义上是个留学生，实际上是有秘密身份，说白了就是间谍，主要收集当时苏联破译美国军事秘密的情报。我的导师叫列夫列耶·安德罗，是世界著名的数学家，同时也是一位令美国人头痛的破译专家，组织上把我安排到他身边，目的是要利用他的地位搜集西方军事情报。三年来，我们朝夕相处，友情与日俱增。他不但是我的先生、导师，也是我一生事业的"生身之父"，我后来所以改名为安在天，正是出于对他的敬意和纪念。知道要走后，我真有点舍不得离开他，尤其是我的学业尚未结束，突然走，眼看就要到手的毕业证拿不到，心里觉得非常遗憾。

接下来发生的事就不仅仅是遗憾了。就在我把一切离校手续办完，准备落实回国火车票的前一天，我突然——又是突然——接到噩耗，说我妻子小雨出了车祸！她乘坐的小汽车被一辆大卡车撞出山道，跌落悬崖，车子坠毁，车上的人全都遇难。人死不说，连个尸体都见不着。据说车子在坠落悬崖时着了火，车上的人都烧得不成样子，肉眼根本无法分清谁是谁，最后是医院根据化验确认死者。当我看到小雨时，她已经成了一只黑色的盒子。

骨灰盒呐！

我带着小雨的骨灰盒离开莫斯科，至今我还记得那天莫斯科突降大雪，火车站结着一层厚厚的白雪，我的心情就像这冰天雪地一样寒冷。一列满载着来自中国的苹果、生猪等货物的闷罐火车停靠在月台上，苏方和中方的很多人员正在卸货、验货。这些货物是中方作为还债用的。正如人们听说过的一样，苏方对货物有严格的检查手续，月台上摆放着好几台滑轮机，卸下来的苹果都要经过滑轮机的检验——大小都有"科学而死板"的规定，过大的不要，过小的也不要。对生猪，苏方人员也一一检查，凡是猪身上有伤痕或青疤，都不要。

当时中苏关系已经非常微妙，我的行李在火车站也受到严格检查，我的导师安德罗见此再一次劝我别回国。那几天，他一直在劝我留下来，就在头天夜里，我们曾有过一次长谈，他给我分析了中苏关系的前景和我个人可能有的前途，认为回国对我来说是一个最差的选择。他似乎已经预感到中苏关系必将交恶，怀疑我回国后可能会去破译他们苏联密码，把我俩深厚的友情玷污。他希望我留下来，读完本科读硕士，甚至读博士，今后专心做学问，不要卷入破译领域。导师说：**这是意识形态的事情，说到底跟学问是没关的，我自己的经历应该成为你的教训。我已经不可能走回头路，但你完全可能不步我后尘，做一个单纯的学人。** 可我知道，这不可能，可以说，我生来就是个"意识形态的人"。我说过，我是个革命孤儿，是党把我培养成人，在党和国家需要我时，我不可能有自己的愿望和选择。

检查完行李，导师问我知不知道刚才检查我行李的是什么人。我说不知道，他说是克格勃。我估计他对我的秘密身份可能已经有所觉察，故作惊讶，"怎么可能呢？"他笑道："我的朋友，我认为你应该对我说实话，你除了中国科学院密码研究所助理研究员的身份外，还有没有别的身份？"

我说："安德罗先生，你为什么会突然问这个？"

他说："因为最近一段时间，你给我了很多秘密和疑虑。"

我说："先生，我对你没有任何秘密。"

他说："朋友，你没有说实话。"

他指着我抱在手上的骨灰盒，问我妻子小雨到底是怎么死的，他说他不相信只是一起偶然的车祸。我发誓事实就是这样。其实到底是怎么回事，我自己也不知道。但我只能这样说，哪怕我对他非常信任。最后，他郑重地要我记住他一句话：回国后，如果组织上要求我破译他们国家密码，无论如何我都不要接受。

他说："我这么说一是因为从感情上我接受不了，另一个你现在的技术也无力在这方面有所建树。"

我说："是啊，所以我还要回来继续学习。"

他摇着头说："没机会了，就像我们两国的关系已经没机会回到从前一样，我们也没有机会再做师生了，还是做朋友吧。"

他脸上露出一种伤感来，将我拥到他胸前抱了抱，说："上车吧，祝你一路平安。"

就此分手。

我走进车厢，不久便有人来敲门。进来的是"飞机"同志，她手上拎着一只黑色皮箱。我也有一只同样的皮箱，此刻放在茶几下。她把皮箱放在我皮箱的边上，告诉我她箱子的密码。走的时候，她带走了我的皮箱：一模一样。我不知道她的箱子里留的是什么东西，但我知道那东西一定比我的性命重要，如果我在路上遇到不测，我首先要保护的不是我的生命，而是箱子里的东西。

感谢安德罗先生的祝福，我一路平安。

02

到了北京，第一天，有人来我住的招待所取走了"飞机"同志交给我的皮箱。

第二天，总部一位主管业务工作的副部长接见了我，他姓铁，五十多岁的年纪，半头白发，有点显老。但说话的声音宏亮，干脆果断，像个将军。他曾是701的第一任院长，因为脾气大，部下们在背后都管他叫"地雷"。他是两年前离开701，提拔到总部当常务副部长，全面负责业务工作。他的秘书姓李，是个年轻人，会俄语，在我去莫斯科之前，我们曾做过几个月的同事。因为时间不长，不是很熟，但几年不见，见了面反而变得亲热起来。在铁部长接见我之前，他先来招待所跟我大聊一通，对我问寒问暖，介绍部里的情况，很热情。他跟我透露，为了我这次回来铁部长跟部里其他几个领导发生了激烈的争执。

他说："你可能不了解，这几年我们先后破译美国、英国和台湾等敌对势力的好几部高级军事密码，其中你搞回来的资料立了大功。

所以，部里领导对你的工作十分肯定，这次喊你回来几个领导都不同意，觉得你在那边工作很出色，回来可惜了。"

我说："现在的形势要再开展工作也难，他们现在对我限制很多，不像以前。"

他说："是啊，今非昔比。"并问我对中苏关系的前景有什么看法。

我说不妙。

他说："确实不妙。当然，对我们不妙，对有些人来说就妙了。不知你看到没有，香港的报纸上说，蒋介石准备要回南京做大寿呢。"

我说："他说什么都可以，反正是说说而已，过过嘴瘾。"

他说："前两年是说说而已，现在是又说又做，不一样。你在外面，不太了解国内的情况，现在我们国家是最困难的时候，国内，连年自然灾害，国外，中苏关系微妙，中印边界局势紧张，真正是内扰外困啊。你有困难，他就来劲，企图趁人之危，落井下石，搞翻你。这就是蒋介石的如意算盘，小人的算盘。"

我说："十年前朝鲜战争刚爆发时，他不是也很来劲，天天派飞机在沿海轰炸，还派遣大批特务，企图里应外合，反攻大陆，结果怎样？鸡飞蛋打，把仅有的老本都蚀了。"

他说："历史又重演了，跟十年前不同的只是叫嚷的口号变了，那时叫'反攻大陆'，现在叫'光复大陆'。为此，他们已经把紫金号密码换成'光复一号'密码。"

我知道，紫金号是台湾本岛与国内特务联络的通讯密码，很高级，是一个美国专家给他们设计制造的，保险时限是二十年，现在最多用了就十年吧。我们是两年前才开始对它有所突破，突破的程度远没有达到必须更换的地步，突然更换说明他们可能真的想打仗了。

我问："破译任务交给了谁？"

他说："你的娘家，701。"

这么说 701 又面临着严峻的考验！十年前他们是听不到，今天是听得到但看不到。我问他现在 701 谁在当院长，他说是一个姓罗的。这人我认识，是一个女中豪杰。我在侦听处时她曾当过处长，据我所知她并不懂破译。我这么说后，他对我笑道："是，她是侦听出身，不懂破译。不过她不懂没关系，只要你懂就行，你现在是701 副院长，光复一号密码破译小组组长。"

我一听简直愣了！我说："我才学了点皮毛，怎么可能担当这么重大的任务？"

他说："已经决定，昨天文件已经下发，我先跟你通个气，下午铁部长肯定要见你，他现在有会议。"他真诚地祝贺我连跳三级，说我现在是全系统最年轻的副院长。可我像是丢了魂，一直发着呆，直到他起身要走，才紧急向他申辩，要求组织上重新考虑人选，我难当此任。我说："这个不是其他东西，可以拼一拼，搏一搏，可以赶鸭子上架。"

他干脆地说："有什么你下午跟铁部长说吧，跟我说没用，跟铁部长说我认为也不大可能改变。"

果然，下午铁部长一见我便直截了当对我指出：我没有任何推辞余地。"不要再有这个念头！"他大着嗓门教训我说，"连犹豫都不要有，干干脆脆，高高兴兴地上任，现在就上任，就进入角色。组织上把你从安德罗身边召回来是下了狠心，所以也不可能有商量的余地。这是一。二，你的任务很重要，还是这句话，组织上下狠心把你从安德罗身边召回来，说明现在破译光复一号比破译任何密码都重要，是我们的当务之急，是我们的头号任务。为什么这么急，这么重要，原因也是明摆着，因为老蒋在做美梦，并且采取一系列切实的行动。你应该知道，去年台湾一次性向美国购买了十七亿美元的先进武器装备，'光复大陆'的军事演习搞了一次又一次，向大陆遭送了一批又一批的特务，现在又把通讯密码换掉。诸如此类，不一而足，说明这一次他们喊'光复大陆'不是嘴上说说，是准备大干一场的。话说回来，即使是嘴上说说，那么多特务派过来，在我们眼皮底下，他们在想什么、说什么、做什么，我们不清楚，不了解，不知道，今天在这里搞个破坏，明天去那里造个谣言，怎么行？不行。所以，这部密码——光复一号——必须破，作为我们的头号任务来破！第三，有什么要求和困难都可以提出来，组织上，包括我个人，都会尽最大努力给你解决。我知道，当然一定会有很大的困难。我听柳处长说，这是国民党方面迄今启用的最高级的密码，保险期限高达三十年。把一部这么高级的密码交给特务部门用，不是军方，也不是高层，这本身说明这些特务在本次'光复'行动中担任着非同寻常的角色。你现在刚回来，对这部密码情况不了解，不知道有什么困难，想提要求可能也不知怎么提。没关系，柳处长很了解，完了我把他交给你，好好了解了解，想一想，把你的行动计划，包括困难和要求，写个报告交上来，我在第一时间内答复你，怎么样？"

还有什么好说的？当然只有说行。

如果说这件事——工作上的事——个人前途的事，让我感到意外的话，那么关于我妻子小雨的事我感到的就是震惊——万分震惊！铁部长告诉我，明天外交部要举行小雨的追悼会，他将要以小雨老师的身份去参加追悼会。

我问他："这是什么意思？"

他反问我："难道你不觉得小雨是你的得力助手？你在安德罗身边收集的那些情报没有小雨协助，你能那么顺利地传给'飞机'同志吗？"

当然不能，我一个在校学生不可能老是去社会上抛头露面，跟一个比我大好多岁的女人去接触。事实上，我的情报大多是通过小雨传给"飞机"同志。她在大使馆做文秘工作，"飞机"同志是她部门领导的家属，两人关系不错，经常见面，传递个东西很方便。可是，我一直以为小雨是不知道我的真实身份，更不知道我和"飞机"同志的秘密关系。原来——啊，天大的秘密啊！铁部长告诉我，其实小雨都知道，她早就是我们的同志，只是为了减轻我的压力和工作需要才对我隐瞒。从某种意义上说，小雨秘密的级别比我还高！正因此，他将代表本部领导去秘密出席小雨的追悼会，因为她是我们部的同志，外交部不过是她的名头而已，是面具，是伪装。

这对我确实是个巨大的震惊，由此我马上想到小雨的死肯定另有隐情。铁部长说："要说隐情，何止只有一个'死因'。"确实，"隐情"太多，多得我无从说起。事实上，从我认识小雨之初，一切都似乎已经注定。这是一个真正的秘密世界，夫妻关系不过是工作关系的附属，是掩护，是安全保护措施的一部分。同样是为了掩护的需要，第二天，外交部为小雨举行了隆重的追悼会，外交部内部报纸刊登了相关消息，似乎恨不得尽可能让人都知道，小雨是在外出办事途中"不慎车毁人亡"，因公殉职。这还不够，追悼会后，铁部长让李秘书把小雨的骨灰盒带走，后来等我到701赴任时，发现骨灰盒比我还先来到我的屋里：一个像模像样的灵台，香火缭绕，遗像上的小雨透过缭绕的烟雾看着我，仿佛我们之间真的隔着千山万水。

我知道，这样做也是为了让更多的人知道：小雨已走。怎么走的？当然是"不慎车毁人亡"。只要灵台设在屋里，这个消息很快将不胫而走，慢慢地，701的人都会知道。这个系统里的人，做这种掩护工作总是技高一筹。

03

话说回来，那天铁部长接见我时，有一个人在场，就是柳处长。

如果说李秘书是铁部长的身体，帮他跑腿，端水泡茶，待人接物，打理日常事务，那么柳处长则是他的心脑，他的智囊，替他看云识雨,出谋划策,指点江山。柳处长是新中国培养的第一代破译家,他麾下的处主管着下面各院、所的破译工作。我从外交部参加完小雨的追悼会回来后不久,柳处长到招待所来看我,对我很客气,口口声声叫我"安副院长",让我很不习惯。开始我们主要是闲聊天,聊一些共同的熟人、同事,后来聊着聊着就聊到密码上去:他现任的工作,也是我不久后的工作。聊到光复一号密码时,他突然问我:"安副院长,你在苏联这么长时间,不知有没有听说过一个人,一个数学家。"

我问:"谁?"

他说:"列列娃·斯金斯。"

我说:"当然听说过。"此人在苏联可是大名鼎鼎,一个十足的奇女子,数学上的成就极高,但为人也极其傲慢。据说有一次斯大林请她吃饭,她居然因为要看一场球赛谢绝,后来自然被斯大林整惨了,最后被迫流亡到美国。

柳问我:"她到美国后干什么你知道吗?"

我说:"知道,帮美国人制造密码。"

柳说:"看来你确实很了解她,因为她是你老师安德罗的大学同学,两人关系一直不错。"

我说:"是的,安德罗经常说起她。你应该知道,她到美国后曾帮美国军方制造过一部叫'世纪之难'的密码,据说是当今世上最深难的密码之一,但美国军方最后还是不敢用,因为她毕竟是苏联人。"

柳说他知道这件事,并问我:"你知道这部密码后来的下落吗?"

我说:"不知道。"

他说:"我知道。"说着递给我一沓资料让我看,一边说,"我们现在要破译的光复一号密码,其实就是列列娃·斯金斯一手研制的世纪之难密码。"

我简直不敢相信!

但事实就是如此,用柳处长的话说,美国人自己不敢用这部密码,废掉它又觉得可惜,便转卖给台湾,国民党则把它当宝贝接受了。资料从我手里掉下去……我几乎有一种生理的反应,双眼发黑,双腿发软,身体里的血像在倒流……当天晚上,我便给铁部长写了一份报告,特别指出这是一部世界顶尖高级的数学密码,不是一般的数字密码。在我看来,就我们现在的人力资源看,根本不可能破译它,要想破译它,必须从外面调人,而且还不是一般的人,必须要优秀的数学家才行。同时,我又一次提出,我力不胜任,建议组织上重新考虑负责破译光复一号密码的组长人选。

第二天午后,李秘书突然出现在我面前,身后竟是铁部长。铁部长走进屋,笑着对我说:"看来你比谁都了解列列娃·斯金斯。"

我说:"她是我导师安德罗的大学同学。"

他说:"现在知道了吧,为什么我非要点你的将?"

我说:"可我的能力远不能胜任,我不是数学家……"

铁部长打断我说:"你已经胜任,能及时提出切实可行的方案就是胜任的标志。老实告诉你,早已经有专家告诫过我,凭我们现在的破译力量不可能破译这部密码,所以调人是必须的。说,你想调谁?我们是祖冲之的后代,我们国家不乏优秀的数学家。有就去找,就去请。你们请不来我去,我也请不来,我找人去请。总之,不要怕请不来,就怕找不到,不会找。"

说真的,我怎么去找呢?我是个土八路,半路改行过来,属于那种在理论上没有什么根底,跟师傅学艺的破译人员,对国内数学界的情况根本不熟悉,就是一队数学家排在我面前,我也不知道要谁。

铁部长听了我的话,又批评我说:"你有困难说出来是对的,但不要被困难吓倒。我知道美国密码界对这部密码评价很高,但我们破译它也有我们得天独厚的条件,因为斯金斯是苏联人,她研制的密码难免落入苏式密码的套路。这些年,我们跟苏联不论是密码界还是数学界,深深浅浅都有一定的接触,有接触就有了解,这就是我们的优势。其次,你在斯金斯的同学安德罗身边待了这么长时间,想必也不会一无收获吧。所以,我想,你的畏难情绪可以少一点,即使少不了也只能迎难而上,没有退的余地!这是我要说的第一点。"

第二点,要求我马上行动,该招兵招兵,该买马买马,不要耽误,现在就开始行动。先找人,找到了人,马上回701,把工作开展起来,不能等,不要拖。

第三点,铁部长对我们这次行动取了一个代号。他说:"我们要破的密码名叫'光复一号',我们的行动就叫'天字一号'吧,你不愿当组长可以,我来当,你就当副组长。这是我对你唯一能让的步,如果你再跟我叫难,想撂挑子,别怪我不客气!"

下最后通牒了!

我别无选择,可又不知如何开展工作。好在还有柳处长,他是清华大学数学系的高才生,又长期在破译圈子里转圈圈,他很快给我提供一个人选。此人叫胡海波,从美国回来,几年前被海军情报部门挖去搞破译工作,建功卓著,短短时间就破译过境外好几部中高级密码,在破译圈内颇有些令人称奇。

柳处长对我说:"他肯定是比较合适的人选,但要把他挖过来的可能性我看不大,除非铁部长亲自出面。"

我向铁部长汇报后,铁部长没有任何犹豫,亲自出面去海军找到相关领导,要求见他一面。人就在北京,第二天胡先生便来了,四十多岁,穿一身蓝色的海军装,上校军衔,戴着眼镜,头发透顶,说话慢条斯理的,看上去很斯文、很智慧。我赶去的时候,铁部长和柳处长已经跟他聊了一会儿,好像是在动员他过来,已经被胡上校推辞。铁部长把我和他介绍认识后,有点快刀斩乱麻的意思,干脆地对他说:"这样吧,我们先不说调动,估计要调你过来难度不会小,即便你愿意也不一定行。就折中一下吧,我们借用你几个月,我跟你们领导去商量,行不?"

上校想了想,诚恳又无奈地说:"首长,不是我不愿意来,而是……怎么说呢,斯金斯的密码,我破不了。她研制的密码属于苏式密码,那边的密码我从没有接触过,更谈不上研究,来也帮不了你们忙。"

铁部长说："要说接触，苏式密码谁都没有接触过。我们两国关系这么好，起码是以前吧，怎么可能去破译他们的密码？而且，谁也想不到，斯金斯的密码最后会转到台湾去。"

胡上校说："是啊，他们以前一般都用的是美式密码。"

铁部长说："所以，这是第一次，从来没有过，开天辟地的。因此，我们的行动叫'天字一号'行动。不过我想世上的密码总是相通，你破译了那么多密码，经验、技术都是无人能比，我还是非常希望你能来助我们一臂之力。"

上校摇摇头，笑道："首长，您说的不对，世上的密码恰恰是不相通的，尤其是苏式密码和美式密码完全是两回事，一个追求的是深难，是复杂和深奥，技术含量特别大；一个追求的是疑难，主要以诡秘、机巧取胜，可以说有天地之别。一个往天上飞，一个往地下钻，区别就有这么大。这也是双方研制密码的科学家有意为之的结果，要的就是要有区别，区别越大越成功。然后到破译界就有了一条不成文的规律，就是一个破译美式密码的人，一般不去破译苏式密码，去破也是破不了。寸有所长，尺有所短，人就是这样，你在这方面强了，往往在那方面弱了；这方面越强，那方面越弱。现在我的情况就是这样，你们觉得我很强，但针对光复一号密码我其实毫无长处，只有短处，你们哪怕随便找个数学家来，都比我强。"

铁部长指着我说："他这不到处在找嘛，但让一个新人开始就独当一面，我心里总觉得没底，所以专门来找你。原来想有你心里就有了底，不知道这里面还有这么多道道。"

上校说："只要能找到合适的人，新不是问题。破译密码就好比男女之间谈恋爱，不是说你谈多了就容易谈成，关键是要有感觉，有缘分，有灵性。"他建议我们不妨去中科院数学研究所去找找，这些年海外回来了不少数学家，多数都在那里面。他说："虽然不是每个数学家都可以干这个，但要想干这个离不开数学，那边人多挑选余地大。我可以给你们提供一些选拔资料，也许能帮助你们找到想要的人。"

资料在他单位，铁部长吩咐我随他去拿资料。我们一行人从办公室出来，在门口等车时，他突然想起一个人，回头对铁部长说："如果你们能找得到这个人，应该就是你们现在需要的最合适人选。"他介绍说，这个人曾在美国兰登公司工作过，据他所知她在那边曾经破译过苏联密码。铁部长一下睁圆了眼，问他怎么样能找得到。上校说几年前他曾在哈军大跟她见过一面，是个女的，很年轻，也很漂亮，但后来听说她离开那里，去了哪他也不知道。

"她叫什么名字？"铁部长问。

"黄茜。"上校说。

"有名有姓有地方，哪还会找不到？"铁部长当即指示我们兵分两路，一路由柳处长负责，马上出发去哈尔滨军工大学寻找这个叫黄茜的人，一路由我负责，去中科院数学所看看。

04

中国科学院数学研究所位于海淀区北郊，一个寂寞得有点荒凉的院子。这天下午，我去胡上校他们单位取了选拔资料后，回来的路上恰好经过这里，便以一个闲人的身份溜进去闲逛了一下。一进门，就看到祖冲之的塑像，在阳光下熠熠生辉。远处，一个年轻人正凝望着太阳，好像在试图计算太阳的高度。在我离开时，又看到一个戴着深度近视镜的老者，正一路俯首在地上拾捡着刚刚不慎从菜篮子漏出的几颗土豆。有一颗土豆滚入了下水道，他还是不甘心，把它当宝贝似的捡进篮子。看来，我们国家确实正处在一种我想象不到的贫困中。

当天晚上，我以杨小纲的名字，住进这里的招待所。这招待所在当时看也许是很高档，因为要接待外国专家。门口设有一个保安，坐在一张桌子后面，对进出的人好像都很熟悉。我在总台登记房间时，看到有两个外国人，一男一女，坐在大堂的椅子上聊天。我听不懂他们的话，但可以肯定不是苏联人。

大约是三个小时前，研究所党委书记王某就已接到科学院主要领导的一个重要电话，说的就是我即将"莅临"的事。领导对他说：人一到你就通知我。挂电话前，领导又交代：他是个有特殊使命的人，你们一定要保证他的安全。于是书记放下电话便直奔招待所，守在招待所刚修缮一新的大厅里，诚惶诚恐地等我出现，不时还冒着雨到外边来翘首张望，想象着我的如期而至。可以说，他在心里早把我盼望了又盼望，也许还用心推敲着"觐见"时应有的辞令。但当我真正出现时，他却仅仅多看了我几眼而已，没有上来招呼，更没有"热情接待"。

书记同志怠慢我的原因，我猜想有二个，一个是当时外面下着大雨，天又黑，我在雨中像一个逃兵一样冲进招待所，脸上的神情和身上的衣衫都透露出一种落魄和慌张，太不像一个"要人"；二个是我在服务台登记时用了一个假名字：杨小纲。我注意到，开始书记同志对我的到来还是有点敏感，我走进大厅后，他始终用警疑的目光忽明忽暗地打量我，在我身边转悠，像个探子。我到服务台作登记时，他也跟着我磨蹭到旁边，装模作样地跟服务员说事。低级的探子！但当我掏出的那张介绍信函——它不但纸质普普通通，而且足以证明我只是南方某高校一名叫杨小纲的教职工时，他顿时对我了无兴趣，迅速从我身边滑开，我的背脊骨甚至可以真切地感觉到，他在拖着沉重的步子背离我。当我办完登记，往楼上走时，我看到他在门前不安地踱着步，焦虑的目光时不时扎进黑暗的雨丝中，好像我还在来路上，随时都可能从黑暗中向他走来。

说真的，我没想到我一个平常为之的老习惯，竟然让年迈的书记同志平白增添了一个多小时的焦虑不安。我是说，用假名字登记住宿或办事，是我素有的习惯，也是需要。我身上备有各种各样的空白介绍信，我以什么身份和名姓住进该招待所，完全是随心所欲和偶然的，就看我当时伸进挎包的手率先摸到"哪一页"——那里面有许多页差不多大小和硬软的介绍信函。当时，我率先抽出来的是一张由北方某省政府给一个名叫辛小峰的处长开的介绍信，只是觉得这个职称跟我此刻落汤鸡的模样不太符合，于是又重新摸了一张，即杨小纲的那张。不用说，杨小纲和某省政府处长都不是我的真实面目，我的真实面目是——真名叫安在天，身份是特别单位701副院长，代号A705，即701五号人物的意思。但如果要说我使用过的名字之多，绝不亚于一个江湖老骗子，可以说，一本百家姓氏谱里，我至少用过半本的姓氏。别的不说，就说在这次为期八天的回国途中，我先后用过李先进、陈东明、戴聪明、刘玉堂等六个名字，它们一定程度上说明我此行经事之多，和我固有的谨慎。是谨慎，不是胆怯。谨慎和胆怯，跟冷漠和郁闷一样，看起来有点相似，骨子里却有云泥之别。

　　本来，王书记已经替我开好房间：三〇一房间。这是个套间，里间有一张暗红的古典雕花大木床，床上叠着绸缎的花被，蚊帐是尼龙的，如蝉翼一样透明，还有单独的卫生间；外间宽敞，物什齐备，有舒适的沙发，派头的电话，还有吊扇、衣帽架、台灯、茶几、茶具和烟缸等大小设施和用品。就楼层说，是顶楼，就方位说，在走廊尽头，不但安静，还有保密性、安全感。我需要这样一个房间，因为我是特别单位701的人。但是，这个房间现在只属于"安在天"，不是"杨小纲"，杨小纲只配住一般房间。一般的房间比较多，任意性比较大，根据我的要求，最后安排给我的是二〇一房间。这个房间在三〇一的脚板底下，一样处在走廊尽头，也是套间，虽然没有那么多配备，但基本符合我的要求。所以，我进屋后，就决定住下来。由于一路雨中奔跑，我似乎有点累，进屋后，简单擦洗一下，就上了床，而且很快迷迷糊糊地睡着了。不过，一个惊天动地的霹雳很快又把我惊醒，我听到有个东西在不停地拍打窗棂。我不知道是怎么回事，走过去看，发现窗外的右手边，有一棵跟楼房差不多高的枣树，正是盛夏季节，枣树枝繁叶茂，有条枝桠出格地伸到我窗口，借助风力的鼓吹，冒昧地拍打着我的窗棂。再看下面，有一根分枝完全贴着墙头长过来，要不是有人砍断它的头，没准它早已破墙、钻进屋来。也因为砍断了头，所以它变得格外粗壮，粗壮得像一根独木桥一样吊在我窗下，只要稍有点脚力和不犯恐高症的人，都可以凭它翻进我房间里来——破窗而入。

这怎么行？

绝对不行！

于是，我下楼去要求换房。

服务台不准我换，我临时编的几个理由，都被视为无理取闹，遭到拒绝。我的态度因为有恃而无恐，于是我的声音因为情急而变大，而服务台里的人一点也没有被我吓倒，他一边偷偷地注视着我背后的书记同志，一边以蔑视和沉默对待我。无奈之下，我很不像一个有秘密权威的人一样吓唬他。

我说："我是你们王书记的客人，请你配合一下我行吗？"

你知道，这时候，书记同志其实就在我身后，他已经被再三的等待焦了心，听我这么一说，似乎已经有所敏感，不乏客气地对我说：

"我就是王书记，请问你是哪位？"

我说:"我是从701来的。"

他问:"你姓安吗?"

我说:"是的,我叫安在天。"

他啊一声,一个箭步冲上来,紧紧握住我的手。他手上的力量和气息让我感觉到他有种急于叙事的冲动,我不知道他将叙述什么,但我知道在这里有些话是不可以说的,说了就可能给我带来不便。所以,我十分职业(机智)地将握手临时转换成亲密的拥抱,借此将头架在他肩膀上,悄悄说:

"这里不便多说,请带我去房间。"

05

当然是三〇一房间。

进房间后,我马上走到窗前,看窗外那棵枣树,它在风中摇曳着,一股声浪像海潮一样朝我扑来,而摇曳的树枝好像极力想拍打我,却怎么也够不到,总是在一两米之外又反弹回去。我想,如果是只猫,它也许可以凭此跳进我房间,但人大概只有《水浒传》中的时迁有此本领了。我相信,我是个谨慎的人,但我更相信,对701人——每一个人——来说,所有的谨慎都是必要的。因为,正如总部首长所说:我们701一个人的价值,抵得过一个野战师。

的确如此,当时JOC电台每天都在对我们系统的人广播,希望我们跑过去，人都明码标价，高的已经超过几十万美金，低的也有几万。像我这样的，不值几十万嘛，至少有十几万吧。这就是说，只要谁把我弄到×国，就可以得到十几万美金。重金之下必有勇夫。说实在的，那时出门我的心态很不好，老是疑神疑鬼。也许是我经事太多，也许是形势的问题……说到形势，大家都知道，形势很严峻，而且还在继续严峻，谁也不知最后会严峻到何等地步。想想看也是，要是在以前，谁想得到，昔日的老大哥，苏联老大哥，如今也会成为我们的对手。反目成仇。剑拔弩张。明争暗斗。还有日益紧张的台海局势，蒋介石妄图"光复大陆"……这种形势下我分明感到自己真是越来越胆小，越来越多疑，越来越谨慎。是的，是谨慎。谨慎不是胆小，但我的谨慎里已经藏着胆小。这个房间比刚才的房间好多了，听说隔壁还专门安排有两名保卫干事。我喜欢这种感觉。安全的感觉。看来，书记同志不像我事先听说的，"是个世事不谙的学者"。

高个子，大块头，堂堂的相貌，穿着笔挺的中山装，说话声音亮堂，举止气度不凡，这就是王书记。这也是为什么我在大厅里看见他，而没有想到他就是王书记的原因，他给我印象更像个秘书，或一般领导。他甚至连副眼镜都没戴，和我想象中的一个科研机构的领导人完全不是一回事。

但很快我又发现，他身上有种科研工作者特有的精细和固执，比如我们谈话开始和结束时，他都在下意识地看手表，表明他有强烈的时间观念；对我提出的要求，总是不轻易表态，要深思熟虑后才作答。在谈话之前，他甚至要求看一下我证件，以证明我就是特别单位701来的安在天。看了证件，还是不放心，还要这个那个地盘问我。

他说："恕我直言，我接到的通知上说，你应该乘一辆吉普车来。"

我说："通知上应该还说起，这辆车的车牌号为×××。"

他说："是的，可你为什么没乘车来？"

我说："车子在路上抛锚了。"

其实，我是为隐蔽起见故意只让车送我到门口，没让车子进来。没想到，就几百米的距离居然天公不作美，突然降下一场大雨，搞得我很狼狈。他对车子抛锚的说法显然不信任，却又不知怎么质疑，只是沉默着。为取得他信任，我索性给下午通知他我要来的上级领导同志拨通电话。其实，下午领导给他挂电话时，我就在旁边。我把电话递给他，让他来接。他听着领导的电话，笑逐颜开起来。放下电话，他就紧紧握住我手，说失敬失敬。说着，客气地拉我到沙发上坐下，还给我敬烟、泡茶。我坐下后，开门见山告诉他：我是来向他要人的。他问我要什么样的人。我想了想，一边打开挎包，一边对他说：

"还是你自己看吧。"

我从挎包里，先是抽出一只八开大的牛皮信封，然后又掏出一只小瓶子——像一只墨水瓶，然后又摸出一支小毛笔，一一放在茶几上。接着，我又从信封里抽出一沓文件，从一沓文件里又翻出一页零散的纸——它夹杂在几份文件里，像一页多出来的废纸。我过分在乎地端详它一会儿,然后将它铺开放在茶几上,给他看。

我带点儿幽默口吻地对他说:"看见了没有,我想要什么人,都写在上面呢。"

他近看,远看,左看,右看,拿起来看,又放下来看,却是什么也没看到。

"这分明是一张白纸,我什么也没看到。"终于,他忍不住疑惑地望着我说。

确实,这是一页白纸,只是比一般白纸看起来要异样一点,好像要厚一些,又好像被浆洗过似的,纸面显得有些粗糙。

我说:"你别急,你该知道的都写在上面。"说着,我拧开瓶子,拿起毛笔,往里面蘸了水,开始在白纸上作业起来。但不是写,而是涂刷。轻轻地涂刷,很小心,像作画一般。说是涂刷,纸上却并不显现任何色泽,倒似乎有一缕白烟泛起,与此同时,还有一种轻微的哧哧声,好像那页纸是火烫的,水落上去,就马上被蒸发掉了。

他惊奇了,问我:"你在干什么?"

我说:"你看。仔细看。"

我说着,纸上就慢慢显出字迹来,一笔一画,一撇一捺,像有只无形的手在写,笔画先后顺序是乱的,但字是完整的,第一个字是"兹"。接着又一个,接着又一个,就这样,一个个字,像幽灵鬼符一样冒出来……

这是一份经过隐形处理的文书。

为什么要作隐形处理,当然是为了保密和安全。这样,即使我在路上有个长短,比如不慎丢失什么的,别人得了文件,也不至于马上暴露我秘密的身份和此行绝密的重要任务。我的任务是来这里——我国数学科学的第一阵地——寻求一位为我们701去破译光复一号密码的高级人才。

破译他国密码,本身就是一个阴谋,一桩阴暗的勾当,是国与国之间,或不同的政治集团之间,你死我活的隐蔽斗争。当时台海局势已经相当紧张,战争大有一触即发之势,破译光复一号密码迫在眉睫,已成了国家的最高机密,不容有丝毫意外,哪怕只是一点风声,一旦泄露出去,对我方必然会造成各方面都极为不利的局面,甚至影响到我们在"光复"与"反光复"行动中的成败问题,也就是新中国的安全问题。说到底,这事情绝不能败露。说得难听一点,即使要败露也不能败露在我手上,否则我这辈子就完蛋了。正是基于这种考虑和担心,我在出来前专门慎重地做了高级隐形处理,在书面上刷了一层白色的隐形粉。

隐形粉在双氧水的化学作用下,化成白烟消失,如同雪在阳光下消融一样。伪装褪去,我的秘密任务便成了白纸黑字,醒目而庄严地看着书记同志,看得书记神情陡然变得庄重十分。完了,他问我要多少人。我伸出一个指头:

"就一个。"

"就一个?那么……"他疑惑地问我,"有什么具体要求吗?"

"首先,"我说,"必须是一个在数学科研活动中有突出建树的专家。"

他掏出笔来记录，一边喃喃着："必须是个数学家，这是一。"

"那么二，"我接着他话说，"必须懂俄文，最好是在那边留过学。三，政治上要绝对可靠。四，年龄不要太大，最好是中青年，单身汉更好。"

他问："就这些？"

我说："就这些。"

他说："总共四条，只要一个人。"

我说："对，主要是这四条，最重要的是前面三条。总之，我们的原则是人不要多，越少越好，有理想的一个就够。这不是人海战术，人多力量大。这是一个数学家破解另一个数学家精心布置的迷魂阵，不论是布迷魂阵的数学家，还是破迷魂阵的数学家，都必须是百里挑一，非他莫属。我们要找的就是这个百里挑一、非他莫属的人。但我希望你能多提供一些候选人。"

他问："大致要多少？"

我说："难道你有很多吗？"

他说："十几个还是有的。"

我说："那让我都见见他们吧。"

他问："什么时候？"

我说："尽快。"

他说："最快也要明天了。"

我说："你就按最快的去落实吧。"

也许是我过于严肃，也许是他过于紧张，总之我们的谈话充满公事公干的味道，没有废话，没有幽默，没有轻松，没有客套，以致他走的时候，我们连个再见都没有说。

06

第二天上午，我吃完早饭，从楼下餐厅上来，看到隔壁保安的房间里走出来两个人，一个是王书记，另一个没见过。书记给我们作了介绍，我知道他就是来应试的，是个数理学博士，去年才从苏联回来。他是我接触的第一个候选人。随后，陆续有人出入我房间，到晚上我已与十二个人(其中有两名女同志)进行了面晤。这些人中，只有一半同志在我房间逗留的时间超过五分钟。就是说，来人中一半人在我房间停留的时间是短暂的，比如刚才那位留苏博士，事后书记说他以为这是最可能被我入选的，所以安排他第一个来，还亲自带来。但事实上，他跟我进房间后，我们连一句话都没说，仅仅是被我明里暗里地多看了几眼，我就请他走了。

为什么？

书记不解地问我。

是这样，当时我们进房间后，我有意摆出一言不发的傲慢样子。这其实是在测试他的心理素质。他也许不知道，看我一言不发、目中无人的样子，脸上始终坚强地挂着殷勤而空洞的笑容，对我小心翼翼，我想抽烟，他马上冲上来给我点烟，还主动给我泡茶什么的。

我想，他这种人也许更合适去从事与人周旋的工作，而不是去干在沉默中沉默的破译工作。安德罗说，**破译密码是跟死人打交道**。所以，无需你观人言察人色，更不要你小心翼翼，而是要你想方设法去**聆听死人的心跳声**。

是的，破译密码是听死人的心跳声！

死人怎么会有心跳？这是个悖论，而破译密码的事情本身就是个坚硬而巨大的悖论。为什么说破译工作是世上最残酷又荒唐的职业？就因为在正常情况下，所有密码在它有限的保险期内是不可能被破译的，破译不了是正常，破译了才是不正常。天机不可破，但你的职业却是要去破，你的命运由此而变得残酷又荒唐。这就意味着，我们的破译员必须要具备绝对沉着——在绝对残酷又荒唐面前绝对沉着——的良好的心理素质，如果面对一个刻意装弄出来的傲慢，你就乱了方寸，忘记了自己身份，低三下四去取悦他，迎合他，这类人的内心可想有多么懦弱，怎么可能让我看到光明的未来？要知道，我们求索的那束光明原本就像游丝一样纤细，而且还在风驰电闪中，也许我们只有像一个死人一样沉着，处乱不惊，处变不惊，这样地日复一日，夜复一夜，才可能有幸不期而遇。

当然，密码技术作为一门数学科学，尖锐而深邃的数学能力，跟良好的心理素质是一样必要又重要的，两者犹如一对飞翔的翅膀，缺一不可。从某种意义上说，我不敢肯定自己对他们数学能力高低优劣的判断标准是绝对科学而合情理的，或许存在着某些偏狭和蛮横。但我敢肯定对他们心理素质上的直觉，自己是不会错的。我的原则是宁缺勿滥,不要凑数,多了未必是好事,少了也未必是坏事。所以,我固执地按照我的要求选拔人,首先从十二人中选出六名候选人,然后组织他们笔试。

笔试的内容就是我从胡上校那边要来的选拔资料,是由两部已经破译的中级密码演变过来的两道高等数学题。它们当然不是密码的全部,但一定程度上可以反映出一个人的数学才华和对密码的某种亲近。在目前情况下,这也是我考察人选的唯一有效的方式。我决定先拿出一题作考题,考试时间是两个半小时,形式是开卷,各人可以带资料,但必须绝对独立完成。为了表示我的诚意和谢意,中午,参加考试和监考的工作人员的伙食由我提供,按每人两元的标准准备,另外参考和监考人员每人发三元钱的补贴。我交给书记一百块钱,和可以到附近任何粮站或肉店买十斤大米和十斤猪肉的票据。我发现,书记看着厚厚的一沓钱和两张真假难辨的票据,有些受宠若惊地发愣。这就是那个年代,任何人在吃的问题上都有问题。

考试的纪律非常好,结果也还行,有三个人胜出,遗憾的是书记极力推荐的两个人都交了白卷。下午,我把答出题的三个人的名字报给王书记,要求约见他们。书记安排我在他的办公室跟他们一一见面,我把另一道试题发给他们,要求他们独立答卷。这次,我有意不集中安排考试,目的就是要试探他们的品德,在没有约束的情况下能否"遵纪守法"。不用说,正常的话,我要的人必在他们中产生。我明显地感觉得到,书记同志对我选拔的结果有点失望,也许是因为他重点推荐的几个人，我一个都没看中的缘故吧。但这没办法，青菜萝卜各有喜欢，我不能以他的胃口来确定我的菜单，就像晚上他设宴款待我，三番五次劝我喝酒都被我坚决拒绝一样。

出门滴酒不沾，这是我养成多年的习惯。

所谓设宴，只不过是多了几个陪我吃饭的人而已，都是所里的领导和名人。人多了，话就多，吃饭的时间被无聊地拉长。用完餐，我们从餐厅出来，经过大厅往外走时，我突然注意到，在临时会客的沙发那边，坐着几个人，其中有个女人一直目不转睛地看着我，目光大胆又热烈，有点风骚女子的味道。她的年纪也许有三十来岁，也许还要大一点，嘴唇涂得红红的，穿着一件黑白细条纹相间的列宁装，头发用一块白手绢扎起，很洋派的样子，有点电影上女特务的时髦和妖艳。有那么一会儿，我觉得她好像冲我暧昧地笑了一下，我不敢相信这是真的，宁愿相信这是幻觉。但即使是幻觉，我也感觉到一种像被火烫着的惊吓，吓得我不敢再侧目去看她。

事情从此变得有些荒唐起来。不一会儿，我送走书记他们，回来时，见女子正立在我房间门口，见了我，还是刚才梦幻似的一个甜甜的笑容。我心里有些虚实不定的无措，为掩饰这种无措，我带点儿指责口气地对她说：

"你在这干什么？"

她脱口而出："找你啊。"声音和笑容一样甜美。

"找我干什么？"我问。

"你不是在找人嘛，我想来了解了解，不欢迎吗？"她理直气壮地说。

"你是干什么的？"我冷淡地问。

她把头天真地一歪："你猜呢？"

我很粗暴地顶回去："我不想猜。"

她略显尴尬，但很快又露出笑颜，说："看你这么凶巴巴的，好像我是国民党的残留分子似的。"哈哈一笑，又说，"我不是国民党的女特务，我是爱国知识分子，从美国回来报效祖国的教授，周总理还接见过我呢！"

我听着，云里雾里的，一时愣在那。

她敲敲我房门，落落大方地要求我："开门吧，请我进屋吧。"

我手已经伸进口袋，去掏钥匙，但临时又放弃。我问自己，对她一无所知，贸然请她进屋是不是合适？答案是否定的。于是，我请她去楼下大厅里坐。她似乎不乐意我在大厅里接待她，到了楼下，她要带我去专家楼，说那里有爿咖啡屋，是专门招待外宾的。

我说："我又不是外宾。"

她说："我们可以装成外宾。"接着流利地说了一串外语，也不知说的是哪国话。

我还在犹豫去不去，她掏出一张十元钞票说："小姐请先生，你好意思拒绝？"

我心里想，这人怎么好像不是真的，跟书里的人似的，说话酸溜溜，做作得简直叫人心烦。最后我还是跟她走了，路上，我对自己说，她身上有种惹是生非的东西，你最好离她远一点，见机就撤。

她似乎看见我心中所想，用一种宽慰的口气说：

"不要用老掉牙的眼光来看我，那样你会觉得我是个怪物，其实我不怪，只是有些特立独行而已。在这里，他们都是一个样，千篇一律，我是唯一的，与众不同，所以也值得你认识。"

黑暗中，我觉得她的声音也是做作的，常常夹杂着一些外语单词，叫我听着一阵阵地起鸡皮疙瘩。我疑问着，这到底是个什么人物？

07

她叫黄依依，正如她自己说的，是个爱国知识分子，归国前曾在世界著名数学家冯·诺伊曼手下工作过，算得上是个小有名气的数学家。我记得安德罗曾对我说过，**当今世上冯·诺伊曼是最伟大的破译家，他有两个脑袋，一个是东方的，一个是西方的……世界上只有他既可以破东方的密码，又可以破西方的密码，他收罗了大批东方学子，为的就是领略东方智慧的玄奥……**所以，有人说他的脑袋比爱因斯坦还要复杂，还要深不可测。

黄依依与诺伊曼博士的缘分，似乎很多人都知道，是得益于她打得一手举世无双的好算盘。她打算盘的绝活是祖传的，在广东英德县大源镇的黄家祠堂里，至今还挂着慈禧太后的御书：两广第一算盘。说的是她爷爷。老人家晚年曾追随孙中山先生，当过一阵子临时国民政府的收支总管,后人将此演绎说他是孙先生的账房先生。黄依依从三岁就开始跟爷爷练习珠算,到十三岁赴广州读中学时,算盘打得之快已经与年迈的老祖父相差无几。老祖父临终前,将他一生视为宝贝的一个价值千金的象牙金珠算盘赠予她,引得黄家几十个嫡传后裔们无不眼红心绿。

老祖父遗传下来的这算盘实为稀世之宝,其大小只有半只烟壳子一般,有如一块玉佩,可以合掌护爱,而奇特的用料和工艺更是令人惊叹。整个算盘由一枚野生象牙浑然雕刻而成,手艺和功夫大有盖世绝伦之高超,而且上面一百零五颗算珠子个个着有纯黄金粉,看上去金光闪闪,拿在手上凉手称心,可谓美不胜收,举世无双。

算盘小巧又珍贵到这般地步,与其说是个算盘,还不如说是件珍宝,只有观赏性,而无使用性。因为算珠子太小,小得跟一粒绿豆似的,常人已根本无法使用,要想使用,只能用指甲尖尖来点拨。然而,黄依依却可以拿它来跟所有珠算高手比试算速,开头几年用的是真指甲,十指尖尖的,后来改用假指甲,跟弹琵琶似的,却依然得心应手,挥洒自如,将细小的算珠子点拨得骤风暴雨的快,飞沙走石的响,那感觉如同你看艺人踩着高跷,依然健步如飞。这是她的手艺,也是她的骄傲,不论何时何地,她总是随身带着这件宝器,高兴或不高兴时,需要或不需要时,都拿出来热热手,有时候是展示,是炫耀,是露一手,更多时候是习惯,是无意,是下意识。靠着这门绝活,她到哪里都能引人瞩目,叫人铭记。

一九四二年,黄依依以优异成绩被国民政府教育部保荐到美国麻省理工学院攻读数理学博士。有一次，著名数学家冯·诺伊曼来给他们开讲座，也许是有意想引起这位大数学家的注意吧，课间休息时，她从身上摸出算盘，戴上纤巧、朱红的假指甲，噼噼啪啪地击打起来，一下把这位数学巨人吸引过来，看得如醉如痴。一年后，在博士答辩会上，她再次见到这位大数学家，后者对她说，我有一个助手刚离开我，如果你今天的答辩依然像你的算盘术一样打动我，我将热烈欢迎你来做我的助手。后来，她果真做了冯·诺伊曼的助手，于是转眼成了国际数学界有名的人物。新中国成立后，国家人事部、外交部、教育部、中科院等六部院联合发表公开书，欢迎海外爱国之士归国建设新中国。该公开书由周总理签发，上面具体点到二十一位人名，其中就有黄依依的名字。她就这样回到祖国，成了当时全国最年轻的女教授，年仅二十六岁。后来她又去莫斯科做访问学者八个月，带回来一个苏式绰号：伏尔加的鱼。至于有何寓意，少有人知晓。

　　这一切，当然是我后来才逐渐了解到的。那天晚上，我们到咖啡屋后并没有说什么就分了手。是我溜走的。咖啡屋不大，是以前的一个教室改成的，老板是个中年妇女，长得像新疆人，其实是个哈萨克，苏联人。据说，她丈夫曾经是最早来这里工作的苏联专家，她开这爿咖啡屋本来是为那些苏联专家服务，如今专家走掉一大半，包括她丈夫也走了，而她却留了下来。听黄依依说，她现在跟这里的某个人好着，留下来就是舍不得他——不是舍不得咖啡屋。在大批专家撤走后，咖啡屋的生意已经日渐惨淡，我们进去时看见只有一个客人，国籍不明，但肯定是个外国人，留着满脸大胡子，跟马克思似的，正如醉如痴地听着电唱机里放的《友谊地久天长》的曲子。音乐一遍放完后，他用蹩脚的中文要求老板娘再放一遍。因为没什么客人，屋里空敞得很，也许就因为空敞吧，等音乐再起时，黄依依心血来潮地邀我起舞。

我当然不从。

我说："我不会跳。"

她说："不会我教你。"坚决要求我跳。

我坚决不从。我简直觉得荒唐，在咖啡馆跳舞，还跟个陌生女人。这种事我想一想都不敢，更别说做了。但黄依依像中了邪似的，看我死活不肯，不知是想报复我还是怎么，掉头即去找那个大胡子跳。大胡子欣然起身，还对我说声谢谢，好像是我恩赐给他这个机会。在起舞前，黄依依对老板娘说了一句俄语，老板娘听了，笑嘻嘻地从柜台里出来，陪我坐下。老板娘的中文说得不错，除了腔调难听外，意思基本上能正确表达。她问我是不是"卡门"的男朋友。我问卡门是谁，她指着黄依依说，就是她。我说她不是叫黄依依吗？老板娘笑说，看来你不是卡门的男朋友。然后她对我解释说，黄依依是她的名字，卡门是她的昵称，这里人都这样叫她。我问为什么要叫她卡门，老板娘反问我：

"你不觉得她很可爱吗？像卡门一样可爱。"

说真的，当时我不知道卡门是个文学形象，但说到可不可爱，我知道：不！一点也不！我想，这也叫可爱？这叫神经病！

十三点！疯子！

看着两个人恶心得像苍蝇一样在我身边转着，我浑身都觉得不舒服，所以，很快就抽身走了。不辞而别。

第二天上午，我去找书记要三名候选人的档案看，顺便问起黄依依这人。书记将她的情况大致作了介绍，总的说，我感到书记对她的才学和科研精神是推崇有加，目前所里进行的两个被国际上看好的研究课题，其中就有由她主持的"数字微分和质量划分"这个课题，只是对她"放任自由的性情"略有微词。

"我认为她典型属于那种大脑发达、小脑不发达的人，智商很高，但自控能力较差，管不住自己的思想和行为，平时说话行事太任性，太无拘无束，放任自由。所以，也容易遭人非议，有人就批评她身上资产阶级的东西太多。"看看我，书记又说，"不过，世上哪有十全十美的人？人总有缺点，她本来就在美国生活多年，思想上难免受影响，我们一方面要改造她，另一方面也要理解她。我理解她，所以经常劝她要入乡随俗。她的问题，说到底一句话，没有入乡随俗，或者说还没有很好地入乡随俗。但我相信慢慢地，她会的。"

我想，既然她业务那么强，为什么又不把她推荐给我？我这么问书记，他哈哈笑道："你不是已经跟她有一面之交，你觉得合适吗？她这样子，用你的话说，疯疯癫癫的。"

我想也是，我们怎么可能要她？她充其量不过是一只"有思想的苍蝇"而已。

走出书记办公室，我想把黄依依也从脑海里甩出去，但似乎不那么容易，她的形象、声音、话语、舞姿等，老是像苍蝇一样在我眼前飞来舞去。说真的，书记对她不错的口碑引起了我对她的好奇，我以为像这种人在单位里肯定会叫领导头痛，没想到还这么好，这说明她在业务上可能真有过人之处。看上去疯疯癫癫的，实际上才学满腹；我觉得可恶，有人觉得可爱，比如那个老板娘……看来，她并不是个简单的疯女人，不能等闲视之。我甚至想再见识见识她，但想到昨天晚上我无疑给了她难堪（不辞而别），若主动去见她，没准还要被她奚落一番。再想，她这样子去我们那里确实也不大合适，毕竟我们是个特别单位，纪律性强，思想作风要过硬。这样一想，心里也就淡了她。

我夹着候选人的档案回到招待所，开门进房间时，看见地上躺着两只信封。我不想也知道，这一定是他们交来的答卷。昨天，我给三位又出一道数学迷宫题，我将根据他们三人解题的情况，对错、快慢、简繁等，最后来裁定录取谁。现在已有两人交了答卷，我坐下看，发现两人的答案都是正确的，心里一下子很高兴。刚才我还在想，如果三人都不能及时交来答案，或交来的都是错的，最后还不知怎么来作裁定呢。现在看，起码有两人可供我选择。从答题的思路看，虽然两人各有千秋，但从感觉和简繁程度看，几乎都不差上下，难分高低优劣。这就是说，我几乎可以在两人中任意选一个，最后选谁将主要取决于档案材料。于是，我准备好好研究一下他俩的档案，从中来明确我的抉择。就这时候，我听到有人敲门，开门看，是黄依依。她立在门口，见了我，还是昨天那种梦幻似的笑容。

"有事吗？"我问。

"当然。"她说，"但不是请你跳舞，放心吧。"

"什么事？"

"可以让我进来说吗？"不等我作答，她已经进来，一边说道，"我是来应试的，你不会不准我进来吧？"

"应什么试？"我有意装糊涂。

"你不是在招揽人才嘛。"她瞪大了眼。

"是。"我不想跟她啰唆，只想打发她，"但我已经招到人，所以这工作已经结束。"

"啊，这么说我来迟了？"

我说："是。"

她说："你还没有告诉我尊姓大名，让我认识一下吧。"

我说："我姓安，安在天。"

她问："安同志是哪个单位的？"

我说："跟你一样，一个研究所的。"

她又问："你们要人是去做什么的？"

我又语焉不详地答她："做一个数学家能做和作为一个公民必须做的事。"

她说："别说得那么酸溜溜的行不行？安先生。"

我说："这里没有先生，只有同志。"

她说："告诉你，这又是一句酸话。"说着径自咯咯大笑起来。适时窗外吹来一股风，把茶几上的试题吹开一页，露出了题目。

黄依依对上面的那些符号显然很敏感，扫了一眼问我："这是你在做吗？"

我说："不是我做，是我要的人做。"

她说："这就是你选人的试题？"

我说："是。"

她说："我能看看吗？"

未经我同意，已经拿在手上看起来。

我冷笑着说："这可不是光靠大胆和笑声可以解答的。"

她答非所问，像进入了无人之地，自言自语地说："这是一道数学游戏题……题面有意复杂化……出题的人肯定是心理变态狂……"一边跟梦游似的，飘飘然地坐直身子，嘴唇无意识地翕动，完全是一副半梦半醒的样子。我惊诧于她这种突然间的变化，从刚才喜笑颜开的样子，到现在恍若隔世的样子，中间似乎没有任何过渡，没有起承，没有接口，像她身体里有个神秘开关，可以自便地转换状态。

迷迷糊糊地一会儿，她突然又似醒非醒地抬起头对我说："我可以破这题，但需要一点时间。我可以带走吗？要么我就在这儿做？"我同意她带走，并把另一道题也找出来一并给她。她拿了题半梦半醒地走了，感觉和她刚才进来的样子完全判若两人。

我送她到门口，看她梦游似的样子，自己也变得梦游似的。

08

我确实开始梦游了。

大约过了半个小时,我听到走廊上响起她的脚步声,咚咚地朝我房间走来。但临到门口脚步声止了,却没有响起敲门声,而是看见门缝里塞进来一些东西。我拾起来看,是一份答卷,还有一张纸条。有趣的是,纸条的抬头处画的是一个非常可爱的我的漫画头像,似乎以此来代替称呼我,下面是这样写的:

> 我用二十七分钟走出了你的第一个迷宫,相信一定是满分。我也看了你的第二个迷宫,如果有时间我照样走得出去。但我现在没时间,我要去上课了。顺便告诉你,以我对同仁的了解,能按时把这道题破掉的大概只有谢兴国、张欣和吴谷平三人,而能把第二题又破掉的,可能只有谢和吴,张欣只能交白卷了。嘿嘿,认识你很高兴……

我相信此刻我的瞳孔一定被震惊放大了,因为她说的一点不错,到现在为止真正做完两道题的确实只有谢和吴!我对着她的纸条不禁浮想联翩起来,耳边不由又响起安德罗的声音:**大部分密码都是在有意无意间破译的,大部分破译天才也都是在有意无意中被发现的……**

真的,我怎么也想不到,仅仅是我抽两支烟的工夫,她就把第一道题破了，简直不可思议！我兴奋地在房间里踱步，不时走到窗前去张望，期待她尽快上完课回来。有一次我往窗外看，恰好看见她夹个讲义夹，像个骄傲的公主一样，挺着胸脯从路上走来。我痴迷而兴奋地望着她。突然，她像有灵感似的也抬头往我这边看过来，我们的目光碰在一起，她显得意外又高兴，潇洒地对我做了一个飞吻。

呃，这个人啊，我不知道该怎么说她，怎么说呢？但我当时已经想好，不管她做人有什么问题，只要政治上没问题，我会对她网开一面。就是说，当黄依依轻易地将那道题破解之后，我也轻易将她列入了候选录取的名单中。所以，我希望她尽快破掉第二道题。考虑时间快到中午，我决定给她开个房间，要求她下午两点钟之前给我交答案。

她说："用不着了。"

我说："怎么用不着？既然你来应试，就必须按我要求，完成所有测试内容。"

她说："那你告诉我，你要人去是干什么的？"

我说："这你不必问，你要被录用，自然会知道，否则永远知道不了。"

她说："这不公平的嘛，我去干什么都不知道，又怎么能知道我愿不愿意去呢？"

我说："这没办法的。事实上，这也是考核的内容之一，就是你必须有一种把国家利益看得至高无上、不管去干什么都心甘情愿的革命精神。"

她说:"看来我暂时还没有这种崇高的革命精神。"

我说:"那你只有放弃。"我拿起刚才两个候选人交来的答卷,对她晃了晃,"正如你所说的,已经有两名同志把两道题都解了,现在你只完成一道题,如果我就这样来选拔你,把你作为他们的竞争者,对他们是一种不公平。"

她说:"不过我实话告诉你,这两个人我都很了解,你招他们去如果是准备让他们去独当一面,干出石破天惊的事,那么你是找错人了,尤其是谢兴国更别提了。"

我问:"为什么?"

她说:"这人我太了解了,钻研精神十足,做研究特别细心扎实,典型属于那种耐力极好的人,但就是缺乏创造力。如果你要搞个什么课题研究,他是最好的合作伙伴,你只要把大的想法告诉他,他会一步一步给你求证得漂漂亮亮,无可挑剔,比你期望的还要好。但你如果想让他单独开创一个东西,他就不灵了,他缺少的就是这种平地拔楼的勇气和本领。"

我问:"你们合作过?"

她又回到先前轻佻的口吻,卖起关子,"你是问什么合作?工作上的还是其他的?告诉你吧,我跟他什么合作都有,工作上他现在跟我是一个课题组,其他的合作则是我的隐私,是什么你自己去想吧。"说着,露出一脸坏笑。

我有些反感她这种做派,冷冷地对她说:"我对你们的其他合作不感兴趣，我感兴趣的是你为什么要在我面前说他坏话。"

她说："你没听到我夸他吗？我说的都是实话！"

我说："但是你想过没有，你这么说的结果有可能影响我录用他。不过，我想这恐怕也正是你的目的，因为你的课题研究需要他，所以怕我把他挖走。"

她哈哈大笑道："你这是以小人之心度我君子之腹矣，太小视我！说实话，我希望他走，免得……嗯，跟你直说了吧，我们曾经好过，但现在不好了，就是这样的。你应该想得到，一对好过的人不好之后会怎么样，即使不反目成仇，总是有些解不开的疙瘩，谁愿意跟谁每天搅在一起，低头不见抬头见？你要喜欢他，就让他跟你走吧。如果你请他是去做你或者谁的副手，那就更好，他是最好不过的搭档，做事兢兢业业，任劳任怨。不过如果你想让他一个人去开天辟地就难为他了，他真的没这本领。"

这时外面传来脚步声，朝我这边走来。黄依依听到脚步声，说："一定是我们书记同志来请你去吃饭了，我告辞了，反正你也不会请我吃午饭。"

我提醒她："那你还想不想应试呢？"

她笑笑说："免了吧。"说着，走了。

脚步声其实不是书记的，而是食堂炊事员，他来叫我下楼去吃饭。吃完午饭，我约见了谢兴国和吴谷平。我已经看了他们的档案，想跟他们聊一聊。然而，我自己都奇怪，我与他们聊的几乎都是黄依依，好像我心里装满了她，如鲠在喉，不吐不快。可以想见，黄依依已经以她的"放任自由的方式"引起了我强烈的兴趣和好奇，我与他们谈论她，事实上是在向他们打探她的真实。而两位对黄的评价，给我一个印象就是：我看到的黄依依是真实的，在真实的基础上又是不全面的，不充分的。他们眼中的黄比我看到的要更天才、更乖张、更无耻、更邪乎、更诡秘……用她前相好谢兴国的话说：她身上既是天使，又是魔鬼——一半是天使，一半是魔鬼。

应该说，我也有类似的感觉，他们不过是证实了我的感觉。这感觉不寻常啊。这感觉刺激我啊。我分明感觉到，两位闪闪烁烁的说法和各种举证，非但不能平息我对黄的好奇心，反而如火上浇油，更添了黄在我心目中挤拥的感觉。而当我将他们与黄依依放在一起看时，我感到，后者身上明显要多一些邪气和野性，感觉他们是家养的，黄依依是野生的。是的，我真有这种感觉，而且很强烈，强烈得我要一吐为快。

事情到这个地步，其实我心里已经很明白，我要的人不是他们，而是黄依依！因为在密码界，谁都知道，密码是反科学，反人性的。反科学也是科学，所以研制和破译密码都需要智慧、知识、技术、经验、天才。但同时更需要一颗"恶毒的心"——不管是研制还是破译密码，因为它是反人性的。密码，说到底，玩的是欺骗，是躲藏，是暗算。兵不厌诈，密码是兵器，是兵器中的暗器，是人间最大的诈。在这个充满奸诈、阴险、邪恶、惨无人性的世界里，一个桀骜不驯、带点儿邪气和野性的人，或许要更容易生存下来……想到这里，我抓起电话，通知书记同志，下午我要见他。

下午，我去找书记。

书记的办公室在三楼，我上楼的时候，在楼梯上，恰好和一个女同志劈面相逢。我为什么记得她，是因为我们擦肩而过时，我看到她在掩面而泣，一只手捂着嘴巴，一只手捂着胸口，头低低垂着，是一种很悲伤、很无奈的样子。后来，从书记那里又知道，我看到的女人正是刚从他办公室里走，所以他的情绪不是太好，见了我不像前几次那么客气。他问我有什么事，我直截了当说：我想看看黄依依的档案。

"黄依依？你怎么想要她？你……"书记沉吟着，脸上堆满了惊疑和不屑，而不是原先的谨慎和不安，"你不会被我说她的一些好话迷惑了吧？"

我摇摇头。

书记接着说："老实讲，当时你没说要她，所以我都是拣了些好话来说。但如果你想要她，我可以说，我的态度很明确，不合适，绝对不合适。"看我不语，他又说，"当然，她有她的优点，人聪明，见识广，业务能力强，专业上有建树，工作上可以独当一面。但……有些话我不好说，不过你相信我，她这人有问题，不合适。"

我问有什么问题，书记说这是她本人的隐私，不便说。我说，在我们701面前，没有任何隐私。确实，跟我们谈什么隐私是不聪明的，甚至是不尊重我们，因为我们本身就是最大的隐私。再说，对我们谁还有什么是隐私？个人？还是国家？我们为探寻他人隐私而活,我们自己也成了他人的隐私。我们不喜欢这种感觉,我们要平淡这种感觉,最好的办法就是,让隐私这个词从我们面前消失掉。抠掉。像抠掉一粒恶心的粉刺一样抠掉。

书记看我态度有些硬,笑了笑说:"我可以跟你说,但仅限你知道。"又笑了笑,说,"就像你的事,仅限我知道一样。"

我没有答话,等着他往下说。

书记说:"其实你要早来几分钟,就会看到她的问题,黄依依同志的问题。就在你进门之前一分钟,一个女同志刚从我这里哭着走了。"

我说:"我在楼梯上碰见了,是不是一个中年妇女,穿一件白色毛线衣?"

他说:"是的,就是她。"

我问:"我看见她在哭,她为什么哭?"

他说:"你去问黄同志是最清楚的,她把她男人勾引了。"

我脑海里一下浮现黄依依撩人的目光和笑容、笑声,嘴上却问了一个愚蠢的问题:"你调查过吗?是谁勾引谁?"

书记说:"那还用调查,肯定是她勾引人家丈夫。"

我说:"没有调查,你怎么能这么肯定?"

他说:"你不了解,我是太了解了。"说着,从抽屉里翻出几封信件让我看。我大致翻一下,发现都是告状信,有匿名的,也有落名的,说的都是一个内容:黄依依思想腐化,乱搞男女关系。有的还指名道姓的,跟某某某,什么时候,在哪里。我一边看着,一边问书记这些是什么人。书记说，什么人都有，有的是所里的，有的是外边的。

我说："怎么有这么多人？不可能吧。"

书记说："应该是不可能，可到她身上就成了可能。不瞒你说，这些人我大多都找她问过，我倒希望听到她否认甚至是狡辩也好，可就是听不到啊，听不到。"叹一口气，接着说，"说真的，影响很坏啊，反应很大啊，现在所里开领导会，每一次都有人提出来，要处分她，开除她。幸亏她手上还有把尚方宝剑，是周总理点名要回来的，否则早有人把她轰走了。这个黄依依啊，黄依依，人家说到什么山唱什么歌，可她回到中国后还在唱西方那边的歌，这怎么行嘛，完全不同的伦理嘛，能这样乱来吗？"

我问道："她有家吗？"

书记说："哪个男的能接受她？"

我说："也许结婚就好了。"

书记说："你以为她没结过婚？结过两次呢，都离了。"

我问："这是以前还是现在的事？"

书记说："有以前的，也有现在的。据说她在美国就有过婚姻，丈夫是个化学家，老家是福建的，回国前两人离了。回来后不久，她跟长春电影厂的一个摄影师好上了，婚后不久又离了，就因为她在外面有男人。"

我又问："那个男人呢，她离婚后，没跟她结婚？"

书记说："结婚？她这样子谁愿意跟她结婚？她自己都跟我说

过,现在她对婚姻已经不抱希望,因为没人真正想娶她,那些人都跟她逢场作戏而已。所以,她也索性自暴自弃,更加放任自由。说实在的,我们这儿毕竟是个学术单位,人的思想相对要开放一点,很多人也是有在国外生活的经历,所以多少还能迁就她,要在其他单位,她还能有今天?早就当毒草铲除掉了。你说这样的人你能要?我劝你还是别要她好,关键是没这必要,我可以负责地说,谢兴国和吴谷平两位同志专业上不比她差,她能干的事他们都干得了。这几个人的思想和生活作风都没问题,去了会踏踏实实给你干事,她去了,说不定事还没干出来,尾巴就露出来了。尾巴一露出来,你们这种单位能不处理她?到那时,她想干事都没机会,这不是害人害己,何必呢?"

　　书记哪里知道,他把黄依依说得越邪乎,却是越发坚定了我要黄依依的决心。因为我明白,在密码这个充满奸诈、阴险、邪恶、惨无人道的世界里,一个桀骜不驯、带点邪气和野性的人或许要更容易生存。我还想,虽然701人的思想没这边开放,但只要她能破译光复一号密码,有什么不能容忍?所以,王书记说得苦口婆心,我却是依然贼心不死,要求把她的档案调给我看。

　　书记绝望了:"你真要她?"

　　我安慰他说:"我要看过档案才能决定。"

　　但其实,我心里已作决定:只要没其他问题,我要的就是她!

09

从书记那里回来，刚进房间，我就听见有人敲门。开门看，门口又立着黄依依，她脱掉了外套，藏青色的紧身毛衣让她身体的曲线毕露，胸前鼓鼓囊囊的，像长着两个小脑袋。我的目光无意地碰了一下她的胸前，便触电似的躲开了。

我说："我正找你呢。"

她说："我都来第二次了。"

我问："你找我有什么事？"

她递上来一页纸，说："给你交卷啊。"

原来，她嘴上说是"免了"，其实回去后又做了。我当场看她解答的程序和结果，完全正确，心里一下子生出满满的喜悦，嘴上怪怪地喊她一声"黄博士"。

她说："你别这么喊，现在我是你的学生，在被你考试呢。"

我说："那你觉得你考得怎么样？"

她说："错不了的。"

我说："不愧是博士。"

她又阻止我："说过的，不准叫我博士，什么博士，你知道我是怎么看博士的？"

"怎么看？"

"白天博士，晚上不是。"

"什么意思？"

"就这意思,博士也是人,到了晚上,照样要寻欢作乐。"

说着,自顾自哈哈大笑起来,笑得身子都勾起了。在她勾下身子时,我无意中又看见她胸脯,满满的,像要从衣服里膨胀出来,诱人得很。我想,看来书记说的没错,我带她走合适吗?这念头刚闪现,又被我掐掉。我想,这不是合不合适的问题,而是去哪里找像她这样打着灯笼都找不到的人。

笑完,她一本正经地问我:"你刚才不是说在找我嘛,什么事?"

我也是一本正经地说:"想问你几个问题,希望你如实回答。"

她作出发嗲的样子,说:"别太难的。"

我说:"不难,但你必须说真话。"

她说:"这没问题,你说吧,什么问题。"

"第一个问题,你以前有没有接触过破译密码的工作?"

"接触过。"

"愿意再去从事这种工作吗?"

"不愿意。"

"为什么?"

"因为那不是人干的,是魔鬼的职业!"

"那你知道我的身份吗?"

"知道一点,好像是保密单位的,是吗?"

"是的,你愿意去吗?"

"不愿意。保密单位就更不愿意了。"

"为什么保密单位就更不愿意?"

"那哪是我这种人待的地方？"

"你是什么人？"

"生性自由，生活浪漫，最害怕受纪律约束，最喜欢无拘无束。"

"那你干吗还来应试？"我有点生气，责问她。

她哈哈大笑道："你以为我来应试是真想去你们单位？你们是什么单位我都不了解，怎么可能呢？"笑完了，正了正神色又说，"说真的，我来应试是想来见识见识你，这几天同事们都在说你这个那个的，我很好奇，就来了。"

我又生气，又暗喜。生气是觉得她这人太玩世不恭，喜的是，我想既然这样，说明我看到的是真实的——起码不会是有人帮她答题。她本是无心，我也本是无意，无心无意中产生出来的东西往往真实，经得起检验。

话说回来，上午我跟胡上校通过电话，希望他过来帮我看看谢、吴两人的答题情况，以便我最后确认录取谁（那时我还没考虑黄）。正好，这会儿他来了。进了门，胡上校对黄依依左看右看一番，一个箭步上去，紧紧握住黄依依的手，惊喜地叫起来："黄茜！你不认识我了，我是胡海波！"转而兴奋地对我说，"嗳，她就是我叫你们找的人，黄茜！"

后来我知道，她跟摄影师分手后很痛苦，一度想自杀，为此组织上安排她去苏联当了一年访问学者，有点出去散散心的意思。也许是为了跟过去告别吧，她去苏联时改了名。也是为了跟过去告别，访问结束后她没有再回哈军大，而是到了北京，这儿。

总之，她就是黄茜。

那还有什么好说的？要她！

就这样，我告诉黄依依："现在我正式通知你，你已经被我录取，我们马上将给你办理调动手续。"

"你在跟我开玩笑吧？"她笑吟吟地问我。

"不是玩笑，"我说，"是真的，我们需要你这样的人才。"

"不。"她提高声音，"你需要我，可我不需要你们！"

胡上校劝她有话好好说，不要冲动。她试图让自己平静下来，走到窗前，背对着我，静静地说："不，我不会跟你们走的，你们不了解我，我是个……坏人……"

我说："我了解你，我相信你去我们单位可以干出一番大事业。"

她又冲动起来，大声叫道："可我不想！我不会跟你走的！"

我说："现在已经不行了。"

她呼地冲到我面前，威胁我，"那不是听你的！"说着要走。

我拦住她，问她去哪里，她说："我去找领导，我不走！"

胡上校说："你们领导也要听他的。"

她盯着我好一会儿，突然咬牙切齿地责问我："你到底是什么人？我讨厌你！"

胡上校劝她坐下后，我对她说："看来你对我们确实还不了解，那么你想不想了解我们呢？我想，反正我已决定要你，我可以跟你说实话，我是特别单位701研究院的副院长，我现在手上有至高无上的权力，只要是我看中的人，谁都不能拒绝，只能跟我走。"

"我要不走呢?"

"没有这种可能。"

"我恳求你。"

"我不同意。"

沉默一会儿,我开始做她工作,我说:"小黄同志,你自己说过,我也知道,你是爱国知识分子,如果国家的安全需要你,我想你总不会拒绝吧,而你将要去从事的工作直接关系到我们国家安全,很神圣的。我希望你不要有抵触情绪,调整一下心情,跟我走。"

她死心塌地,坚决不从,死活也不肯跟我走。最后胡上校想出一计,劝她,也是骗她,"他不过是个小领导,跟他闹没用,我建议你先跟他走,等见了大领导后再表明你的态度,那才有用。"

这一招还真灵,她同意跟我走。

同时,上校私下又教我让铁部长怎么跟她说,"到时铁部长见了她,不要跟她做什么思想工作,讲什么大道理,对她说这些意思不大。"

说什么好呢?上校说:"先发制人,来,必须来,这是个先决条件,没什么好谈。可以谈的是,在这个基础上,在来的前提下,让她谈她的条件,这样显得尊重她,又显现出你们的权威。"

我说:"万一她要胡搅蛮缠,提些我们根本满足不了的条件怎么办?"

上校说:"她能有什么事是你们办不了的?再说,这本身是一种策略,在心理上先压倒她,让她明白你们的决心,也知道你们的权力。"

我想也是，就带她去跟铁部长见了面。两人关在屋里谈的时候，我在外面走廊上忐忑不安地等着。我了解铁部长，办事雷厉风行，说话掷地有声，很有权威的，但我心中依然没有把握。铁部长那一套对我们这些人有用，可对黄依依有用吗？她像一匹小疯马，在草原上放任自由惯了，想撒野就撒野，还从来没有上过套子呢！我不知道铁部长能不能像胡上校说的那样，在心理上压倒她。我在外面紧张得心里咚咚直跳。

半小时后，门打开，铁部长兴冲冲走出来，拍着我肩头说："好啦，她已经是你的人啦，明天就带她走吧。"我愣在那，不知道铁部长到底跟她说了些什么，让她已变成我的人。我感到不可思议，同时也感到一种不可思议的快乐像血液一样，从心脏流到心脏，流遍全身。

铁部长见我乐得那般傻样，侧身过来，在我耳边小声说："人家可是提了条件的。"

我说："什么条件？"

铁部长说："破了光密就要离开，还要带走一个人。"

我问："谁？"

铁部长很奇怪地盯我一眼，说："这是人家的隐私，我怎么知道。"

我咧着嘴笑，"她真要是帮我们破了光密，别说带走一个人，就是带走一座山也行！"

第二天一早，我带着黄依依出发了。同时带走的还有铁部长交给我的一个箱子：一只很大很沉的铁箱子，一根红线露在那箱子外面。里面装的什么，铁部长没说，可我一看那伸在箱外的燃烧弹导火索（红线），就明白它的保密等级很高，属于绝密类，肯定与我们这次破译光密有关，丝毫不能出差错。换句话说，我在路上要是遇到意外，我做的第一件事不是保护自己的生命，而是拉燃导火索，让它里面的秘密顷刻之间化为灰烬……

10

小伙子，你觉得我说的行吗？

可我不行了，我累了，明天再说吧……

11

先别急着叫我说，先还是来看看这几张照片吧。

这是我年轻时的照片，你看这一张，很清楚的。年轻时我就这个样，还是比较英俊的吧。有人说我鼻子长得很好，鼻梁坚挺，鼻翼收紧，是个可信赖的男人；有人说我嘴巴长得很好，嘴唇厚实，棱角分明，是个沉得住气的男人；有人说我额头长得很好，方正，印堂发亮，是个有出息的男人。再看这一张，我高大着呢，有人说我这身子板是个真正男子汉的身板。人们说，女人都喜欢我这样的男人，沉默、稳重、坚韧、英俊、有前途、有魄力。但说真的，年轻时没有哪个女人喜欢过我，我谈对象谈得很困难，谈了三个都不成功，最后还是组织出面解决的。我给你说这些的意思，就是告诉你，虽然在别人看来我很有男人气质，可我见到黄依依时，已经是四十好几的人，而且是有妇之夫，有子之父，女人对我已经没有秘密。也就是说，尽管黄依依像朵花一样在我身边开放，并且古怪灵精地说了一些魅惑人心的话，但我始终没有激动，也没有慌乱，只是一笑置之。

应该说，我们去701的路上还是很顺利的，不顺利的是在赶火车时遇到了麻烦。

那时候火车车次不像现在这么多，而且，我们701驻地仅仅是个偏僻的小县城，弹丸之地，在我们单位入驻之前，这里甚至还没设火车站，火车每天从它身边喧嚣而过，却从来不肯停下来。火车不是汽车，火车傲慢着呢，不是见人就停的。当然，也要看是什么人，对我们701人来说，火车向来是跟着我们走，跟着我们停，没有铁路，铺过来，没有月台，造起来。就这样，这个弹丸之地，由于我们的到来，就有火车乖乖地停下来。但从首都北京过去的火车，每天只有一趟车次停靠，而且时间很短，只停三分钟。这趟火车的发车时间是中午十一点整。由于黄依依不愿意跟我走，走得有情绪，老是刁难我，一会儿要办这个事，一会儿又要见那个人，把时间耽误了，结果十一点钟的火车，十一点钟时我们才冲进站台。我还要说，火车不是汽车，可以叫得停。火车傻得很，任凭我叫着，依然傻乎乎地开着，不停下来。我几乎眼看着一节一节装满黑压压人头的车厢，从我跟前缓缓驶过，然后驶出站台，把我气得恨不得把铁轨掀了！

错失了它，正常情况下，我们只有改天再走。就是说，要再耽误一天。关键这不仅仅是个时间问题，还有安全问题，我的安全，和我随身携带的秘密的安全。我的安全是有一条线在为我负责，我不知道他们是怎么负责的，但我知道他们一定在负责，有时在我身边，有时又离我远远的，有时候到处都在。从某种意义上讲，他们对我的行踪比我自己还了解，我还没来，他们就知道我什么时候要来，我还没走，他们也知道我什么时候将走。然后，我有理由相信，到这天的十一点钟，看我搭乘的火车哐当着驶离站台，他们可能都大功告成地回家，心里不再有我这个人。这样想着，我心里禁不住起鸡皮疙瘩。人心里一慌，不免会做出一些过激行为。我私自找到火车站治安大队，亮出我的证件，要求他们替我接通某个电话。我不完全知道这是个什么电话，只知道万一我有事需要紧急处理，可以打这个电话。我在电话上只说几句话，还没把事情完全说清楚，电话那边的人就对我下达两条命令：

一、原地不动待着；

二、有人会马上安排我们走。

十分钟后，火车站站长出现在我面前。

半个小时后，站长又亲自把我们送上一辆特快列车的一间上等的软卧包厢。站长告诉我：这趟火车将专门为我们两个人在那个弹丸之地停靠半分钟。我受宠若惊，一下想到那个神秘的电话。我确实不知道那是个什么电话，包括至今也不知。但我直觉，并且有理由相信，那一定是一个很权威的电话，也许在中南海里面，也许在更秘密的地方。

不用说，这个电话不但免除了我可能有的担惊受怕的等待，而且还让我享尽旅途的舒适和安静。我以前坐过软卧包间，但都夹杂在生人中间，像这样，包间里无一外人，还是第一次。包间里只有我和黄依依，感觉像是从701切出来的一片空间，我们可以无忌讳地谈701的事情，如果要谈情，也是可以的，无需夹尾巴，躲躲闪闪。正是这种独特的条件，促使黄依依开始放肆地对我"吐露衷肠"。

黄依依说："你这样生拉硬扯地把我调去你们单位，总不会是因为看上我，想弄我去跟你培养感情吧？"

老实说，几天来，我对她这种我行我素的谈话，包括行为方式已深有领教，不会再有唐突和惊乱。所以，我平静回敬道："你以为我还是什么人，我儿女都成对啦。"

她说："有家有室照样可以培养感情嘛。"

我说："那不成了搞腐化？"

她说："不叫腐化，叫浪漫，难道你从来没有浪漫过吗？"

我说："在艰苦卓绝的战争岁月里，我们就是靠革命浪漫主义的乐观精神，战胜各种艰难险阻，取得一个又一个的胜利。"

"最终解放全中国，"她接过我话头说，"让我们这些流亡海外的爱国知识分子，有了自己的国，自己的家。"

"对。"我说。

"可我至今还没有家。"

"会有的。"

"是安慰我吗?"

"不。"

"可我感到很绝望。"

"为什么?"

"因为我喜欢的人并不喜欢我。"

"你喜欢谁?"

"你!"

接着她告诉我,她为什么来招待所找我,是因为那天下午她从操场走过时,不经意抬头看见我站在窗前,凝视着窗外。虽然隔得有点远,但她还是被我英俊和凝重的样子深深吸引。

"我相信你也在看我。"她说。

"不可能,"我撒谎说,"我第一次见你是你来找我。"

"哦,那你见了我是什么感觉呢? 第一印象。"

"有点与众不同。"

"没有暗生欲念吗?"

"没有。"

"你不喜欢我吗?"

"是。"

"你是不敢喜欢我。"

"也许吧。"

"你是个胆小鬼,枉有一副男子汉身材。"

"也许吧。"

"可我还是喜欢你,握一下我的手好吗?"

我理所当然拒绝了她。

但问题不在这里,问题是一件常人难以启齿的事,她竟可以如此轻松,这般堂皇,没有窘迫,没有顾虑,光明磊落,直截了当,如同一个平常的问候,一个正当要求一样,随便吞吐于唇齿间,这令我惊诧又惊诧。以前只是听说,现在算是亲身经历了,感觉有点晕眩和紧张,如临深渊。由此,我真切地感受到,她确实是个魔鬼附身的天使。是的,不论怎么说,她确有天使的一面,她有天生丽质的容貌,同时她的智识和身份、地位与其漂亮的容貌一样过人,一样耀眼。这种女人是尤物,亦梦亦幻,可遇不可求。然而,我又觉得她身上有一种妖精的气质,热艳,妖冶,痴迷,大胆,辛辣,放浪,自私,无忌,无法无天,无羞无耻,像个多情的魔女。

尤物——魔女——漂亮——多情——智慧——放浪——哐当——哐当——火车越驶近701,我心里越发担心,我带回去的不是一个破译光密的数学家,而是一棵饱受西方资产阶级思想侵害的大毒草!

12

我找来的人,从一定意义上说,就成了我的一部分,她将来好,有我的一部分，她将来孬，也有我的一部分。出于我一贯的谨慎，加上对黄依依已有的出格之言行的忧虑，我回单位后，没有在首长面前过分显摆她的神奇性，包括她对破译光密的种种有利条件，比如当过冯·诺伊曼的助手，还在莫斯科待过等，只是笼统地说她是个数学家，生性开放，甚至有点野性子，应该是比较适宜搞破译工作。这是我的心计，开始不要让人产生过多过高的期望，保守一点，低调一点，这样等出成果时就更有一份意外，有出奇制胜的效果。

但701的人却似乎等不及了，我们到达的次日上午，罗院长就召集有关人员，在她办公室里跟我们开了个见面会。来的人中有副院长兼破译处长陈二湖，演算科蒋科长，分析科金科长等，总之都是各处室的业务骨干。说是见面会，其实是动员会，我们不仅当场宣誓、签名，开启了铁箱子里的秘密（里面装着一部斯金斯研制的商用密码机，三本斯金斯的数论专著，还有一只装着国民党三军连以上军官和地方各大安全、警务部门科以上官员花名册的黑色牛皮袋），还宣布成立特别行动小组，由我来当组长，同时抽调十名业务水平一流的演算员和五名分析师专门来配合这次行动。蒋科长和金科长主动请缨，要求加入特别行动小组，我自然热烈欢迎。我也邀请陈二湖加入，可他不想加入，我也不便强求。他大致向我介绍现在处里的几位破译骨干，建议我去与他们碰个头，熟悉一下，只要我看中谁他都会放给我。我说好的。黄依依却没大没小地跟他抬杠说："那如果我们看中你呢？"

老陈冷冷地说："我听从组织的安排。"

会议开下来，我明显觉得老陈对黄依依有情绪，我觉得这是黄依依的问题，她初来乍到，不应该随便发话，尤其对老陈，更应该谦虚谨慎，他不但是领导，也是这里的破译高手。至少在黄依依来之前和走之后，老陈是这里破译上的绝对权威。但在黄依依的字典里，也许根本没有谦虚这个词。这就是她的问题。

会议结束后，我打算带黄依依去演算室、分析室和破译室这些业务部门看看，算是熟悉熟悉情况吧。可她神情怏怏，不想去，而是要我陪她在院子里随便转转。我只得带着她四处转悠，也算带她认识一下环境吧。我发现，几乎每到一处，总有一些眼睛好奇地在打量着她和我，好像看见什么稀奇，发现了什么秘密似的。她兴致很好，一会儿看这，一会儿问那，看到好看的花要摘，见到好看的鸟要追。我们就这样从戒备森严的办公区转出来，转到外面生活区，最后走进了警卫处的小院。院子里有棵高大的白玉兰树，满树的白花正含苞欲放。黄依依一见树上的花和花蕾，竟兴奋得尖叫起来。树下有一张水泥乒乓球桌，一大堆战士正围着在下象棋，见了我们，都抬头朝黄依依傻看。警卫处的袁处长见黄依依喜欢玉兰花，就叫旁边一个战士上树去给她摘。那战士正准备爬树，黄依依却阻止他，看着球桌上的那盘残局，问他们这里谁的棋下得最好。众人都推小张，是连里的文书。黄依依对袁处长说："我不要无功受禄，我跟你的象棋高手下一盘，如果他输，你派人上树给我摘花，行不行？如果我输了我只有自己上树喽。"

处长自然说行。

于是黄依依走到球桌前，嚣张地抹掉一边的车、马、炮，还让小张先走。战士们全都惊愕地看着她。但让战士们更为惊奇的是，她落子极快，灵巧的小手在棋盘上令人眼花缭乱地上下翻飞，几乎是不假思索，三下五除二就赢了小张。于是，就有人爬上树去，给黄依依摘了一大把玉兰花送给她。

黄依依捧着花，跟着我高高兴兴地离开警卫连，一路上都有人在看她，看她手里的花，也看花一样的人。半路上，黄依依看见有人拿着碗筷在路上走，问我是不是下班了，可以去吃饭。我看她这样子怎么能去食堂，要她先把花拿回去，换套衣服再去。但是，黄依依回去放了花，换了衣服出现在食堂时，简直把大家的眼睛都烫了！怎么回事？原来她回去换了一套非常低领的毛衣，没有穿外套，里面的白衬衫上面两个纽扣都没有扣，露出很大一片白生生的肉，甚至还隐隐看得见乳沟，嘴唇也画得红鲜鲜的。本来我让她回去换衣服是想让她穿得朴素一点，谁想到她……打扮得像个女特务似的，往人堆里一站，一下子大家都傻眼了。众人的目光都往她身上泼，泼了她又泼我，那意思很明显就是：你带来的到底是个什么人！

如果说多数人是用眼睛在这么责问我，那么老陈后来是当面责问我的。

和老陈见面，是在老陈的办公室里。除了办公室，老陈还有专门的破译室，在办公室的南边。我和黄依依先是去办公室，见没人才去破译室。听到敲门声，老陈出来，看见黄依依，跟见了鬼似的马上关闭破译室门，带我们去办公室。听说老陈这人很迷信，从不允许女人进他的破译室。其实搞破译的人都有些莫名的禁忌，因为破译工作除了必要的知识、经验、智慧和才情外，似乎更需要远在星辰之外的运气。运气是个神秘的、神乎其神的东西，要抓住它，似乎需要我们也变得神神秘秘的。

进办公室后，老陈直截了当地问我："是来要人的？"

黄依依抢先说："算是吧。"

老陈显然不喜欢她这种喧宾夺主的样子，有些抵触情绪，找出一本花名册，递给她，"人都在这，你看吧。你可以从这些人中任意挑选一至两名同志，做你的助手。"

黄依依随便翻了翻，还给他说："这能说明什么，只有名字。"

老陈说："那你还要什么？难道要我把人全喊来，当面让你一个个挑？"

黄依依说："这就不必了。"说着走到老陈的办公桌前，认真地看起压在玻璃板下的一张合影，问，"这是你的全体同志？"

老陈说："差不多。"

黄依依仔细地看了一会儿，指着其中一个戴眼镜的老同志问："他是谁？是破译员吗？"

老陈说："这个人你不能要。"

黄依依好奇地问："为什么？"

老陈示意我来回答，我就说这位老同志现在身体不好，无法正常工作。其实，这人是患了精神分裂症，疯了。

不料，黄依依一语道破："他是不是疯了？"

我问:"你怎么知道?"

她说:"猜的,你看他的目光,多么神经质,这种人离疯狂只有一步之遥。"

我说:"他曾经是这里最了不起的破译家。"

她说:"这种人离圣人也只有一步之遥。"

我说:"他是因为破译密码疯的,用脑过度,脑筋像琴弦一样绷断了。"

她说:"像纳什。"

我问:"谁?"

她说:"世界著名数学家,博弈论大师约翰·纳什,他也是被密码逼疯的。"

这时,老陈突然插话:"其实你也疯了。"顿了顿,又说,"我们都疯了。"

一句话把黄依依弄得稀里糊涂的。

其实,我知道老陈想说什么,在关于破译光密的问题上,老陈始终保留着自己独立的看法,他认为我们决定破译光密是武断的,毫无理智可言,荒唐透顶,是异想天开,是疯子的决定。至于理由,他昨天晚上就到我屋里来说过,现在他又准备对黄依依说一遍。

老陈说:"首先,谁都知道,光复一号密码是一部目前世上少有的高级密码,保险期限至少在十年之上。这就是说,十年之内,正常情况下任何人都难以破译它,而我们决定破译它的根本原因是什么?是想在目前紧张的台湾问题上取得主动权。那么,这种紧张关系究竟会延缓多久？一年？两年？还是十年？二十年？我想顶多就是一两年吧。这就是说，我们要使这部密码具有理想的破译价值，就要求我们在很短的时间内破译它，顶多就是一两年，而一两年时间我们也许连破译它的门都还摸不到。你们现在信誓旦旦的样子，老实说，我的感觉就是你们疯了，痴了，是痴人说梦，疯人做傻事，不信走着瞧……"

老陈这人就是这样，平时不说话，但一说都是实打实的，不会拐弯，不会躲藏，不会变通，经常把人和事逼入绝地，让人尴尬。其实，他说的道理我们不是不明白，但这是上面的决定，我们除了服从又能怎样？我这么一说，老陈又跟我顶上了。

他说："是上面的决定不错，但既然我们明知这是个错误的决定，我们又何必认真，这么兴师动众地执行，还专门找一个数学家来呢。当然，数学家来，我们欢迎，但要我说，好钢要用在刀刃上，我们应该安排她去破其他密码，至于光密，随便叫两个人破译，给上面做个样子看看就行。"

这哪像处长说的话？上面首长要听了，还不撤他职！不过，我知道，他也不稀罕这个职务。破译局作为一个业务单位，业务强就是最大的职务。无冕之王。

老陈的那套说法，我听了就听了，懒得跟他去辩解。不料黄依依却跟他较上了真。黄依依说："听你这话的意思，好像我们是肯定破译不了光密的。"

老陈说："起码在短时间内吧。"

"那也不一定,"黄依依简直是抢着往枪口扑,坚定又坚决地说,"所有的密码不就是几道深奥的数学题而已,有那么可怕吗?"

说得我和老陈一时都愣在那,许久老陈才回敬道:"行,那就看你的。"

黄依依说:"不,也要看你的。"

然后回头对我一字一顿地说:"安副院长,我希望陈处长积极参与到我们破译小组当中来!"说罢拂袖而去,我喊都喊不住。

老陈是破译处的元老,当处长都十多年了,现在又是我们701的副院长,只不过没有到位,因为还兼着破译处长。她竟让老陈去给她当助手,这怎么可能!可我出去跟她商量时她竟毫不退让,坚决要求老陈来。"我不需要助手,我需要竞争对手!"她果决地说,还振振有词地跟我讲起她为什么要老陈来的理由,"因为你和我都不知道国内的这些破译员在怎么破译密码,他们一直都没有破译过真正的高级密码,从某种意义上说,他们破译光密的可能性几乎没有。这也就是说,我们了解了他们破译的思路,等于是看清了一条死路。"这让我想起安德罗也曾这样说过:**破译密码不是单打独斗的游戏,它需要替死鬼!只有别人跌入了陷阱,你才会轻易地避开陷阱。**

我不由惊愕地望着她,为她的"险恶"用心所震惊。但我又无力拒绝,因为她这个想法不是没有道理。现在,破译光密已经成了我们最急迫的任务和最高的目的,至于采用什么手段无所谓,不管是对敌人还是对自己人,都可以无所顾忌。这就是破译密码,一个阴暗的职业，充满阴谋和阴险！

尽管我对黄依依的这个要求有些不满，但还是去找罗院长汇报。罗院长竟然很爽快地同意，当即给老陈打电话，把他叫来，当着我的面，让他去我那儿报到。本以为老陈会跳起来反对，没想到他沉默一会儿，对我表态说："既然罗院长和你都是这个意思，希望我加入进来，我还能有什么不同意，不同意也得同意。但是我把丑话说在前头，我对破译光密不抱任何信心，我自己没信心，对你请来的这位专家我也没信心，她有点不知天高地厚，这种人，凭我的经验，天生不是破译密码的人。"

我说她以前在美国破译过苏联密码。

老陈说："道听途说而已吧。老实说，我对这种说法根本不相信，为什么？因为，首先真正破译密码的人，对自己的身份讳莫如深；其次，真正破译过密码的人，也不该像她这样口出狂言，好像密码就是一道复杂的数学题。破译密码是什么？你的导师安德罗不是说，是听死人的心跳声，需要我们有死人一样的清心寡欲和荣辱不惊的定力，但你看她……虽然我同她刚认识，不了解她，但从她的目光可以看得出来，她内心充满欲望，她是个心气浮躁的人。我不知道你在安德罗身边待了这么久有没有学到什么真功夫，依我看，我们能不能破译光密，就看你的啦。所以，我过去愿意做你的助手，好好配合你。"

我只得老老实实地说："我在那边其实根本没学破译，都在做其他事。我刚才跟罗院长研究决定，由你来担任破译组组长，负责破译工作。"

老陈痛苦地叫了起来:"安副院长啊,你这是把我往火坑里推,我都已经是年过半百的人了,你就别拉我下水了。"

我笑着说:"老陈,怎么是拉你下水?如果破译了光密,那是至高无上的荣誉,我这是给你锦上添花呢。"

老陈只是干笑,很苦涩地干笑。

13

这天晚上,我在屋里收拾房间,黄依依敲门进来,很快就从一大堆我从苏联带回来的行李中,发现了我与安德罗的合影,并认出他来。我们的话题自然就扯到安德罗和斯金斯身上。她说:"安德罗擅长破译的是美国密码,而光复一号密码作为斯金斯研制的密码,它本质上属于苏式密码,你学的技术对它不灵。"

我点头说:"你知道斯金斯研制的一部叫世纪之难的密码吗?"

她说:"知道,那是斯金斯专门为美国军方研制的。"

我说:"美国人之所以雇用斯金斯研制密码,目的是想躲开安德罗的破译。"

她说:"是这样,因为安德罗破译过美国好几部密码,美国人害怕他。而斯金斯是安德罗的大学同学,两人关系很好,彼此很了解。所以,如果请斯金斯研制密码,她一定会设法避开安德罗的智慧。"

我说:"从某种角度说,当初美国人请斯金斯研制世纪之难密码,目的就是想躲开安德罗的智慧。也只有斯金斯才有这个本领,只有她最知道,安德罗长于什么,短于什么。"

"可以想象,斯金斯一定在世纪之难密码里暗藏了好多专门对付安德罗的暗道机关。所以,如果请安德罗来破译世纪之难密码,一定会吃亏,破译不了。"她笑吟吟地望着我,"如果是请安德罗的学生,那更是死路一条。"

我知道她说的"安德罗的学生"就是我,但我的思路不在这儿,我沉默一会儿,对她说:"事实上,光复一号就是世纪之难。"

她即刻瞪大眼睛:"你说什么?"

我将我的话重复一遍,她的脸色一下就阴沉下来:"怎么可能?"

我平静地说:"事实就是这样,美国高层因为考虑到斯金斯的身份,谨慎起见,最后没敢用世纪之难,结果卖给了台湾,台湾把它改名为光复一号。"

她站起身说:"你没开玩笑吧?"

我摇头:"这么大的事,我敢开玩笑吗?"

她突然大叫起来:"那你怎么还敢接这活?你也太不自量力了吧,明明是死路一条,还敢往前冲,你以为你是什么人,可以开天辟地?!"

我只得耐心地给她解释:第一,我回国之前不知道这个情况;第二,知道这个情况的人又不知道破译界的这些内幕。她竟气得在屋里团团乱转,连说:"荒唐,荒唐,喊你来带领我们破译世纪之难,岂不是哪壶不开提哪壶嘛。"

我静静地说:"不是喊我,而是喊你。"

她叫道:"可我需要帮手,你这样子能帮我吗?这部密码就是专门为你的安德罗老师挖的坟墓,你还能帮我,你帮我是瞎子帮忙越帮越忙。早知这样,我就根本不会跟你来!"

我笑了笑,"所以,我要等你来以后才跟你说这些。其实我在安德罗身边所谓学习破译密码只是个名义,你想我连高等数学都没怎么学过,怎么可能在这方面有发展?"

她说:"那你在那儿干什么?"

我说:"利用那个位置,收集国内破译界需要的资料。"

她瞪眼说:"那不就是间谍嘛。"

我无言。

她气咻咻地说:"你是个魔鬼。"

我说:"你是个天使。"

她说:"你会把我害死的。"

我说:"不会,如果我是魔鬼,也是个欣赏你的魔鬼。我刚回来,听说让我来负责这摊子,我感觉也是组织上找错了人,但是当我找到你时,我相信我又是最合适的人。如果换一个人来,我相信即使你出现在他面前,他都不一定会要你。没有人能像我这样地欣赏你。也许这就是安德罗给我的。欣赏你需要智慧和勇气,还需要……国外的生活阅历,而这些我都有……"

那天晚上,我忍不住跟黄依依说了许多话,就像两个惺惺相惜的人,面对面述说着。我让她看见了我不少的秘密,但我想她也看见了自己不轻的任务。我希望沉重的任务能够把她压得沉稳一些,能使她紧张起来,尽快投入到破译工作中。但是,第二天上午,破译组第一次开会,黄依依就无故缺席。我们等了一会儿,见她迟迟不来,只好先开会。

开会的目的主要是明确人员关系和各自的职责:陈二湖为特别行动小组副组长兼破译组组长,老羊是他的助手;黄依依也有个助手,叫小查,一个年轻女孩。此外,全组还有一个秘书,叫小费,是个类似办公室主任的角色,主要负责上情下达,下情上传,迎来送往等日常事务。他们都是我亲自去政治机关找来的,政治觉悟高,业务能力强,社会关系单纯。尤其是小查,跟我一样,是个革命孤儿,从小在701长大,人很单纯,有很强的上进心。作为黄依依的助手,我觉得她最合适。

会后,依然不见黄依依来上班,我让小查去找她,看她究竟在干什么。结果小查发现她竟被一只小松鼠吸引,跑到树林里去逗小松鼠玩了!小查把她叫回来,我透过窗户看见她披着一件大红的极具俄罗斯风格的披肩,在路上东张西望,像是一位游客在观光,心里不觉有些生气。我忍不住批评她:"别人都要下班了你才来上班,你上班也太迟了吧。"她说她有事,还说给我请了假,假条就塞在我房间的门缝里。我说:"你以后请假就跟小查说吧,她是你的助手。"当她得知小查是个革命孤儿后,她又没正经地说:"怎么我身边的人都是革命孤儿啊,是因为我不够革命吗?所以尽安排一些革命孤儿来教育我，改变我。可我是不能改变的，你知道吧？"

我说："谁都不要改变谁，但是谁也不要给谁制造不愉快。今天是我们特别行动小组的第一个会议，你就没到会，以后别这样。"

她说："那你以后也别这样，回家先看看门底下，万一有我的请假条呢？"

我盯着她："看来我要启动一定的程序，让你明确知道我是谁，你是来干什么的。"

她笑了笑，说："别生气，对不起，我知道。今天我确实有事，你看，我昨天晚上四点钟还没睡觉，就在做这个。"说着就从身上摸出几页纸来递给我。

我接过来，问她："这是什么？"

她说："这是我以你的身份给安德罗写的信，当然我的口吻肯定不对，你需要彻底换成你的口吻，但事情主要就是这些。总的说，我希望你能从安德罗那边了解一些斯金斯的个人资料，比如她最崇敬的数学家、她的生活习性、家庭背景、婚姻状况等。了解这些对我们破译光密没有坏处。"

我说："这样去信太冒昧了。"

她说："那你觉得有什么更好的方式？如果你有更好的方式了解到这些当然更好。"

我把信塞在抽屉里，冷淡地对她说："我想一想，现在你跟我走吧。"说完即走，有意不跟她道明去哪里。

她追出来问我："你要带我去哪里？"

我说:"去了就知道了。"

我带她去了金科长那儿,分析室。分析师的工作就是对具体的每一份密电作形而下的分析,然后揣摩出密电中可能出现的一些字和词。有人也因此把分析师戏称为"分尸",因为一份没有破译的密电无异于一具尸体,他们做的事情其实就是"分尸",对一具整尸进行分解、剖析。用安德罗的话说,**分析师和破译师的关系,就像文字和文章的关系,你要写文章,首先必须认识足够的文字**。分析师是教字的,破译师是识意的。由此你可以看出分析师在破译中的重要作用。

我们走进分析室时,金科长正与几位分析师在给一份密电"分尸",他们面前的密电上面已有几个分析揣摩出来的词语:共军、光复、演习……像这样被他们"分尸"的密电已有二十七份,可依然还有近千份密电等着他们去"分尸"。在与金科长的闲谈中,我说黄依依早就是教授,套过来是正厅级,工资比我还拿得高。金科长听后惊讶不已,不觉瞪着黄依依问:"你今年多大了?"

黄依依说:"老大不小了。"

金科长说:"我看你很年轻嘛。"

黄依依笑着说:"是吗?知道我为什么年轻吗?"金科长正要说什么,她不等人家开口抢着说:"这是我的秘密,不告诉你!"说完掉头就走,把金科长晾在那里一愣一愣,不知道怎么回事。

我出去时,她却凑上来神乎其神地说:"想知道我为什么年轻吗?我可以告诉你。"

我斜她一眼,"也可以不告诉我。"

她说:"还是告诉你吧,因为我心里有爱。知道吧,女人需要爱情来滋润,没有爱就会老,有了就不会。"

我说:"现在你就好好爱你的密码吧,到时破不掉密码,我看你满头乌发就会变成白发!"

她说:"太急了吧?现在才分了二十七具'尸体',你让我现在就去爱它(密码),等于是让我去爱一个未成年少年,要犯大错误的。"

她就是这样,总是怪话连篇,但话总有一定道理。我记得安德罗也曾经对我说过类似的话:**对一些高难度密码,与其早揭盖碰它,不如多闷头想它。**

我说:"你说话放正经一点行不行?别老是嘻嘻哈哈,怪腔怪调,尤其是跟下面的那些人,说话一定要注意影响,少跟他们开玩笑。"

她说:"我就想通过开开玩笑,让他们觉得我还是挺平易近人的。"

我说:"要深不可测,不是平易近人。"

她说:"你这是愚人逻辑。"

我说:"记住,听我的没错,你跟他们说话没轻没重,结果他们就把你当愚人看,当十三点了。"

她说:"你才是十三点,给我配个女助手!俗话说,男女搭配,干活不累,这里有那么多大男人,你非要给我配个小女孩。我知道你的鬼点子,就是想把我比老呗,让我觉得惭愧,少些花花肚肠。"

我说:"从今天起,你就收起那一套吧,这里没男人,也没有女人。"

她说:"既然这样,我和你没有男女之别,也就无所谓授受不亲了。"说着凑上来拉住了我的手,满副亲昵的样子,吓得我连忙抽出手,跳开去。她看我一副狼狈的样子,高兴得哈哈大笑,放肆的笑声回荡在沉静的山谷里,我恨不得往地下钻。

14

据我所知,老陈一向不吃午饭,不是因为有胃病,而是因为要保持脑子清醒。人在饥饿中,大脑的思维能力比较活跃,饱了容易瞌睡,古人说弱食强脑,大概指的就是这意思。这就是老陈,陈二湖,把职业当作性命看,为了破译一部密码,经常把自己弄得苦海无边。对黄依依,我就希望她有这种精神。换句话说,我是担心她没有这种精神,破釜沉舟的精神。用安德罗的话说,**上帝在造人时是公平的,聪明的人往往缺勤奋,智慧的人往往爱出世,爆发力好的人往往没耐力。像爱因斯坦这样的人,是上帝开小差的结果,上帝让他什么都有了,却让自身的公平没有了。**黄依依给我的感觉是天资极好,悟性极高,数学上又有非凡的能力。这种人天生是密码的克星,但她性情中有玩世不恭的东西,又是人要做大事成大事的大毛病。

如果说她的毛病我还能理解、容忍的话,老陈简直忍无可忍,也不想忍。所以,两人的合作开始就不对头,磕磕绊绊,多有龃龉。

这事是我后来从小查那里了解到的,那天黄依依来上班,小查拿着几份"分尸"电报递给她,说是分析室刚拿来的,请她马上看,看完交给老陈看。她只随便翻一下,就丢给小查,让她给老陈送去。

小查惊讶地望着她:"你不看?"

她说:"现在有什么好看的,等有一定的量时再看吧。"说着拿起旁边的报纸翻阅起来。不料电报刚送过去,老陈就撵过来。黄依依开门见是老陈,竟不让他进门,堵在门口说:"嗳,止步,什么事,我出来说。"出来后,笑嘻嘻地对老陈说,"你的破译室只准男人进,我的只许女人进,有事我们到小查办公室谈。"老陈怔了怔,脸色非常难看,但他还是跟着她进了对门小查的办公室。

老陈晃晃手上的电文说:"你都看了?"

她说:"翻了一下。"

老陈说:"这是第一手资料,你还是要认真看。"

她说:"我看了。"

老陈说:"你刚才不是说就翻了一下吗?"

她还是那般笑容可掬,"陈处长,我知道,你这是为我好,也是在行使你处长的权力。"

老陈说:"不是权力,而是责任。来,给你,还是仔细看看吧。"

她不接电文,"不用了,老陈,你要看你看吧,我现在是看报的时间,不看这个。"

老陈提高声音:"我要求你看,行不行?黄依依同志,我们俩现在是绑在一起的,荣辱与共,我希望以后我们能够同心协力,不要一开始就互相拆台。"

她笑了笑说:"老陈,我说一句你可能不爱听的话,搞破译就像写日记,写多写少写好写坏都是自己的事,你不用替古人担忧。老实说,我会跟你同心,但不一定协力,因为无法协力啊。"

老陈怔在那里,像被什么东西噎着一样,许久说不出话来。当然,事后老陈不免要找我来数落她,我能说什么呢?我的赌注肯定都压在黄依依身上,听老陈一味数落她心里很不是滋味,却又不便流露。我安慰老陈,她是对铁部长立了军令状来的,敢来就说明她一定有道道,我们要给她时间。时间会告诉我们她到底是个什么人,能干什么,想干什么等等,反正就是和稀泥。

好在没有让我等太久,黄依依开始"显山露水"了。

这天上午,我们从总部带回来的那台商用密码机的拆卸报告出来了,我立即让小费给蒋科长送去,要求他们尽快演算,演算结果要出报告。下午,我连着去演算室几次,他们都没算出来,我有些急,问蒋科长今天下班前能不能出结果。蒋科长说肯定不行,演算量太大,就是加班加点也要等到明天才能出来。我只有耐下心来,要他们辛苦点,明天早晨,务必要出结果。

第二天上班,熬了一个通宵的蒋科长把结果给我送来,一式三份,厚厚的一大叠。我接过来翻了翻,赶忙将其他两份交给小费,吩咐他给老陈和黄依依送去,请他们马上看,看完大家开会研究。

报告很长,又全是些复杂深奥的数据,我看得很慢。但黄依依很快就看完,急匆匆来找我,见我还在拿着报告看,气愤地说:"别看了，别看了，没什么好看的，斯金斯是个流氓！"

我让她坐下慢慢说，同时让小费去把老陈叫来一起听她说。她一屁股坐在椅子上，急着要说。我示意等老陈来了再说，她没有理会，擅自嚷开了，"也没什么好说的，这是密码界的一个丑闻，我现在可以肯定，美国人之所以不用世纪之难密码，要送给台湾，一定也是发现了斯金斯的这个丑恶，对她的人格发生了怀疑。一个造密码的人如果人格令人怀疑，那么谁还敢用她的密码呢？何况她屁股上还拖着一根长长的苏联人的尾巴！"

一席话说得我和中途赶来的老陈都满头雾水，懵懂地望着她。

她解释说："其实我要说的很简单，两位都是破译界混迹多年的人，你们一定知道，二战时候德国曾启用一部很著名的密码，叫'谜密'。"

我说："是不是就是英格玛密码机？"

她说："对，就是英格玛。"

老陈说："英格玛，我知道，不就是世界上第一代实用的机械加密密码机嘛。"

她说："对，破译界一般都叫它谜密，因为密码本身的名字叫谜密，制造成密码机后密码机的名称叫英格玛，但其实是一回事。"

我笑着对老陈说："就像你，名字叫陈二湖，但有职务后一般人都喊你陈处长，一回事。"

黄依依说："对。当时这部密码难度并不是很大，但它转换成机器，出现了世界上第一部真正的密码机，以前有些所谓的密码机充其量不过是加密机而已，理论上没有密码技术作支持。或者说，之前还没有人能把一部密码转换成机器，英格玛是第一部，所以被公认为是密码发展史上的里程碑。如果我说，斯金斯研制的这部商用密码机是照搬英格玛密码机的，你们信吗？肯定不信，因为英格玛名声太大，研究者也很多，要偷也不能偷这种显眼的东西是不是？但是，我可以肯定地说，这部密码机就是照搬了英格玛密码机，虽然有些改动，但都是换汤不换药的，比如把齿轮换成滑轮，二十六个组合增加到三十四，连动变成驱动，仅此而已，理论和技术上的支持完全一致。打个比方，就像有人把翻译的作品当作自己的著作出版卖钱一样……"

这个发现确实让我们大吃一惊，用黄依依话说，这足以说明斯金斯是个无赖、流氓。跟这样一个做人做事没有道德和科学底线的人打交道，我们的底线似乎也摸不着了。

晚饭后出去散步时，我和黄依依分析起斯金斯剽窃谜密的心理。我们都认为，斯金斯之所以不偷别的密码，专偷谜密，是经过精心策划的，不是傻，也不是无奈，而是她的一种狡猾和绝顶的胆识。偷谜密，正如偷大街上的广告牌，偷天安门城楼上的毛主席像，你大鸣大放去偷这些东西，警察见了都想不到这是偷。斯金斯是数学界的名人，一般人谁想得到她这种人还会去偷，去抢。一个常人看来不可能偷盗的人去偷了一个常人看来没人敢去偷盗的东西，你想想，这种偷盗往往成功率很高。其实，这也是一种智慧，当然是流氓的智慧。如果我们今天没有看到这些数据，我们的任务就是破译它，我们很可能就被她的流氓举动蒙骗了，挖空心思地破啊破，根本没想到谜底就在教科书上，在我们的身边。

黄依依说："她这样做，是要被人耻笑的。"

我说："可她目的达到了。密码作为应用技术，只要破译不了，它就是成功。从某种意义上说，你也无权耻笑她。"

黄依依说："看来我们也只得跟她耍耍流氓了。"

我问她打算怎么耍，她还是让我给安德罗去信，挖挖斯金斯的底细。我知道安德罗是个很敏感、严谨的人，恐怕很难达到目的，所以那封信我一直没寄。但就目前的情况来说，我们确实没有接近斯金斯的其他办法，似乎也只能试试看。

当天晚上，我按黄依依的意思，给安德罗写了一封信。

信的内容表面上看很平常随便，但措辞都经过精心考虑，原文我现在记不清，大概意思就是说我回来后一直忙于办理妻子小雨的后事，未能及时给他去信，请他原谅。还说我刚到一个新单位报到，这是一所密码学校，我将在这里把从他那学到的知识传授给更多的人。我除了给学生讲密码知识外，还附带给他们讲点密码史，主要是苏联的密码史，其中就要讲到他以及另外几个苏联著名的密码专家。然后我就在他的名字后面罗列一长串苏联密码专家的名字，中间当然就夹了斯金斯的名字。我说我缺乏讲课资料，希望他力所能及地给我找点这些专家的个人资料寄来。总之是绕来绕去，就是绕着圈子跟他挖斯金斯的底细。

信寄出后，我并不敢奢望得到回信。

15

我本以为黄依依洞悉斯金斯剽窃谜密的无耻行为后,会乘胜追击,一门心思扑在光密上,哪想她又故态复发,疯疯癫癫的,今天去树林里给小松鼠喂饼干,明天跑到警卫处去跟人下棋,甚至木工房也成了她寻开心的地方,常去串门。到办公室,大门紧闭,不跟人交流,不看简报,不关心敌情。老陈看她一副无所事事的样子,常在我面前抱怨,"你看,你看她,像话吗?"

确实不像话。

这天,我去她宿舍找她,准备跟她好好聊一聊。一进门,我愣了,你猜她在做什么?在用扑克牌给自己算命,好像算的是"爱情运",算得一个人在屋里哈哈大笑。我沉着脸问她在干什么,她竟满脸认真地问我:"嗳,我听说你妻子去世了,是真的吗?"

我没好气地说:"这跟你有什么关系。"

她理直气壮地说:"当然有关哦,你看我在干什么,我在算命,我要算一算,我和你到底有没有爱情运。"

我对她吼:"我和你之间只有密码!"

她对我笑:"所有的爱情都是一部密码,需要我们破译。我已破译了你的爱情密码,那就是我。"

这天晚上,我回到家里,把本来设在书房里的小雨的灵台(骨灰盒、香炉、烛台）移到客厅。我要请小雨告诉黄依依,我和她之间没有什么"爱情密码",即使小雨走了,我心里依然容不下第二个女人。没想到,这反而又成了她向我发起爱情攻势的武器。一天晚上她来找我,第一次看到小雨的灵台,震惊之余,烧了一炷香,对着小雨的遗像,流泪满面地吐露起衷肠。她口口声声称小雨为"姐姐",要姐姐在天国同意她爱我,并且帮助她,让我接受她的爱。

她说:"姐姐啊,我是真心爱他的,老天和你的在天之灵可以作证。为了他,我离开了心爱的事业,从偌大的北京来到这个偏僻的山旮旯里。我不仅爱他那卷曲的头发,青色的胡子碴,连每一根细小的汗毛也都爱……"

我实在听不下去,一把拉她起来,对她吼起来:"你还有完没完!"

她顺势扑倒在我的怀里,一口咬住我的下巴,寻找我的嘴巴。我只好丢下她,像在别人屋里行凶作案的罪犯一样,畏罪而逃。我像只丧家的狗,待在外面,不敢回屋,懊恼地等待她离去。黑暗中,我再一次强烈地怀疑,我带回来的不是一个天使,而是一个魔鬼。

事后我几天都没有理她,直到老陈来找我,气咻咻地向我反映,黄依依整天在办公室里敲敲锤锤的,让他无法安心思考问题。"你玩就玩吧,在树林里喂松鼠也好,到警卫处跟人下棋也罢,可你别在破译室里闹啊,叮叮当当的,别人还工不工作了?"老陈说着,脸上是一副忍无可忍的恶气。

我起先不信,黄依依会贪玩到如此不分场合的地步。结果我跟老陈去他破译室，果然听见隔壁黄依依的屋里，时不时叮咚作响，似乎是有个木匠在那边干活。我有些恼火，过去敲她的门，可怎么敲她都不开。我拍着门大喊道："黄依依，开门，我有话给你说！"只听她笃笃地跑过来，猛地拉开门，露出一张脸，满脸怒气地对我嚷道："你干什么，你不是不理我了嘛，嚷什么嚷？"然后砰的一声又把门关上，根本不给我说话的机会，那样子仿佛不是她影响了别人，而是我打搅了她什么好事一样。我气得不行，真想一脚踢开门，但想想又克制住了。

"你看看，她这样子，怎么跟她合作嘛？"老陈又对我唉声叹气，"请个菩萨来，忙帮不了，反而老给你添乱，你说这密码怎么能破嘛？不瞒你说，这么多天我连根毛都没摸到，一点感觉都没有。"

我安慰他说："没事，正常的，现在的密码入门都很难，入了门就好了。"

安德罗说过，**现在的密码不是迷宫，而是黑洞**。迷宫是走得进走不出，所以你即使不能破译整部密码，但照样可以破译部分电报，因为你不管从哪一段闯进去，前面总有一截路可以走的；而黑洞是走不进的，但一旦走进去又一通百通，问题是你要想找到入口，比找到走出深奥的迷宫出口还要难！

老陈说他一点感觉都没有，在我的意料之中。我知道，黄依依让他参与破译，本就是让他来当替死鬼，就像打仗时的尖刀班、排雷兵，就是让他们去送死，用血肉之躯为后续部队扫清障碍，清理陷阱，你还敢奢望他们去攻占山头打胜仗吗？可问题不在这里，问题是老陈是我们701一位很受人尊敬的破译专家,他自始至终都不知道自己在破译组扮演的真正角色。直到后来黄依依奇迹般地破了光密,他还蒙在鼓里。后来的几十年间我一直抱愧于老陈,原因就在这里。不过,这都是后话,我们还是接着说黄依依吧。

一天下午,罗院长特地给我送来铁部长的一封密件,是从机要转过来的,上面特别注明由我"亲启"。罗院长以为这一定是光密的资料,其实不是。是什么呢?我后面再说吧。当时罗院长可能听到关于黄依依的一些闲言闲语,再加上那天她看所有的人都在办公室里忙着,唯独不见黄依依,就对我说:"我听到了一些不好的说法,说她工作态度不是很好。"

我说:"也不能完全这么说,每个人的工作方法不一样,她表面上看是有点不……那么刻苦,但听她的有些想法,你会发现她是在认真工作的。"

罗院长指着她空荡荡的办公室,"这像认真工作的吗?上班时间也不知跑到哪里去了。"我说:"有些事情……她带回家去做了。"

罗院长看我一眼,笑着说:"嘿,我看你总是说她好话,有没有感情因素在里面啊?"

我矢口否认。

罗院长说:"有也不是错,你现在有这个权利。嗳,小雨的葬礼你还是要考虑一下,不要再拖,人走了,还是入土为安好。"

我说:"现在哪有时间,我想等破译了光密再来操办她的事。"

罗院长想了想说:"这样也好,至于黄依依,我看你还是要找她谈一谈，让她充分意识到肩上的担子，专心致志，不要再……我听说她很不尊重老陈，这样不好，你一定要设法把他们两个人的心捏到一起去，不要搞同行相轻，更不要搞内讧。"

罗院长的话提醒了我，我决定找黄依依认真谈一谈，尤其是要让她正确看待我，不能让她陷入个人感情的泥淖中，影响光密的破译。我还在这么想，她似乎已经感应到。这天晚上，我踏着夜色回家，看见门把上挂着一只布袋，里面装着一只酒瓶、一封信、一本书、一副扑克，还有一张纸条。我打开纸条一看，上面写着这样几句话：这里有四封密信，请你按编号次序破译，时限半个小时。不说你也知道，是黄依依搞的鬼！我虽然感到惊讶，但还是将布袋提进屋去，将里面的东西拿出来，摆在桌子上，开始破译她的"密函"。

我先看了看酒瓶，发现酒瓶里装的不是酒，而是一张有两个指头宽的纸条。我拿出纸条看，只见上面写着乱七八糟的东西，有中文，有英文，有俄语，还有乱涂乱画的东西，比天书还天书。我对着纸条琢磨一会儿，预感到这可能是一份古老的"罗马密码"，酒瓶其实就是密码筒。于是，我把纸条以各种方式绕在酒瓶上，当我以螺旋的方式往上绕时，"天书"中出现一行清晰的文字：

美酒和我一样香醇，光密和你一样重要！

我不觉摇头笑了笑，世界上还有这样的女人，自比美酒，还说自己和美酒一样香醇！

接着去看信封，信封里是空的，但信封上面写着一句乱七八糟的俄语。我很快识破其中的天机，提取出一句完整的俄语：

俄语是很复杂深奥的，俄国人造的密码也深奥吗？

然后我去看那本书，是奥斯特洛夫斯基写的《钢铁是怎样炼成的》，里面还夹着一页写满数字的纸。我同样马上识破了它的"密锁"，对着"电文"一页一页地翻起书来，最后我把从书中选出的文字组合在一起，竟是这样一句话：

冬妮娅爱保尔，就像保尔爱革命。

扑克牌中潜藏的密语也很快被我破译。当我按一定的先后次序重新排列扑克牌后，扑克牌侧面便显露一行文字：

为什么你的安德罗迟迟不回信？

我不觉陷入沉思，是啊，我给安德罗的信已经发出一个多月，但至今没收到回信，这是为什么？还有，黄依依煞费心机地给我出的四道密题，总不会只是为了好玩吧？她葫芦里装的什么药？还有，这些天她关办公室里老是咚咚咚地敲打着，究竟在干什么？如果真像老陈说的那样，她在玩什么稀奇玩意儿，会那么神秘吗？可不是玩又在做什么呢？破译密码是高强度的脑力劳动，不需要在屋里搞得跟杂货铺一样，老是叮叮当当的。

我正这样糊里糊涂地想着，不料黄依依敲门进来。她一进门就问我密信破了没有，我指着那四封密信，说她精力过剩。她不客气地反驳我说："你也太实用主义了，就算这是游戏嘛，一个搞破译密码的人做做这种游戏又有什么可指责的，做这种游戏说明她生活在密码世界嘛。"我请她言归正传，说说她给我出这四道密题的真实意图。她便给我讲起来，意思是这四封密信分别代表的是不同时期的密码，酒瓶是原始密码，信封是移位密码，书本是替代密码，扑克牌是数字密码，现在我们将这些密码都称为初级密码。

"但是，"她解释道，"不管是中级密码还是现在的有些高级密码，其实都是在这上面打转转，在做各种复杂的加减法。比如说谜密（即英格玛密码机），理论上说它的技术就是数字密码加上替代密码。这样相加出来的'和'——新的密码，依然还是数字密码。"

我懂她的意思，"只有当这个'和'值大到难以数计时，它才成为数学密码。"

她说："对。那么你说这个巨大的难以数计的和值，产生的途径有多少种？"

我说："不外乎几种，一、超大值的数字密码和中大值的数字密码累加；二、超大值的数字密码和移位密码相加；三、超大值的数字密码和替代密码相加；四、超大值的数字密码和移位密码又和替代密码相加。主要就这几种，一般原始密码技术是不可能出现在数学密码中的。"

她说："对。既然我们可以肯定光密是一部数学密码，那么我现在想问你，凭着我们对斯金斯的了解，你觉得斯金斯在事隔二十年后设计的光密，可能采用哪一种'加法'？你不要深思熟虑，凭直觉说。"

我说："第一种，'超大值的数字密码＋中大值的数字密码'。如果你给我第二次机会，我选择……"

她立刻打断我："没有第二次机会。"

我问她："那你选择什么呢？"

她沉吟道："坦率说，我现在没直觉，所以我头痛。我本来直觉很好，但这次就是没感觉。"

我说："是斯金斯剽窃谜密的流氓行为在影响你的感觉。"

她问我："你觉得她这次有可能再耍流氓吗？"

我说："我刚才说了，如果有第二次……"

她断然说："没有第二次，第二次毫无意义。"顿了顿，她又说，"我真希望现在站在我面前的不是安德罗的学生，而是安德罗本人，如果安德罗作出这样的选择，我会坚决地把这个可能性排除掉。你觉得安德罗为什么不给你回信呢？"

我说："不知道。"

然后她邀我出去散步。散步回来的路上，她又邀请我去她屋里坐一坐。我说算了吧，时间不早了，该休息了。她说还早，才九点多钟，走吧。我觉得今天晚上她一直都在跟我谈密码，不能太驳她面子。我甚至想,也许她还要继续跟我谈密码。所以,虽然我觉得不妥,但还是跟她走了。

这是我第一次去她房间,布置得温馨典雅,但也很热艳,其中贴在她床头墙上的美国影星玛丽莲·梦露的海报画给我突出的印象:那尤物撅着臀双手撑在膝盖上,仰头望着你,丰厚的嘴唇微微翕开着,浑身上下都充满欲望!

我禁不住在心里暗想:真是什么人崇拜什么样的偶像!

黄依依一进屋就忙开了,又是泡茶又是拿饼干,甚至还拿出一盒当时很少见的高级香烟来,说是专门给我买的,并立马抽出一支来要我抽,说她喜欢闻我的烟味。我点燃烟抽了起来,吐着烟雾问她:"你说我现在要不要再给安德罗去信?"

她即刻叫起来:"啊哟,你烦不烦啊,今天晚上都说了这么多工作了,还是说点工作之外的事吧。"

我问她说什么,她饶有兴趣地望着我,要我说一说我当间谍的事,还有和我妻子小雨的事。我便简单地将我在苏联的事给她说了说,关于我妻子小雨,我只说了一些我们生活上的琐事,至于她的真实身份和秘密,我只字未提。这是纪律,绝不能说。

黄依依突然问我:"嗳,电影上那些间谍都很风流,很浪漫,一回一个女的,女的还经常以色相从事间谍活动,你有过吗?"

我说:"我有小雨,怎么可能呢?"

她说:"你们的关系是公开的?"

我说:"就是不公开也不能啊。"

她说:"工作需要嘛。"

我说:"没有这样的工作,有了那就是腐化堕落。"

她说:"不叫腐化,叫浪漫,难道你从来没有浪漫过吗?"

我说:"我跟你说过了,在艰苦卓绝的战争岁月里,我们就是靠革命浪漫主义的乐观精神,战胜各种艰难险阻,取得一个又一个的胜利。"

她伸出手拉住我的手说:"你为什么总是这么铁面正直,无私无欲呢?你不知道,你越这样我越不能摆脱对你的爱。你理解我心里的爱吗?"

我慢慢抽回手,准备起身告辞。

她没有阻拦,而是一动不动地坐在原位,静静地说:"你刚才几次说要我给你第二次机会,其实你不说我都知道你第二次想选什么,就是超出现有的四种可能,打破常规,把原始密码的古老技术也一并加进去。"

我不得不佩服她犀利的洞察力。"对。"我说,"因为斯金斯用你的话说是个流氓,做事没底线的,很可能超出常规,使一招怪招。"

她说:"我也是这样想的,这也影响了我的直觉,因为我吃不准她。不过不管她有没有这样做,反正我是已经在这样做,算是受她的启发吧。"

我不禁问她:"你做了什么?"

她说:"我做了一部数学密码,给你的那四封密信分别代表四种加密技术,你现在回去把这四封密信加起来看,那就是我糅合四种不同的加密技术做的一部数学密码,我最想对你说的话也藏在这部密码中,你回去好好看吧。我可以提醒你,解密的钥匙是'4',数字'4'。"

我回去,将先前破译出来的四句话依次放在一起,按她给我的密钥,圈出每句话的第四个字,顿时几个令我生厌的字眼倏地射进我的眼里。

那几个字是:我很爱你!

16

第二天刚上班,黄依依来到我办公室,一进门就问我,有没有译出她最想对我说的那句话。我故意沉着脸,瞪着她,"我觉得那是你最不该说的话!如果你还想跟我说这个,请你回办公室去,我没有闲工夫跟你说这个。"

她反唇相讥,"这说明你根本没有看出我要对你说的真正意思。"

很久以后我才知道,她其实是想借此来表达她对光密的一种猜想和设想。"我很爱你"这四个字其实有个奇特的特点就是:四个字可以有几种不同的排列,比如"我爱你很","很爱你我","爱你很我"等,但其根本的意思都没有变。这是一种奇特的语言,她怀疑光密可能就是这样一部密码,可以颠来倒去地使用,像多米诺骨牌,没有起点,也没有终点。或者说,起点和终点是人为的,灵活多变。

而她老是在办公室叮叮咚咚的,正是在捣鼓这样一副"多米诺骨牌"。

我是偶然发现她这个秘密的,那天我的洗脸盆架子不知怎么的脱了一颗钉,松了,我去木工房想要颗钉子,正好看见张师傅在往一块木板上打孔,旁边摊放着几张手绘的图纸,上面画着像一部打字机一样的平面图,标着尺寸。我看那字迹有点像黄依依,有点好奇,问师傅在做什么。他说是黄研究员让他做的,究竟做来干什么他也不知道。临出门的时候,我又看见墙角堆放着一些圆的、锥的,还有像酒瓶和保龄球一样的东西,又问师傅这干什么用的。师傅又说这是黄研究员先前做的,现在不用了,送来让他毁掉。我不觉望着那堆东西惊奇起来,黄依依做这些稀奇古怪的东西干什么?她屋里老是叮叮咚咚的,是不是就在捣鼓这些东西?我当时还没有将这些玩意儿与破译光密联系起来,及至后来我听了黄依依的想法,我才被她大胆新奇的设想惊呆。我不得不惊叹,庸人就是庸人,天才就是天才,你不服都不行!

那天我走出木工房后,在旁边的树林里找到黄依依。她并没有像我想象的那样,在喂松鼠,而是站在一棵树下,正与那个成天在树林里转悠的疯子说着什么。疯子仰头望着树冠或者树冠上的天空,似乎在与她说话,又似乎没与她说话,兀自沉浸在自己的世界里,喃喃自语着。这人就是黄依依第一次去老陈办公室谈到的那个人,那个疯子。他叫江南,曾经是与老陈齐名的破译家,后来因为破译紫金号密码疯掉了,因为他身上有太多的秘密,疯了也不能走出701,甚至不能与家人见面,只好滞留在大山里,成天在树林里转悠，与默默不语的树木为伴，与不能说话的花草和小松鼠为伴，与他那已经失去逻辑但不失绚丽精彩的虚幻的世界为伴。平时，看见陌生人，他总会迎上去，把对方拦住，对他们说："我破译紫金号密码了，这是国民党用的最难的密码啊，谁都破不了，只有我能破……"被拦的人对他都很客气，总是顺着他说："对对对，你破译了，你是最了不起的。"于是他就很高兴，张开双臂做出一种飞翔状，在路上跑啊跑，一边跑一边喊："我破译了紫金号密码，我是最了不起的，我是最了不起的……"看着让人心酸。

那天我走过去后，并没跟江南多说什么，我给他点了一根烟，好言好语地劝他走。然后我问黄依依都跟江南说了些什么，她说她在问他是怎么找到紫金密码的密钥的。我开玩笑说，你问他还不如问我，反正是胡说，我也会说。她答非所问，说："我看见你去木工房了，你在当小人，调查我。"我如实说不是，但确实也偶然发现了她的"机密"，希望她跟我解解密。她这才跟我说起关于"多米诺骨牌"的想法。我感到很新奇，想追问下去。她说："行了，这我都已经把它推翻了，不过我又有了新想法。前天晚上我做了一个梦，梦见我的手上落满马蜂，马蜂咬烂了我的手，飞走了，留下一个个小圆洞，看上去我的手就像一副筛子，到处都是筛眼，而从筛眼里漏出来的都是阿拉伯数字……"

生活中许多人都不相信梦，但对我们破译者来说，梦是智慧竞技者抵达胜利彼岸的秘密通道，在密码的破译史上，在梦中得到启示而一举成功者，不乏其人。黄依依兴奋地告诉我，这个梦提示了她，开启光密密锁的钥匙（密钥）可能是一部原始而现代的密钥机！形象地说，它是九只具有多米诺骨牌效应的筛子组成，每只筛子分九层隔板，每一层的漏眼有365孔，即筛子共有 $9 \times 9 \times 365 = 29565$ 孔漏眼，每天的电报对应一个孔。就是说，某一份电报只有某一个孔才能脱密，一旦某份电报找到那个孔，那么这一天的电报都可以脱密。如果我们把电报的数字比喻成谷粒，用筛子筛它，反复筛，理论上说总有一粒谷子会从某一个孔眼里漏下，然后一通百通，相同的谷子（同一天的电报）都会漏下来。这就是多米诺骨牌效应，不同的是，传统的多米诺骨牌的"牵一动百"的第一动力是人为的，但现在她设想的多米诺骨牌的第一动力是"筛子为的"。换言之，它不是一条长龙形的多米诺骨牌，而是圆形的，平面的，感觉"那条长龙"已经被无限压缩，合众为一，只有当"某一个"通过"某一孔"，这条长龙才会依次排成队源源不断地漏出，像水桶里的水，一旦底部出现孔眼，水就会成流成线涌出一样。

我听得非常激动，催促她快往下讲。黄依依嗔怪道："原来你还是个急性子，你要在对我的感情上有这么急就好了。"她就是这样，屡遭我拒绝依然心不死。她提了个要求，要我挨着她坐下来，我才有权听她往下讲。又是胡闹！好在当时我们已走进林子，四周无人，我也走累了，陪她坐坐也无妨。我估计她一等我坐下来后又会有进一步的要求，所以坐下来之前我也有个要求，要她坐下来后一切都要听我的。她答应了，我们才坐下来，她才开始说。她说，密锁和密钥的复杂化是现代密码发展的趋势，但这种复杂性却受到无线电通讯本身的限制,尤其是距离远、布点多的呈放射性的无线电通讯,一般的密钥总是藏在报文中。

她说:"比如说谜密,如此高级的一部密码,你知道它的密钥是什么吗?"

我说:"单日是电报的前三组码,双日是后三组码。"

她说:"对,是藏在报文中的。为什么它非要在报文中做文章呢?"

我说:"因为它联络的电台很多,又是在战争时期,电台的流动性很大,人员的流动也很大,如果不这样,比如专门造一份密钥表,万一掌握密钥表的人死了,通讯就得瘫痪。"

她说:"就是这个道理。光密其实是斯金斯为美国军方造的密码,而美国军方从二战以来一直在搞军事扩张,部队遍布世界各地,部队这么分散,网点这么多,可以说这注定光密不可能专门单独造密钥表的。"

"嗯,如果有专门的密钥表,也不适合像现在国民党这样,让特务系统用。"

"对,国民党把光密作为台湾本岛与大陆特务联络的密码,更加可以肯定,它的密钥不可能离开报文。因为特务分布多散嘛,人员行动的限制又很大,如果密钥不在报文上,联络很容易导致瘫痪。"

"嗯。"

"所以,我相信,光密的密钥一定是藏在报文中。但是会怎么藏呢?如果仅仅沿用像谜密一样,单日是哪几组电码,双日又是哪几组码，不论是斯金斯本人还是雇佣她的美国军方都不能接受，她一定会在无法摆脱的局限中寻找到灵活、多变的新的密钥方案。然后，我又想起斯金斯早期发明的一个数学原理，就是阴影原理，也叫漏光原理，俗称蜂窝原理，原理的实质就是一个固定蜂窝装置，借助一个移动的光源，可以把黑与白，或者阴和阳分割开来。我现在没有器械，无法给你演示。"

"我可以想象，比如说，我们的房顶是一块蜂窝状的盖板，那么阳光就成了一孔孔的漏光。"

"对。这有什么好处呢？就是你只要和阳光移动的速度保持一致，你就可以随时处在阴影中，这对我们将来发展太空技术很有意义。"

我怕她把话题扯远，提醒她，"还是说我们的密钥吧。"

她说："我正在做我的密钥样机，等做出来我演示一下你就明白了。"

我禁不住瞪大眼睛，我说："你屋里老是咚咚作响，就是在用那些酒瓶子、保龄球一样的东西琢磨密钥机？"

她说："是呀，你们以为我在干什么？"

我不好意思地说："老陈还以为你在玩什么稀奇玩意儿呢。"

她哼一声说："你们这些人，总是戴着有色眼镜看人！"

我赶忙跟她道歉，说我们误解她了。哪想她却轻轻一笑，妩媚地对我说，只要我没误解她的爱就行，其他的她一概不计较。说着，来拉我的手。幸亏我事先要了权利：一切要听我的，否则这时她一定会做出非分之举。

那天黄依依走后,我一个人留在树林里,也像疯子江南一样绕着一棵大树旋转起来。我仰望着树冠和树冠上的天空,想起木工师傅在木板上打的那些孔,我仿佛看见一孔孔的光从那些蜂窝状的孔洞中漏出来,随之泄漏而出的还有光密的所有秘密。当时我想,疯子江南为什么每天绕着大树转圈,喃喃自语,显得那样快乐,就因为他有破译紫金号密码的玄想的快乐。那天,我也真切地体会到一种疯子般玄想的快乐。

17

大约一个星期后,黄依依想象中的密钥机被木工师傅打造出来,我将特别行动小组的人全都召集到会议室,听她讲解。

那密钥机其实并不复杂,造型和功能都有点类似大街上常见的量身高的仪器,标尺可以自由移动,不同的是密钥机的标尺是一块蜂窝状的木板,高度约三十公分,宽窄如书页。底部是一个长方形的托盘,四边有凹槽,槽中刚好可以放电报纸。

黄依依一边示范着一边给大家讲解:"这就是我想象中的密钥机,你们看,这是一块隔板,上面有很多蜂窝状的圆孔,这标杆里有一根活槽,槽子被分成三十一格,代表一个月的三十一天;这隔板上有一个滑轮,这样隔板可以自由地上下升降,升降三十一格。

这标杆的顶部有一个光源，然后这儿底部的凹面里，是放电报的地方，电报刚好可以卡在里面。然后这个托盘也可以伸缩，伸缩格度也是三十一格，一格代表一天。现在我们可以想象，随着隔板的上下移动和托盘的伸缩，这些孔漏下的亮点不断移动。如果以亮点照中的数码组合出的数字作为解读当天电报的密钥，那么你们可以算算，这个密钥有多大，三百六十五，也就是说在三百六十五天之内它的密钥不会重复。那如果我们在这个光源上再稍做一点文章，比如说让它多一块隔板，就会产生两个三百六十五个变化点，以此类推，有几块隔板，就可以做到几年之内它的密钥都不一样。我现在初步设想有九块隔板……"

老陈站起来，打断她，"小黄，我说一点，如果有这么一台密钥机，对反破译倒是很好，但是据我所知世界上还没哪部密码专门为密钥搞过一个装置。你们听说过密钥机吗？"

黄依依说："那你听说过谁敢偷天安门上的毛主席像吗？"

我笑道："只有斯金斯。"

黄依依说："是啊。正如安副院长说过的，我现在越来越相信，斯金斯偷盗英格玛机技术绝对不仅仅是偷，而是她的智慧，她太诡异了，诡计多端，喜欢干超乎常规的事。"

老陈说："可是小黄你想过没有，密钥不是密码的本质啊，它只是几个数字，是密码的一个附属东西，是防君子不防小偷的东西，斯金斯会花那么大工夫在这上面做那么大文章吗？"

黄依依说："为什么不？第一，它工夫其实很小，就这么简单的一个装置，我们的木工师傅都可以造出个大概。第二，它产生的价值非常大，可以在几年之内不重复密钥。这是很难很难的，如果他们专门造一张相应的密钥表，这个表要挂满整面墙呢，再说我现在基本上肯定他们不会专门造密钥表，因为这不现实，用起来有后遗症，很难在实际联络中成功应用。那么如果没有密钥表，仅仅在电文中设置密钥，受到的局限很大，无非就是什么前二组、前三组、后二组、后三组、中一组、中三组等等吧，不可能弄出这么大的密钥。第三，这个密钥机的原理是斯金斯本人的。大家可能觉得，我为什么会猜想斯金斯可能会造这么一部密钥机，就是因为斯金斯早有此数学构思。第四，我从斯金斯的诸多著作，包括她的有些作为中看，斯金斯不是一个太有深度的人，她不是黑洞，但她怪异、狡猾、善变、易躲，她是一条变色龙，很善于迷惑人。因为她缺乏深度，她造的密码，在难度、深度上可能走不太远，也正因此，密码本身的难度有限，她更需要在附属性的东西上，比如密钥上增加难度，以弥补密码本身的缺陷。"

老陈问我："安副院长，你觉得呢？这有没有可能，专门配一部密钥机？"

我没有直接回答他，转而问黄依依："我现在假设你这个猜想是正确的，就是对方确实有这么一部密钥机，那么下一步我们就要仿造一部。仿造也是猜想，他们造这么一个东西很容易，但我们要仿造很难，大小、高矮、尺寸等等，稍有偏差都不行，失之毫厘，谬之千里。当然，我知道，只是数据上仿造，那么现在这个数据的演算量有多大?

她递给我一个讲义夹,"演算公式,演算量,我都列好了。"

我接过讲义夹,见里面夹着一厚叠纸,每张纸上都写满演算公式和演算数据,而且公式都很复杂,数据都很庞大,密密麻麻的看得人眼睛直发胀。我说:"哟,这个演算量很大哦。"

她说:"当然大哦,隔板、托盘、光源,都是活动的,上下动,左右变,隔板数量还要增减,演算量自然不小。"

我把讲义夹递给演算室的蒋科长,"你看看,这个量大概需要多久能完成?"

蒋科长看了看,说:"我们所有人三班倒地干,起码也要一个月。"

黄依依自己也叫起来:"哇,要这么久啊?"

蒋科长说:"我们的条件和人力就是这样。"

她说:"要有台计算机就好了。"

老陈说:"万一猜想不对呢?这个冤枉就大了!"

老陈一句危言,说得大家都惊住,你看看我,我看看你,包括黄依依在内,最后都把目光落在我身上,等着我做主。说实话,我当时也不敢轻易拍板,这么大的演算量,要花费这么多时间和人力物力,万一它是个不正确的猜想呢?那可就亏大了!可我转念一想,破译密码本身就是万中求一的事,哪有一猜就中的。不入虎穴焉得虎子,你不去演算,怎么就知道它是错的?于是我沉吟片刻,毅然地拍了板:"如果这个猜想是正确的,我们就等于敲开了破译光密的大门。和这个诱惑比,一个月,值得!"

接下来的一个月里，你可以猜想我们是怎么过的。我们特别行动组的所有人，把心思和目光都投射到演算组，人虽然在办公室里上班，但心思不在，总是恍恍惚惚的，总是想象着演算室里的演算情景，总是满耳都是那爆炒豆子一样的打算盘的声音。那段时间，素来沉稳的我也显得有些浮躁，一天里总有几次要忍不住地站到窗前，望着演算组那排静默的平房发呆，那巴心巴肝的样子，就像一个溺水逃到荒岛上的人，翘首盼望着拯救自己的船只从远处而来。

当然，最受煎熬的还是黄依依，她几乎是茶饭不思，寝食难安，天天都往演算室跑，打听演算结果。她紧张得几乎都不会笑了，有时我逗她，她也没多大的反应，嘴角草草地抽动两下就了事，一副魂不守舍的梦游模样。我见她一天天地消瘦下去，心里有种盲目的感动和愧疚。一天，我与黄依依一起上楼时，她不知怎么的，脚下一软，跌倒在楼梯上。我搀她起来，扶她到我办公室里坐了，劝她放松一点，不要把演算结果看得太重。她竟瞪大眼看着我哭了，一边像吵架似的嚷道："我能不看重吗？这是我来701后提出的第一个破译光密的猜想，真要是像老陈说的那样错了，还不被人笑掉大牙！"

那天我第一次有种冲动，想把她揽在怀里抱抱她，安慰她。当然，我马上又意识到这是荒唐的，我的理智比钢铁还要坚硬，那是长期的间谍工作和对小雨的爱锻造出来的，不论在何时何地，我的理智总是坚定地守护着我。我知道，人世间没有完美的事情，我们要甘于忍痛和接受煎熬。

到第二十九天，演算终于到收官阶段。我们特别行动小组的人全都拥进演算室，等待着最后的结果。演算室的案台上，写满数据的纸张已经堆了两三尺高，可还有几个人在向台上报数，像股市报盘一样，源源不断地报：

1234567890，

0187654321，

2345678901……

所有的数据汇聚起来后，最后由蒋科长把它们统一加减乘除一遍。

当蒋科长在众目睽睽之下坐到一架又长又大的算盘前准备开始作最后的演算时，我和黄依依紧张到了极限。所有人的目光都聚集在蒋科长的手指上，目不转睛地看着他的手指在算盘上飞快地拨动。偌大的演算室里没有一点声音，只有那算盘珠子在啪啪地响着。那声音虽然轻小，但感觉里却像一记记重锤打在我们心上。

最后，蒋科长的手指像被电击似的，抽搐了一下，悬在空中不动了，而在他僵死的手指下，还有几个珠子紧贴在算盘中间的横梁上！这就是说，最后算出的结果是一个"不尽数"，除不尽，数破了。换句话说，就是黄依依的猜想是错的！

蒋科长吓坏了，愣在那里，不敢报。

演算室里顿时死一般沉寂，空气一下紧张得似乎都要爆炸。

黄依依见此失控地叫道："不可能！你算错了！"

我已从愕然中回过神来，赶紧上去安慰她。黄依依却突然像疯了似的冲上去，一把抓起算盘，狠狠地把它砸在地上，哭着冲出了演算室。

算珠子纷纷滚落在地，在我的面前和脚边弹跳着，滚动着。

一个令人梦牵魂绕的猜想，一场兴师动众的演算大战，就这样以失败告终！

这天晚上，我第二次去黄依依的宿舍。我想去安慰她，没想到她似乎已经自我安慰了，情绪比较稳定，正倚躺在沙发上在看一本国外的休闲杂志。见我进来，她坐起身歉疚地说："对不起，我……太没有理智了。"

我说："没事，可以理解。你要不砸算盘，说不定就是我砸了。"

她见我这样说，一下变得喜悦起来，"是吗？我担心你生我气呢，让你难堪了。"

我说："给我们难堪的是斯金斯。"

她咬着牙骂："这个魔鬼！我以为……这次把她逮住了，没想到，扑了空。"

我说："我也没想到。我也以为你这次胜算蛮大。"

她说："所以才下这么大决心，兴师动众地支持我？结果却让人笑话了。"

我说："没人会笑话，这是破译密码，不是撒网打鱼。这次演算量是很大，同志们付出的努力也是超常的，所以失望可想也是超常的。但是，我想他们会理解的，因为江南每天就在他们的窗户外面徘徊，他们每天看得到，也想得到，破译密码虽然是一件日不晒雨不淋的事，但同样需要付出甚至包括生命在内的牺牲。"

她很感动地说："我……我真不知该怎么说，你太好了，谢谢你。"

我笑道："承蒙夸奖，不胜荣幸啊。"

她却认真地说："真的，我很佩服你，荣辱不惊，拿得起，放得下，我不行，我做不到。"

我安慰她，"你也不要气馁，这不叫失败，它只不过是一个破译者难免要遇到的挫折而已，破译密码不是猜谜语，可以灵机一动，一蹴而就。"

她闪动眼光，把手轻轻地放在我的肩上，说："我知道，你放心，我不会气馁的。我离开北京时到祖冲之的像前膜拜过，还许了愿，我相信神灵会保佑我们。"

我拿起她的手，本来准备要把它们从我肩上拿掉，可她却借此抓住我的手，很认真地说："在天，我知道你不敢爱我，所以我一直努力想忘掉你，把你从我心里赶走，可是不行啊，你说我该怎么办？"

我连忙把手从她手中挣脱出来，准备告辞。她没有抗拒，只是劝我再坐一会儿，可我担心她"故伎重演"，决意走。她怏怏地送我到门口，一直眼巴巴地望着我，欲言又止的伤心样子让我心里酸酸的。我预感到这时她要挽留我，我可能会失去反抗力，所以我更加坚定地走了。在回家的路上，我不禁想起安德罗对我说过的话：**在你没有破译密码之前，只有一个白痴才相信自己一定能破译密码。这不是一片土地，密码也不是一把土豆，只要你种下去，给予辛勤的劳动就会迎来收获的一天。**我油然为破译密码这种鬼都害怕的事唏嘘感叹起来，以致一夜不眠。

18

大约几天后的一个晚上，夜深了，我正准备去卫生间洗漱，忽然听到有人敲门。我疑疑惑惑地去开门，竟然是黄依依立在门外。我惊讶不已，"这么迟了，你还不休息，有什么事吗？"

她盯着我，不说话。我看她头发凌乱，脸色非常难看，在昏黄的灯光下显得苍白，一副病态。我担心她生病了，赶紧请她进屋，问她："你怎么了，脸色怎么这么难看，是不是生病了？"她浑身失去了筋骨似的，一下倒在我怀里，闭着眼，一声不吭，像是昏迷了。我连忙将她扶到椅子上坐下，又是呼她，又是摸她额头，手忙脚乱，不知所措。当我决定放开她去打电话时，她忽然睁开眼，摇摇头说："我没事，别打电话。"然后就用一种很深情的眼光默默地望着我。

我说："你刚才昏过去了，怎么回事？"

她点点头，一副心力交瘁的样子："我太累了……我很累……你……还有光密……都让我很累……"说着握住我的手，要亲它。

我想把手抽出来，"你到底怎么了？"

她紧紧捏着我手，目不转睛地盯着我，久久才说："在天，你要相信，我们都需要老天的帮助，你还记得我离开北京前曾在祖冲之的塑像前祈祷过吗？"

我说:"当然记得。"

她说,声音透出一种哀伤和绝望,"可是我,一个被男人抛弃的人怎么可能得到老天的垂爱?在天,你希望我能破掉光密吗?"

我预感到她可能又要来老一套,一边用力想抽出手,一边笑道:"废话,我比任何人都希望你能破掉光密。"

她极力紧握我的手不放,"那我们就相爱吧,在天,我需要你的帮助,老天都知道我爱你……老天看你都不爱我怎么会爱我?真的,在天,这次……失败……在天,帮帮我,你爱我就是对我最大的帮助……"

我说:"依依,你怎么……又说这个了……"

她说:"这关系到我们能不能破译光密……"

我打断她,"没有这个说法!"我奋力抽出手,退开去,完全像个逃兵,一边讨饶,"依依,你别为难我了。"

她追上来,又抓住我,"你为什么不爱我?在天,我爱你,真的爱你……我知道你也是爱我的……"

我气恼不已,看看灵台上小雨的骨灰盒,禁不住把她拉到门前,指着门说:"你走,快走!"

她茫然无措起来:"在天,我真不知该说什么……"

我说:"你什么都不要说了,快走吧。"

她说:"我不走。"说着全身朝我身上倒,"在天,你爱我吧,抱抱我吧……"

我猛然推开她,往后退去,"你别过来……快走……"

她站住，湿漉漉的双眼里既有一丝幽怨更有一份炽烈。她说："在天，我真的不知道说什么……我知道，我不应该在这时来索取你的爱……应该等我们把光密破了……可是，在天，这次失败对我打击太大了，上帝没有帮助我，神灵没有站在我这边……我在不停地问自己，为什么，老天为什么不帮助我，就是因为我没有得到你的爱……一个没人爱的人是得不到上帝的宠爱的……在天，相信我，我爱你，我需要你的爱……"

我绕到小雨的灵台前，指着骨灰盒说："黄依依，请你尊重我，请你不要在我妻子面前对我提爱这个字，你没权利爱我，我有妻子！"

她说："可小雨已经走了，我相信……她会理解我们的。"

我说："对你来说她死了，对我来说她永远活着。你快走吧，请你尊重我。"

她说："那你为什么不尊重我呢……在天，抱抱我，我需要你，我爱你，请你……"

我忍无可忍，提高声音："你别说了！我们之间没有爱，你没权利爱我，请你走，快走！"

她竟一屁股坐在沙发上："我不走。"

"你不走我走！"说着我朝门外走去，走到门口，我又忍不住回过头来对她说："你不觉得你很荒唐吗？哪有这样爱人的?！"

她愣愣地望着我，崩溃似的跌坐在身后的沙发上。

那天晚上，黄依依足足在我屋里待了一个多小时后，才步态迟疑、缓慢地走了出来。她没有东张西望，而是一直向前，梦游似的往外走着。直到看着她消失在自己楼道里，我才悄悄摸回家。

屋里的茶几上留着一张纸条，上面只写了一句话：安在天，我恨你！

我赶忙划根火柴，背对着小雨的灵台把纸条烧了。

第二天早上，我去食堂打饭，等了许久都没见黄依依来。我不由忐忑起来。正当我茫然四顾时，培训中心的王主任朝我走过来，问我："嗳，你们新来的那个数学家，昨天晚上怎么啦？"我很奇怪他一个培训中心的人，隔我们破译局远远的，怎么突然问起这话，便有些冷淡地回应道："她怎么啦？"王主任说他昨晚从招待所回来，都快两点了，天上下着瓢泼大雨，他竟看见黄依依跟丢了魂似的，一个人在雨中游荡，淋得跟落汤鸡一样，怎么劝她，她都不肯回去。

我知道是怎么回事了，便赶紧打了饭，稀里呼噜地刨起来。我想几下吃完，去问问小查，黄依依有没有事。可我没有想到的是，王主任打了饭后竟坐到我旁边，一副还想跟我探听点什么的样子。更让我没有想到的是，就是他，这个王主任，后来竟对我们破译光密制造了极大的麻烦，还差点毁了我和黄依依！我当时要是预见到这点，一定会毫不留情地把他从饭桌上撵走。可我不是未来的先知，无法知道后面的事。我当时只是非常讨厌别人打听我们内部的事，特别是有关黄依依的事，别人一提我就烦。所以，当王主任凑过来想跟我说什么时，我只给他一副冷脸，埋头扒了几口饭就走。

我到办公室,没看见黄依依。问正在做卫生的小查,说她还没来。过一个小时,我又去问,小查还是说没来。我有些气,批评她,"你是黄研究员的助手,不见她来上班,你也不管她?去屋里喊她。"小查有些委屈,说:"我去喊过了,屋里没有人,我也不知道她去哪里了。"

我一下愣在那里,脑子里突然出现一个可怕的场面,我不由被这臆想中的场面吓得头都大了,慌忙带着小查去找她。先去房间看,使劲敲门,又叫又喊,里面就是不见动静。但我有种预感,她就在屋里。于是,我向邻居家借来家伙,捅开房门,发现黄依依正发着高烧躺在床上,昏迷不醒。我们赶紧给医院打电话,让他们立刻派车过来,把她送去医院。

医生检查后,诊断没什么大问题,只是重感冒,我才放下了心。

19

小伙子,不早了吧,咱们明天再聊吧。

嘿嘿,时间会让你忘掉很多东西,但有些东西可能只有死亡才能让你忘掉。我说的这些我其实很想把它们都忘掉,但是忘不掉啊……

20

我在前面说过，我在年轻时曾谈过三次恋爱，但都不成功，最后还是组织出面帮我解决的婚姻问题。说实话，我在对付女人方面没有太多的经验，特别像黄依依这样一个"胡搅蛮缠"的人，我更是显得手足无措。但我也有我的武器，我的武器就是固执。我人生中的许多成功都得益于我的这种固执和固执的追求，我相信我也能"固执"地处理好我与黄依依的关系，处理好个人情感与国家利益的关系。

今天看来这未必不是我人生中的一大错误，即或不算错误，至少也是处理不当。可放在当时当地的环境和情景中，我不"错"行吗？我只能"错"！这好像是个悖论。可破译密码本身就是悖论，在701，像我这样生活在悖论中的人多着哪！我不知道这是我们701人的崇高伟大，还是我们的人生悲剧。

不说远了，还是言归正传吧。

第二天下午，我去医院看黄依依，她居然已经出院。毕竟只是感冒，来得急，去得也快，吊了药水，很见效果。从医院出来，我犹豫着该不该上门去看她一下。最后，我还是从领导这个角度考虑，决定提点水果去看看她。我不知道是她真的恨我，还是故意装出冷若冰霜的样子，见了我很冷淡，说话很呛人。我问她病好一点没有，她竟白我一眼，说："好不好跟你有什么关系，像我这种下贱之人，死了你才高兴！"一句话呛得我愣在屋当中，不知该说什么好。可见我不说话，她又急了，对我大声嚷嚷："你说话啊！"我说你这样子我还有什么话好说的，你好好休息吧，我走了。她立刻又生气，骂我，说早知道我不是存心去看她。我只得停下步来，对她说："依依，我真的是诚心来看你的。"她冷笑说："恐怕是来看我的笑柄吧。"我放开喉咙训她："你还有没有一句好话！"她看我火了才缓了语气，让我坐下来，陪她下盘棋。我不想下，因为根本不是她的对手。她不管我，端过棋盘，一手黑子，一手白子，帮我跟她下了起来，跟个神经病似的，念念有词地："啊，我估计你会这样下……你下这儿我就这样下……这下子嘛你那个水平一定会下这儿，其实这棋下得很臭，可是没办法，你就这水平啊……"逼得我最后不得不夺过棋子跟她下起来。

下着下着，棋盘上落满了她的眼泪——她老毛病又犯了！又开始责问我为什么不爱她。

我说："我们不谈这个好吗？"

她说："我要谈，我要你告诉我，你为什么不爱我？"

我说："因为我心里有我爱的人。"

她瞪着我说："谁？就是那个……遗像上的人吗？"

我点头。

她说："你不觉得荒唐吗？"

我说："我觉得……死者的尸骨都还没有入土，就另觅新欢才荒唐。"

她冷笑："哼，人死了，不给人家安葬，还当宝贝供奉在那，你以为这是对死者的尊重吗?"

"我要等一个日子。"

"什么日子,是周年祭,还是诞辰日,还是八一建军节,还是国庆节?"

"都不是。"

"莫非还要等到我们破译光密?"

我说:"对!"

她眼里突然出现一丝莫名其妙的亮光,定定地看了我很久,说:"你的意思是……难道我破译了光密,你就会爱我?"

我苦笑道:"你怎么整天就想着爱,难道爱有这么重要吗?"

她反问我:"难道还有比爱更重要的?"

我说:"当然,对我来说破译光密就是现在最重要的,比其他任何东西加起来都还要重要。要说爱,这是最大的爱,是爱国、是爱党、爱人民、爱社会主义的具体体现。"

她说:"可是我们的党,我们的国家,还有我们的人民,我们的社会主义,没有说你只能爱他们,不能有其他的爱。"

我说:"其他的爱要服从这些爱,我现在只想破译光密,除此之外别无他念。"

她说:"我也想破译光密,而且我相信只要你答应我一个要求,我一定能破译。"

我说:"只要不是我们之间爱不爱的问题,其他任何要求我都可以答应你。"

她说:"现在我什么要求都没有,如果我破译不了光密,我也将不会有任何要求,但是如果我破译了光密,你要答应我一个要求。"

我说:"什么?"

她说:"娶我!你娶我!!"

我该怎么说呢?说真的,这个要求不过分啊,瞎子阿炳为701立了功,组织上都要送给他一个老婆,黄依依要真破译光密,立的功远比阿炳要大。这时候,她提任何要求我们都应该满足她,只要不违法,何况是我。她破译光密,我是直接的受益者,于公于私我都没有理由拒绝她。如果没有特别的隐情,我会毫不犹豫地答应她,哪怕我一点也不爱她,我都愿意娶她,何况我——怎么可能不爱她?她那么漂亮,那么有才华,那么有风情,哪个男人不会为她动心?我敢说,是男人都会喜欢她,如果说她有点儿作风问题,也是因为喜欢她的男人太多,对她的诱惑太多,加上长期在国外,对男女关系看得比较随便而已。作为老婆,这当然是个缺点,但我认为对一个男人来说她的优点远远大于缺点。我甚至可以这么说,只要她破译了光密,哪怕她没有那些优点,同时又有作风问题,我照样愿意娶她,正如林小芳一样,就权当是为英雄献身!

可是我……不行啊!

为什么?

因为小雨其实没有死!

你不知道,这是个骗局,是总部精心策划并制造的一个大骗局,目的是为了我走后让小雨以一种绝对隐秘的身份从事谍报工作。她"死后"，改名换姓，从莫斯科到了彼得堡，从公开的使馆工作人员变成了黑道上的军火商，与"飞机"同志一起出生入死，沉浮谍海。当时除了总部的个别领导外，没有人知道这个秘密，包括罗院长，包括我开始也不知道。我是怎么知道的？是铁部长告诉我的。铁部长可能在北京听到一些关于黄依依追求我的风声，专门给我送来密件郑重告诉我事实真相。就是那天罗院长转交给我的那个密件！那一天，我震惊极了，同时我也明白了，当初组织上为什么要让我那么招摇地捧着小雨的"骨灰"回国，外交部为什么要开那么隆重的追悼会（并发简报），然后又让我在家里专设灵堂……等等一切都是为了扩大、传播她的"死讯"。我们需要让更多的人知道我丧了妻，某种意义上说这是小雨能够安生的"条件"。相反，多一个人知道真相对小雨的生命安全就多一份威胁。

但是那天晚上我没办法，黄依依把我逼到绝地，我只有两个选择：一是答应她的要求，她破译光密后我娶她；二是对她道明实情，让她心甘情愿死了心。我选择了后者，因为我明白第一个选择决不可能，那将对她造成极大的伤害。这等于是双倍地欺骗她，她也将受到双倍的伤害，我于心不忍，于情也不忍。最后，在她对着毛主席的像发过毒誓后（保守秘密，绝不外传），我一五一十对她道明了真相。她像被这骇人的事实吓坏了，虚弱地望着我，久久不语。后来又像突然爆炸似的，号啕一声，涕泪交加，双手捧着一张泪脸，跌跌撞撞地破门而去，任凭我怎么喊和追都置之不理。

这天晚上我在她屋外徘徊很长时间，直到看见她屋里的灯熄了，没有发现什么异常才回家。可以想象，我一定狠狠地打击了她，从此她将不再对我心存幻想。让我无法想象的是，她究竟会怎么来对待此事？会不会因此而愤然离开701？她做事很绝，不计后果，我真担心她做出激烈的举动，导致组织和她本人两败俱伤。为此，我连夜给她写了一封长信，塞在她门缝里，希望她能正确对待这事。

不知是我的信起了作用，还是别的原因，第二天我看她准时出现在办公楼里时，我顿时有种丧魂落魄的快乐。不过，我也明显发现了她的变化，就是她不再像以前一样快乐，她变得沉默，变得冷漠，尤其是对我，目光里透出一种冷若冰霜的寒意，时常令我茫然若失，忐忑不安。

一天下午，我们开了个小会，主要是针对黄依依此次攻势失利，分析得失，探讨新的路子。黄依依自始至终一言不发，我主要讲了两点：第一点，关于分析率的问题，这是个反映大家成绩的标杆，我们的分析率由开始的不到2‰，到现在将近5‰，这个增长速度和幅度是可喜的。但是从破译的角度看，虽然分析率一路攀升，但是这个分析率的含金量还不是太高。什么意思呢？就是我们现在分析出来的一些字啊，词啊，数字啊，具有针对性和陌生度的关键字和词，相对比例占得比较小，大部分字和词以一些部队代号、番号、人名、日期等类似的名称居多。我大致统计了一下，类似的名称占了总分析量的87%。这意味着我们的分析吃了偏食，没有遍地开花，这对破译不是好的状态。好的状态，分析率不一定很高，但是要遍地开花，满世界都是窟窿。现在我们某一处窟窿很密集，大部分地方又是死板一块。第二点，是一个要求，也许是一个苛刻的要求。我要分析科的同志把已经上交的分析电报全都带回去，重新分析一遍。我这样做是基于这样一个考虑，就是：我们境外报刊都是十天半月后才能看到，一些即时反映的线索被丢掉了，回头对着当日的报刊再分析一遍可能会有新的发现。

事实证明，我的想法是对的，电报分析质量由此有了很大改善。老陈似乎是直接的受益者，几天后他兴冲冲地找到我，给我带来他的喜讯：他完整地解读了一份密报。密报的内容是："老狼"业已启程，务必到老地方守候，有香蕉相送……

这就是老陈的本事，他凭着对敌情的了解和长期积累的浩如烟海的翔实资料，可以平地拔楼，就像一个天才作家，不识文理照样能著书立说。在二十年前，加密技术尚未数据化的情况下，解读这么一份电报价值连城，它可能出现牵一动百的多米诺现象，从而导致整部密码的崩溃。

为此，我们又开一次例会，对老陈的密报解读进行讨论。可黄依依似乎对老陈取得的成绩不以为然，她在会上说："首先我祝贺老陈实现了零的突破，第一次完整译出一份电文，据说现在有关方面已经证实该电文的正确性。但是，老陈由此认为我们的破译工作已取得多大突破，并对我们下一步工作提出了切实的建议，这我不敢苟同。在我看来，这仅仅是一份单纯的电文而已，对我们破译光密来说并无实际意义，九牛一毛而已。指望通过一根牛毛得到一头整牛显然不切实际，我们不要过分乐观，更不要轻易下决定，把破译工作误入歧途。"

老陈忍不住反驳道:"你说这是牛毛,那以前我们就是通过几根牛毛得到整头牛的。"

黄依依说:"那是以前,那时的密码主要靠人工设计,由一份电文引发第二份,进而第三、第四,这种可能性是存在的。现在的密码完全数学化,你要一通百通,必须要从根子上解破它的数学原理和程式、程序,否则一就是一,二就是二,不要指望一而再再而三。所以,我建议老陈不要痴迷其中。"

老陈瞪着她,让她指出一条新路。她摊摊手,说无可奉告。

"所以,我说你还是不要好高骛远,"老陈不客气地说,"踏踏实实从资料和联情(联络情报)入手,从具体的每一份电报入手,能破译一份就是一份的收获,我相信量积累到一定程度,必然会发生质的变化。"

黄依依说:"当然,如果你能这样完整译出上千份电报,大功就告成了。不过,等我们积累到这个量的时候,这部密码可能早已过了有效期,报废了。我刚说过,我们现在不要指望这份电文是一只鸡,可以下蛋,可以举一反三,不可能的。它就是它,是一只公鸡,既不能下蛋,也不会变成凤凰。然后你想,老陈,以后就算一个礼拜给你破译一份吧,什么时候才能积累到上千份?"

老陈生气地说:"这总比像你这么瞎折腾好嘛。"

黄依依也提高声音,"我怎么是瞎折腾啦?"

我感到一些火药味,赶紧拦在中间劝和。黄依依仍旧一副不依不饶的样子,有些刻薄地说:"老陈,不瞒你说,你现在做的工作以前叫破译密码,现在实际上就是一个高级分析师的工作。"

老陈惊愕不已,"你说什么?我这是分析师的工作?那楼里那么多分析师,为什么到现在也没有译出一份电报?你不是每天也在看他们的分析报告,千分之几的几个字、词,还经常张冠李戴。"

黄依依道:"所以他们只是一般的分析师,你是高级的。"

气得老陈霍地从座位上站起来,狠狠地瞪着黄依依,"哼,感谢你直言相告,我也有句直言要对你说。"

黄依依说:"请讲,我洗耳恭听。"

老陈咬牙说道:"你这样子能破译光密,那……"

黄依依很有兴趣地看着他,"那怎么样?"

老陈剜她一眼,伸出手掌,"我用这只手给你煎鱼吃!"

黄依依笑答:"好,我等着,那鱼一定好吃,说不定还带着你的肉香哩!"气得老陈转身就走。散会后老陈来到我办公室,一进门就气呼呼地对我发牢骚,数落黄依依的不是。我替她开脱几句,老陈更不高兴,指责我,"不是我说你,你有时候过分信任迁就她,这样不好。比如这次,我就很纳闷,破译密码先找密钥,完全是本末倒置的做法嘛,而你居然还支持她。你把她当神仙看,结果会使你变成小丑!"

我说:"怎么叫本末倒置?这是一种新路子。"

他说:"什么新路子,事实证明是死路一条。哼,我破译密码二十多年,还没听说先找密钥的做法。密钥是什么?是屋子大门的钥匙，就算给你钥匙，让你进了门，可我们要的东西都在保险柜里，你打不开保险柜，光进门顶什么用。相反，只要我能打开保险柜，没有钥匙，我可以爬窗进去……"

我摇摇头，默默地看着老陈。看来老陈确实是老了，他不知道，这些年随着西方电子计算机技术的崛起，密码的研制和破译都已发生革命性的变化。现代的密码，密钥和密码已经合二为一，浑然一体，就像新兴的合金技术把铝和铁完全合成为一种崭新的材料一样，你怎么能随便把它们分开呢？

也就在这天，在与老陈的谈话后，我突然萌生要去一趟苏联的念头。安德罗不给我回信，难道我就不能去苏联，亲自去找找他？

21

我的想法很快得到总部的支持，铁部长指示我：安排好家里的事后，快去快回！临行前一天，我决定找黄依依谈谈，我在树林里找到她，她正在给小松鼠喂饼干。自她知悉小雨的秘密后，她一直对我爱理不理的，见了我，装作没看见，径直往林子深处走。我只得喊住她。她站在一棵树下，等我走过去后，竟阴阳怪气地说："是来做我思想工作的吧？怕我轻生，还是撂挑子不干？"不等我作答，她又说道，"你别担心，我没有你复杂的经历，没有大彻大悟，小彻小悟还是有的。所以，你不用担心，我既不会轻生，对不起天地、父母，也不会撂挑子不干，对不起党和人民，对不起铁部长、罗院长和你安副院长。我今后会好好上班，你放心吧。"

我突然对她说："我明天要去莫斯科。"

她吃惊地望着我，问我是不是去找安德罗。我说是的。她表示了疑虑，"他连信都不给你回，怎么可能见你？"我说会的，只要我去，他一定会见我。她认为，我这么突然地去，估计我就是见了他，他也不一定会说什么，这种人很敏感的。我说我给这次去见他找了个不错的理由，是给小雨招魂。小雨的魂灵丢在那边，死不安生，需要找回来。这种事他信也好，不信也好，反正理由是成立的。我说我之所以来找你，就是想请教你，我见了导师后打探些什么为好。这好像问到她心里去了，她一下来了兴趣，说："那好吧，我晚上给你写个东西。"我说晚上太迟，我明天一早就走，而且这种东西也不宜落成文字，最好是她现在想一想，告诉我。

她当即想了想，对我说："如果可能的话，我最想知道安德罗对斯金斯造密技术的总体认识，除了出冷招、怪招之外，她有没有在难度上走近极限的本事。如果她没有这本事，以前我们说过的'四条路'，我基本上可以排除一条，就是：光密不是'超大值数字密码加中大值数字密码'产生的数学密码。弄清这一点很关键，因为如果光密真是这样一部密码，对我们破译很不利，这个演算量非常大，而我们的演算能力很普通，很没有竞争力。那样的话，再过一年两年都可能破不了。"

罢了，她问我打算去莫斯科待多久。我说我恨不得当天到，当天见到安德罗,当天得到信息,当天返回。

她说:"你好像有点沉不住气了。"

我说:"只要你沉得住气,我就沉得住气。"

她说:"谢谢你的信任,明天我不送你了,祝你平安回来。"说罢,径自朝林子深处走去。

我看着她形单影只、孤寂落寞的身影,心里有种说不出的难受,怅然,伤感,仿佛再也见不到她似的。

第二天,我带着警卫处袁处长赶到县城,坐上呼啸的列车,辗转去了莫斯科。这已是我第三次去莫斯科,然而,几乎每次去都有不幸的、意想不到的事发生。看来莫斯科确实是我的伤心之地,我下这么大决心走了这一趟,最后连安德罗的声音都没听到,更不要说见面。我每天穿梭在莫斯科的大街小巷,像个探子一样,四处打探安德罗的下落,而人们给我的消息都是似是而非。有人说他被克格勃软禁起来,也有人说他出逃去了法国,有人说他去世了……等等,不一而足。总之,安德罗似乎在一夜之间被西伯利亚的寒风刮走了,消失了……

一个多月后,我丧魂落魄地回到了701。

我将从苏联带回来的纪念品一一分送给特别行动小组的人后,黄依依和老陈就脚跟脚地跟着我,走进我的办公室,问我怎么样,这一趟去有什么收获。我摇头,说没有见到安德罗。我把有关安德罗失踪的情况大致说了一下,黄依依听了,急了,紧盯着我问:"这么说你空手而归?"

我说这倒也不是,便拿出我在莫斯科收集到的一些斯金斯的生平资料,还有她到美国后和安德罗的部分通信——这是我在他一个学生手上不经意发现的,还有经过北京时,铁部长给我从公安部找来的一些最近国民党特务在大陆搞破坏活动的资料,一并交给他们,让他们交换着看看。最后我还向他们通报了一个我们过去从来没有听说过的情况:斯金斯在上中学时曾经被几个白军强奸过!

老陈迷惑地说:"这对我们破译有什么用吗?"

我说:"当然有用,这可以分析她的性格,人在少年受过的创伤对人影响极大,会渗透到她一生的任何事情当中去。由这件事再来分析她偷盗英格玛的行为,包括她拒绝斯大林宴会的事就不难理解。一个内心健康的人不会做出这种事,她心灵里有创伤,她的行为就会变态、乖戾。她身上所有的恶毒的智慧、魔鬼的招术,或许都跟她这次经历有关。"说着,我从资料中抽出一张斯金斯的照片给他们看。照片上,一个目光阴冷的、嘴里叼着烟的半老女人,把老陈和黄依依都吓了一跳。

老陈说:"这人,怎么这么凶神恶煞的啊?"

黄依依说:"我有一种感觉。"我们问她什么感觉,她紧盯着斯金斯的照片说,"我看见的不是一个女人,而是一个黑洞,一个爬满了毒蛇和吸血蝙蝠的阴暗的黑洞!"她要我把照片送给她,我同意了。

这时罗院长听说我回来,打来电话要我过去汇报情况,我们便结束谈话。晚上,罗院长给我洗尘,在招待所吃的饭。完了,我踏着夜色去办公室，看见黄依依办公室里的灯还亮着，便过去看她，发现她正端坐在办公桌前，手上拿着斯金斯的相片，目不转睛地盯着。我说你在干吗，她说她在与斯金斯作"深刻的交流"。我说你得到了什么信息，她说很多。我想起专门从莫斯科给她带来的一个小礼物，请她去我办公室。是一个漂亮的俄罗斯套娃，她见了很喜欢，说："这个刚好和我家里那个是配对的，一个公主，一个王子。"

我说："我正是看见你屋里有个'王子'，才专门买这个回来给你配对的。"

她夸奖一通"公主"的美丽后，突然抬头问我："你干吗对我这么好？"

我说："这叫什么好，举手之劳，也是很便宜的。"

她看看我，像是有些失落似的，自语道："我搞不懂你，你这人……太深了。"

我很大方地说："搞不懂我没关系，只要能搞懂光密就可以了。"我问她我下午说的有没有道理，就是斯金斯年轻时被白军强奸对她后来形成乖戾性格影响很大。她说当然，这足以说明斯金斯绝对是个变态的人。

我说："那么一个变态的人，她能不能让自己刻意地不变态呢？"

她说："应该不能，就是想改变也是狐狸藏不住尾巴的。比如我，也许可以一时装装矜持，但装得了一时装得了一世？现在大概这院里的人都在另眼看我吧，为什么？就是狐狸藏不住尾巴。其实你也一样，江山易改，禀性难移。"

我说:"你应该记得,当你给我一个机会,让我来选择斯金斯可能会以哪种方式制造光密时,我选择的是第一种方式,就是'数字密码+数字密码'产生的数学密码。知道我为什么这么选择吗?因为我想,斯金斯,用你的话说她已经耍过流氓,调戏过破译界,那么当她再次研制密码时,我猜想她可能会拼足老命来研制一部高难度的密码,一方面是显示她的才华,另一方面也以此来证明,她当初耍流氓不是出于无能,而是有意为之,是她在有意戏弄密码界。"

她有些惊奇地望着我,要我继续往下说。

我说:"现在我们可以越发肯定她是一个变态的人,而对一个变态的人,刚才我们也说了,她不是想不变态就可以不变态的。这也就是说,即使她想研制一部常规的、超难度的光密,可能也是心有余而力不足,因为她的秉性不是可以随便回到常规中来,就算她有造一部常规的、深难密码的盖世才华,但是禀性难移啊。"

她试探地说:"你是说,光密不是两部数字密码相加产生的?"

我点头。

她仰望着天花板说:"如果确实如此,那么正常地说,光密只能走一条路,就是'数字密码+替代密码'。"

"为什么不会是'数字密码+移位密码'呢?"我问。

"因为老陈走的就是这条路,他已经走不下去了。"

"那你现在走的是哪条路?"

"无路可走。"

"你不是说还剩一条路吗?"

"我是说正常的话……"

我正认真地听着,她却突然停住不说,要我听外面。外面的走廊上,有人在来回地走动,脚步显出几分焦躁的味道。我笑了:"一定是老陈,他肯定有什么新进展急着想向我汇报。"黄依依说:"那你先叫他进来。"我说:"先听听你的想法。"

她清了清嗓子,往下讲:"想必你还没忘记,那次我给你四封密信,四封密信加起来其实又是一封密信,内容是四个字:我很爱你。"

我很不自在,"怎么又说到这上面去了?"

她说:"你害怕听这个是不?那我不说好了,反正还有人等着要跟你说话呢!"说罢起身要走。我赶忙拉住她,要她继续说下去。她不屑地看着我说:"你放心,我已经不会再跟你说什么儿女情长的事了,那都是老皇历,翻过去了。我现在请你琢磨一下这句话,有什么特点。我念一下,你听,就知道它的特点了。我很爱你——很爱你我——爱你我很——你我很爱,四个字,可以颠来倒去地读,但意思完全不变。"

我惊奇地望着她,眼前突然出现一些飞快扭曲变幻的光束,仿佛看见了一个奇异诡谲的世界。

"这就是我最早猜想中的光密,"黄依依接着说,"它不是常见的,也不是深难的,但它机巧、刁蛮、吊诡、有趣、智慧,像一个好玩的魔术。魔术没有难度,但它和密码一样叫人迷惑。斯金斯很可能就是想造一部魔术密码,来调戏密码界。"

我说:"像斯金斯这种有着怪异天才的人就喜欢玩这种游戏。"

她说："对，这也是我作此猜想的原因。"

我不觉兴奋起来，搓着手说："有意思，真有意思。"

但黄依依却显得有些信心不足，说："对密钥机猜想的失败，让我很遗憾，由此我也怀疑自己的猜想是不是正确，然后我做出新的猜想是：'数字密码＋数字密码'。因为我想，像斯金斯这种盛名之下的人，数学能力又那么强，如果要造一部常规的密码，她一定会走这条路的，可以显示她的数学才能和水平。但是老实说，我这样尝试着往前走了这么长时间，毫无感觉，也许是该结束了。你不是也认为，斯金斯不可能这样来设计光密吗？"

我点头。

她又说："我真的有种预感，斯金斯极可能会独树一帜，把原始密码的加密技术运用到光密中去，虽然我失败了，但这种预感还是没有彻底消失。"她长长地叹口气说，"也许我还是要走回头路啊。"

那天，我们就这样越谈越兴奋，越谈越投机，不知不觉间谈了几个小时，双方都把自己心里的设想或某种一闪即逝的念头毫无保留地向对方和盘托出，畅快得很哪！可在我与黄依依畅谈的过程中，我也注意到，老陈的脚步声在外面走廊上来来回回地响了好几次，显得焦躁而又固执。那时，我还没有意识到老陈这焦躁的脚步声的意味，等我明白过来，一切都晚了。

22

那天晚上黄依依走后，我又在办公室里待了一会儿，处理了因为我去苏联积压的一些文件和信件，才独自一人慢慢地走回家。我刚走进家属院，就碰见老陈，好像专门在守等我似的。我当时以为老陈要跟我谈的无非是他在破译光密上的新想法，就说我有点累，有什么我们明天再谈吧。老陈怔了怔，没说话。我们一起默然往前走，我远远看见黄依依亮着灯光的窗户，不觉地对老陈感叹道："今天我看她八点钟都还在办公室，你看，现在都这么迟了，她也没睡，可能还在工作呢。"

哪想老陈鼻孔里哼一声，一脸不屑地说："可能是在等大家都睡了，她好出门。"

我说："出门？她要去哪里？"

他说："去培训中心。"

我说："她去培训中心干吗？"

他说："你不知道吗？"

我问什么事，他说跟培训中心王主任的事。我问他俩有什么事，他欲言又止。

我说："什么事，老陈，你说啊。"

他说："没人跟你说？"

我说："有人说我还问你？"

他说："那你还是去问别人吧，我不便说。"

我一下火了,"我现在在问你,你不说谁说!"

他只好说:"还能有什么事,好着呢。"顿了顿,又说,"听人说,她现在晚上经常往中心去,到天亮才回来。"

从破译局到培训中心,要翻两座山岭,走公路得有七八里,抄小路也有四五里路,得走上一个多小时。按规定,破译局的人可以出入培训中心,而培训中心的人不能出入破译局。就是说,如果他们俩真要干个什么,也只有黄依依去找他。但我还是有点不信,一个王主任是有妇之夫,谅他也不敢;二个黄依依这么年轻漂亮,怎么会看上他?

口说无凭,猜想也作不了数,要获得真相,最好办法是把王主任喊来问一问。

王主任虽然只是处级干部,可也是一方诸侯,我虽然挂着副院长的名,实际上也只是一个诸侯而已,机关的事情管不了。所以,要问审王主任,还必须请罗院长出面。罗院长一听我汇报,比我还吃惊,当即打电话把王主任叫到办公室。没想到,这狗日的王主任一听首长问这事,连狡辩都不狡辩一下,就一五一十的都招了!

原来,两人真的好上了,就在我去苏联期间!这狗日的王主任真是狗胆包天啊,居然敢玩女人!还不是一般的女人哪,是我们当宝贝挖来的,要给组织上干大事情的。罗院长简直火冒三丈,根本不同情他这个那个的讨饶,当天召集院领导开会,研究怎么处理他。会上罗院长说,她已经向总部领导汇报这个情况,总部领导要求我们先拿出个处理意见,然后报上去批。她的态度是要严肃处理,从严从快，不听解释，不留情面。"真是无法无天啊，一个有家有室的人，一个已经有近二十年党龄的行政主管，竟然腐化堕落到这种程度，真是岂有此理！"罗院长愤怒地说。

负责行管工作的钟副院长问政治部主任，以前像这种情况是怎么处理的？罗院长说："不要管以前，他的性质特别严重，不是一般的偷鸡摸狗，他偷的是我们当宝贝挖来的、要给组织上干大事情的专家同志，这个性质相当严重，弄不好就会直接影响我们整个行动的如期实施。"

钟副院长说："那就'三开'，撤销职务，开除党籍，开除公职，回家去。"

老陈说："'三开'重了，还是给人家留条后路吧。"

罗院长问什么后路，老陈说还是保留个公职吧。起初罗院长不同意，但最后还是作了让步，保留他公职，送去后山灵山农场养猪，并征求我的意见。我表示同意，但我又建议，处理王主任的同时，不要把黄研究员扯进去。老陈立刻附和，说："对，黄研究员的名誉必须保护，否则会影响她的工作。"

罗院长也同意，让政治部主任好好在文字上做做文章，马上拟个文，报给总部，争取尽快下文件，让那个姓王的滚蛋，去农场。

处分意见很快就批下来，并以红头文件的形式下达到各处室。文件的用语很模糊，只说姓王的"道德品质恶劣，影响极坏"，其他的一概没提。

可黄依依却不领情，下达文件的当天上午就闯进我办公室，责问我：为什么要这样处理王主任。我正不知怎样来发泄对她的火和气，不想她自己找上门来，还神气活现的，一下激起我火爆脾气，我大声呵斥她："你还有脸来见我！"

她说："我怎么了？"

我骂："你自己心里知道！"

她说："我不知道！"声音有点要跟我一比高低似的，"文件上没说明你们为什么要处理他，只是说他'道德品质恶劣，影响极坏'，这是指什么？我不知道，如果是指我跟他的事情，那我告诉你，这跟他无关，是我要跟他好的，你们要处理就处理我，别处理他。"

我说："你以为我们就听你的？"

她说："不是听我，而是听事实，你处理人总要根据事实吧，事实就是这样。"

我说："事实是我们花了九牛二虎之力把你招来，不是要你来给我们惹是生非，而是希望你来挑起重担，建功立业！"

她撇着嘴说："我早跟你说过，我是个坏人……"

我骂她："你是呆子是不是？！他是有妇之夫，你跟他搅有什么好处？"

她冷笑："什么好处？就是有男人的好处呗。"

我说："男人多的是，你就不能好好找一个？"

她反问我："难道我没有找吗？我找了你你要我吗？"

我气得无话，叫她滚蛋。

她低下头去，"这是我自己的事，但是……这是事实，我……

不会不认的……"

我说:"你也否认不了!"

她脸上很难看,但还是低声说:"我觉得你们……不能这样处理他。"

我问:"为什么?"

她说:"太过分了。"

我冷笑一下,"哦?你还想给他说情,看来你是爱他爱昏了头!"

她沉默许久,说:"我知道,现在我说什么都没用,你不会信的。但是,在天,请你把我当一回朋友好吗?我求你了,不要处理他。"

我冷笑:"好让你们继续相爱?"

她说:"不,如果为了这个我求你不是很滑稽吗?"

我说:"你不觉得你现在就很滑稽吗?"

她说:"我想求得自己的心安,不滑稽。我知道你们在文件上所以含糊其词,是为了保护我,可是这样我心里反而不安,我成了个有事不敢当、苟且偷安的人,这我受不了。"

我断然说:"受不了也得受,他必须处理。"

"可是……"

"没有可是,这事你不用再说,你可以走了。"

她赖着不走,呆呆地坐了一会儿,突然冷不丁地叫道:"安在天,我恨你!"

我说:"我知道,因为你希望我救你的心上人,可我不愿意。我愿意去救一条狗也不会救这个人,他猪狗不如!"

她久久地看着我，忽然哭起来，一边哭，一边指着我骂："你这个没良心的东西，你连自己喜欢的人都不敢面对……这都是你一手造成的……你是罪魁祸首，现在害得我人不人鬼不鬼的……我恨你，安在天，我恨你！"

我霍地站起来，对她厉声喝道："你够了没有！"

她吓得哆嗦起来。我和缓了语气，对她说："你走吧。"

她走两步又停下来，抹着泪问我："你知道他现在在哪里吗？"

"你还想去看他？"

"他这样不明不白地走，会恨死我的。"

"你还希望他爱你？"

她脸色苍白，苦笑道："哼，爱……爱在哪里……爱都成了恨……我不想让人觉得我是个无情无义的人……他这样走会以为是我……出卖了他。请你告诉我，他在哪里？"

我没好气地说："他在他该去的地方！"说完就转过身去，再也不和她说话。她愣愣地站在那里，恨恨地剜我一眼，含着满眼的泪水，走了。

黄依依刚走，小费拿着一封信走进来，说是王主任被押送到后山农场时，交给保卫处袁处长的，要袁处长转交给我。我一听是他的信，心里不由一阵刺痛，赶紧挥挥手让小费出去，拆开信看。你猜这杂种在信里说什么来着？他这样写道：

安在天，我知道你恨我，因为我碰了你的女人。但是你知道吗？我更恨你，因为我只是那女人替代你的一个玩物。我因为爱了一个不该爱的女人付出了代价，而你，我相信最终将因为没有爱一个你应该爱的女人而付出代价！

我气得咬牙切齿，看完信，把它撕得粉碎，扔进纸篓。

我原以为王主任的事到此结束，该说的话我都说了，而且说得很绝，再怎么着她黄依依也不好意思再来找我给他求情。可我没想到的是，她还不死心，竟然拿出杀手锏，用撂挑子来要挟我！

这天晚上我刚回到家，她就来敲门，并在外面严正声明："开门，安在天，我不是来跟你谈情说爱的！我来跟你谈正事。"我开门让她进来。她进来后竟目不斜视，径直去沙发上坐下。我看她一副刚哭过的样子，情绪似乎很激烈，随时都要爆发的样子，便尽量显得随和地说："我给你倒杯水吧。"

她冷冷地说："不要。你坐吧，我要跟你说几件事，说了就走。"

我坐了，听她说。第一件事，她说不管她做错什么，都请我能够原谅她；第二件事她说，她希望我们重新从轻处理老王，不要处理得这么狠，别把他送去农场。她解释道："我所以有这样的要求，不是因为爱他，而是我觉得你们这样处理人不公平，等于是他在为我受过，这我受不了。我不想欠任何人的情，更不想做一个叫人看来无情无义的人。"

我说："这不可能，已经处理，文件都下发了。"

她说："断头台上的死刑犯都可以改判。"

我说:"除了你,现在没人想同情他,包括我。"

她盯着我看一会儿,突然放低声音说:"如果你还希望我来破译光密,我就希望你们尊重我的意见,给他一个机会。"

我说:"你的意思是我们不听你的,你就不破了?"

她说:"我破不了。"

我气得一下站起来,指着她鼻子声厉色严地骂道:"黄依依,你别跟我玩文字游戏,现在我可以老实告诉你,处理老王就是因为跟你的事。之所以不处理你,是考虑到你在破译光密,如果你因此不想破了,那好,我明天给铁部长打一个电话,让总部再一模一样地签发一份文件,只要把名字改一下,改成黄依依,然后你就跟他一道去后山养猪吧。"我越说越气愤,气得把文件揉成一团,朝她脸上丢过去,"你是什么人,来了这么长时间屁事还没有干出来就想耍大爷脾气,这种人我没见过,也不想见,你滚!"

她不走,也不跟我认错,只是沉默地坐着。我去外面转一圈回来,她还是没走,老地方坐着,甚至连姿势都没变一下。我心里的气还没消,见了人,嘴里又是骂腔骂调的,"喊你走不走,是想跟我闹静坐?还要绝食吗?"

她突然流出两行泪,但说话的声音依然没有一点哭腔,还是字正腔圆的。她说:"确实是我的错,是我……主动的,你跟组织上说一说,不要处理他好不好,我求你啦。"

看着她缓缓滑下的两行泪,我的气开始消退,低声问她:"你真想救他?"

她认真地点点头:"他确实是无辜的。"

我说:"现在说无辜已经没有用,说救他还有办法。"

她一下来劲地问:"什么办法?"

我跟她卖关子,"就看你的。"

她很聪明,马上破了我的关子,"看我能不能破译光密?"

我说:"对,只要你能在短时间内破掉光密,你就是盖世英雄,然后你想把他怎么样都行,这我可以承诺。"

她问:"这个短时间是指多少时间?"

我说:"尽快吧。"

她说:"一年行吗?"

我说:"行。"

她听了,决然地对我说:"好,请你记住你说的,你给了我一年时间!"

说完,扬长而去。

23

安德罗常说,**冲动是魔鬼,容易冲动的人往往容易轻听轻信**。我天性里是个容易冲动的人,虽然平时装得很沉着。那天听着黄依依丢下的话,看着她扬长而去的背影,我心里就有种冲动,心想如果这样把她逼一逼,让她全身心地投入到破译光密中去,遥远的运气也许就会降临到她头上。我说过，搞破译的人也是都知道的，破译密码，除了必要的知识、经验和天才的精神外，更需要远在星辰之外的运气。运气是神秘的东西，但对黄依依来说，也许就在她的勤奋中，她的天资肯定是过人的，她的技术、她在数学上的才能肯定也是无人能比。这种人只要一门心思扎到光密中去，肯定要比谁都扎得深，扎得远。运气其实就在最深远处。对扎不到深远处的人来说，运气天马行空地游荡在一片眩目的黑暗中，想抓住它当然需要靠运气，需要老辈子的坟地冒出缕缕的青烟。但对可以扎到深远处的人来说，运气远在天边，却又近在眼前，在你身边游荡着，飞舞着，你不去抓它，说不定它还会自己撞上你。我们经常说，运气来了推不开，躲不掉，说的就是这个意思。光密是很高级，但黄依依也非等闲之辈，她曾经是冯·诺伊曼的助手，是掌握世界顶尖级数学奥秘的人。

这一些，别人不知道，但我知道。

这也是我之所以在老陈等人对黄依依破译光密不敢奢望的情况下，依然对她寄予如此厚望的资本。应该说，是秘密的资本，因为我从没有把她的这些诱人之处告诉组织上。我说过，这是我的心计。不用说，我比701任何人都希望她破译光密。我甚至想，只要她适时破译光密，下一步不管是我还是她都会有好的前程。因为老陈和罗院长都已经到该退休的年纪。这种情况下，如果黄依依能顺利破译光密，她是毫无疑问的破译处长，我也可能问鼎罗院长的位置。

这是我的秘密，也是我的命运。

我的命运并不完全在我手上,而是在黄依依手上呢。

然而,从老陈和小查那边传来的有关黄依依的消息实在令我悲观……那是一个星期天的早上,我正在食堂吃饭,小查突然急匆匆地跑来对我说,有人看见黄研究员今天大清早出走了,穿着长衣长裤和胶鞋,戴着草帽,背着一只军用挎包和水壶,一副要远行的样子。她会去哪里呢?我不敢多想,急忙带上小查去大门口问哨兵。哨兵说他们今天没有看见黄研究员出门,我们又慌忙往后门赶去,结果后门的哨兵说,他看见黄依依大约一个小时前从这后门出去了。小查问她去哪里,哨兵说不知道。我问哨兵她是从哪边走的,哨兵往一条山路指了指,说,往那边,那条山路。

我抬头望望那条崎岖曲折的山路,不觉倒吸一口凉气。我想,我当时的脸色一定非常难看。这条山路是去后山灵山农场的。所以,我不用想也明白黄依依是去哪里了,干什么去了。我望着那条蜿蜒隐没在山野林间的小路,突然有一种被毁灭的感觉。

这天我的心情坏到极点,整整一天我几乎什么事也没做,也无法做,就那么坐在屋子里发呆。后来待不住,又到山上去转悠。转着转着,我就看见疯子江南,他手上抱着一只受伤的灰鸽子,望着天空念念有词:"你好啊,我知道你是给我送密码来了……他们都说我疯了,破不了密码了……嘿,他们哪里知道,我现在每天都在帮他们破译密码,我白天破一部,晚上破一部……嘿嘿嘿,我是破译天才,现在那些造密专家听了我江南的名字,都闻风丧胆啊……"

我默默地听着,不觉想起黄依依,鼻子一阵阵地发酸。

直到黄昏的时候，黄依依才拖着疲惫的身子回来。我躲在树丛后面看着她，见她那般劳顿奔波、形容憔悴的样子，我的忍耐之弦也随之崩断，我发疯似的踩踏起旁边的灌木，直到把它们都踩倒在地才恨恨地回去。可回了家，我怎么也坐不住，我感到胸腔里塞满块块垒垒的东西，好像要爆炸似的。于是我忍不住地去找黄依依。她开门见是我，啊呀一声，说你怎么啦，脸色这么难看，哪里不舒服。我说我心里不舒服。她哧地一声，嬉笑我，"心里不舒服来找我，找错人了吧？唉，不过，你孤家寡男一个又去找谁呢，找我就找我吧，反正我也是孤家寡女，半斤八两，一回事。"

我嘲讽道："你怎么会是孤家寡女呢？"

她说："你今天怎么阴阳怪气的？"

我说："因为受了气，满肚子的恶气没地方出。"

她惊异地看着我，说："你怎么啦？我哪里招你惹你啦？"

我黑着脸问她今天去了哪里。她一怔，说："今天是星期天，你管这么多干吗？我就去山上走走不行吗？"我说："当然可以，问题是你不是随便走走，你是专门去会人。"她硬着脖子说："会谁？山上有个鬼，我会鬼去！"

我冷笑道："我看他就是个鬼，否则怎么会把你迷成这样。简直不可思议，那么远，起早摸黑，翻山越岭五六个小时，还冒着被毒蛇咬的危险，就是为了去看一个品质极其恶劣的腐化堕落分子！"

她愣了一下，说："你消息很灵通嘛，我这人做事一向敢做敢当，是的，我就是去看他了，怎么啦？不行吗？他又不是犯人，犯人还可以探监呢。"

我说:"探监也轮不到你去!"

她说:"可是我愿意去,这是我的事,你管不着。"

我说:"那么请问,你把自己当什么了?一个著名数学家、一个受党和国家领导亲切关怀的知识女性,居然跟一个搞腐化的人搅在一起,还不以为耻反以为荣,荒唐!"

她说:"荒唐的事多着呢,你身边的事比我荒唐!"我知道她指的是什么,就是小雨,人活着却设着灵堂。可这是革命需要啊,我这么说后,她说:"我也是革命工作需要,我的身体需要有人爱,思想才会有灵感。"

我说:"这不是爱,这是害!"

她白我一眼,"我曾经对你的爱才是害,害得我好苦。"

我沉默一会儿,郑重地说:"黄依依,我再说一遍,我希望你离开他。"

她想都没想,倔强地说:"不!"

我不觉气得浑身发抖,抖抖索索地掏出烟来抽。她竟不让我在她房间里抽烟,我没理会她,点燃了。她一把从我嘴上将烟夺过去,扔到地上踩得粉碎。我不禁霍地站起来,恶狠狠地瞪着她吼道:"黄依依,你告诉我,你到底想干什么?"

她毫不示弱地瞪着我:"你说我想干什么?"

我说:"你还想不想破译密码了?"

她说:"想,怎么不想?不瞒你说,我比以前更想,知道为什么吗？我想当个——用你的话说——盖世英雄，救人也救己。"

我说："可你这样三心二意地能破译吗？你以为光密就是一两道数学迷宫题吗？玩玩耍耍就可以破解？我们费尽心机把你挖来，把你当宝贝一样看，给你高工资、高待遇，平时你有什么不是不对，我们睁一眼闭一眼，尽量理解你，原谅你，工作上尽量给你创造最好的条件，目的就是希望你全身心地投入到工作中去。可是你在干什么？你一而再再而三地惹是生非，今天闹这个别扭，明天使那个性子，动不动甩摊子、撂挑子，这像干大事的样子吗？你是见过世面的，你应该比谁都明白，天降大任必劳其筋骨苦其心志这个道理，我们的任务需要你呕心沥血、挖空心思、殚精竭虑！可是你呕过心吗？沥过血吗？你以为你是神仙啊，吹口气能把愿望变成现实？"

她嘿嘿一笑，"你说这么多大道理干什么？我虽然不是神仙，但也不是小孩子，道理我都懂，我不懂的是你凭什么这么横加指责我？我去看他怎么啦？我用的是星期天，没占用上班时间。星期天我想干什么就干什么，你没权力干涉我！"

"可是这不利于你安心工作，我就有权干涉。"

"我认为这没有影响我工作，甚至还有促进呢。"

噎得我一时说不出话来，只有鼓着眼狠狠地瞪着她。

她说："你别这样看我，安在天，你不要用个人的意志来解释别人的行为。俗话说，人上一百，形形色色，什么人都有，我肯定跟你不一样，为了实现什么理想可以抛弃一切，可以禁欲，可以足不出户，夜以继日地连轴干。而我如果像你这样就会一事无成，这是你的方式,不是我的。通天的路不是只有一条,这个世界从来就是猫有猫道,狗有狗道,你走你的阳关道,我走我的独木桥,谁惹谁了嘛,你凭什么对我指手画脚。"

我气呼呼地盯着她很久,最后咬牙切齿地说道:"好吧,那你去,你以后可以每天都去!"

她却显得很轻松,说:"我为什么要每天去,我就是星期天去。"

我说:"你不是想跟他在一起吗?天天去不就成了吗?"

她说:"可是我要干活,要破译光密。你不是说,我破译了光密就是盖世英雄,就可以把他救出来吗?那样,我们就可以结婚,可以离开这个地方,可以开始崭新的生活,再也用不着过这种人不人鬼不鬼的日子!"

我听得眼睛都发直了,我没想到都这时候了她还这么鬼迷心窍,还有这样的想法!我愤怒地甩开脚步,离开了她家。我感到再不走,真的要被她气炸了……

24

事出无奈,我只得将黄依依去后山农场偷会老王的事,向罗院长作了汇报。罗院长一听生气极了,说这怎么行,这不是要影响她的工作吗?当即作出决定,让负责行政的钟副院长带人去,立即把老王赶走,赶回他江苏老家去。

这是我对黄依依犯下的又一个罪！如果说，老王不走，有一天黄依依破译了光密，他们也许会有圆满的一天。但现在，老王回了老家，整天跟老婆孩子待在一起，"圆满的"可能性小得多了。这是后话。

话说回来，老王走后，但黄依依还蒙在鼓里，到星期天，依然买了很多东西，戴着草帽，挎着军用水壶，去后山看他了。我没拦她，也没跟她明说，让她去。我想，你碰一鼻子灰回来，总会死心的！

哪想这天下午都四五点钟了，还没见她回来。这时，我发现外面的天空乌云密布，窗前的树木在一浪一浪的风头中稀里哗啦地摇来晃去。要下大雨了！我担心她遇到意外，赶紧叫一辆吉普车，去后山找她。我们的车刚驶出701的大门，铜钱大的雨点就噼里啪啦地砸下来，砸得车顶砰砰的乱响。

车开到后山的一个谷口，没路了。我和司机只得穿上雨衣，跳下车，冒着倾盆大雨，踏着崎岖的羊肠小道，往后山农场赶去。直到我们在滂沱大雨中翻过两个山头，才看见黄依依在一片接天连地的白花花的雨雾中，像一个醉汉似的跌跌撞撞地走来。她头上的草帽不见了，整个人淋得跟落汤鸡一样，在雨水中不停地跌倒、爬起，爬起又跌倒。当时她给我的感觉就像一个灵魂出窍的人，只剩下一副单薄的躯壳在无情的风雨之中飘荡行走。

我大喊一声跑上去，将她抱在怀里。她睁开眼睛虚弱地望了我一下，翕动着嘴唇想说什么，但终究什么也没能说出来，就昏迷过去。她的额头上已磕出一条口子，雨水将血洇开来，流得她满脸满身都是。我心急如焚,抱着她大声喊:"黄依依,你醒醒……依依,你醒醒……"我喊干了嗓子,喊酸了鼻子,她也没睁开眼看我一下。

直到我们把她送到医院缝了伤口,打了针,输了液,她才醒过来。我站在她床前,指着她作了包扎的额头,故作幽默地说:"缝了两针,开天窗了啊,说明你要交好运了。"她冷冷地瞪我一眼,把脸别到一边。我知道她恨我,但还是厚着脸皮逗她,"依依,知道今天是谁像英雄一样把你从山上背下来的吗?"

她冷哼一声,干脆翻过身背对着我,闭上眼睛。

我突然伤感起来,忍不住坐在床前,望着外面淅淅沥沥的小雨,对她说:"依依,我今天在背你回来的路上老是想哭,你知道是为什么吗?因为我觉得……我背的不是你,而是我的女儿。我女儿今年九岁了,但我还从来没有这样背过她,我真希望这样背背她,好让我尽一个做父亲的责任。依依,这是一条看不见的战线,是保证党和国家安全的生命线,我们既然选择了它,也就选择了一种革命的人生,在这里个人的利益、愿望、理想、前途都变得不再重要,都要服从革命的需要。革命就意味着牺牲,意味着纪律,意味着没有自我,忘掉自我。个人的'小我'只有融入到革命的'大我'当中去,才会迸发出更多的光,更多的热。"

她睁开眼睛,叫我不要跟她说大道理。我说在这里,我们就要讲大道理。她竟一脸的愤怒,大声说:"你不要你们我们的,好像我是这里的外人似的!"我怔住了,她接着说:"我就是一棵树,在这里长了这么久也已经是 701 的树了,这些大道理已经不需要你讲。

老实告诉你,光密我是一定要破的,但不是为你。你把光密当作是你的,你的理想,你的前程,但其实光密不是你的,而是我的,是我要证明你可恶可恨的一个证据。所以,不管你怎么伤害我,我都不会丢下它。我知道你现在想干什么,做了亏心事又怕我撂挑子,来哄我,没必要。你走吧,我累了,我要休息,好早点养好伤去工作。"

我张嘴想说点什么,她打断我,"别说了,省点劲吧,回去吧。你该做的都做了,不该做的也做了,我呢,只剩下该做的,我会把它做好的,你放心吧。"

我说:"我放心……"

她又打断我,冷笑道:"你可以放心,但你无法安心,因为你做人做事太狠!太毒!!"

我想解释,她却慨然阻止我,"什么都别说了,你做你的,我说我的,不需要解释。我已经说完,你可以走了。"

我只得怅怅地离开了她。

这天晚上我回去后,禁不住坐在屋中,默默望着小雨的"遗像"久久发呆。我开始怀疑自己是不是对黄依依做得太绝情。"遗像"上的小雨用那么真切的目光盯着我,这眼光里的秘密只有我和她知道。

我抱着小雨的像,心都碎了。

让我感到宽慰的是,此后的黄依依果然像变了个人似的,一门心思扑在工作上。最让我惊奇的是,她竟把她的长发剪了,剪成当时最常见的运动头。当我一天早晨看见她穿着一身运动装在跑步时,不觉惊喜不禁。我知道，她这是在"削发明志"，她已憋足劲，准备对光密发起冲锋。

果然，在不久后的一个周一例会上，她对破译光密提出了大胆的设想。她经过一段时间的摸索，还是认为光密是一部集原始密码、移位密码、替代密码和数字密码等多种密码技术的综合密码，它花哨、复杂、机巧，但不一定有多高难。但老陈却不同意她的想法，说这不是又回到老路上去了吗？前次的演算已经证明，这是一条死路！她说她已在老思路上作了调整，虽然上次演算证明她的方案有问题，但这不是绝对地证明它是一条死路。事实上，有两种情况都有可能导致出现这种演算不支持她的设想。

我问："哪两种情况？"

她说，一种是她对密钥的猜想不正确，或者说大方向是正确的，但局部有问题。她现在还是坚持认为，大方向没错，问题出在某一个或者几个局部环节上。另一种情况是，她对密钥机的猜想完全正确，错误出在光密本身，光密本身有问题。

老陈问她："你说什么？光密本身有问题？"

她解释道："世上的密码都是有误差的，就像我们写文章，总会有些错别字。如果错别字不多，差错率不大，在标准范围之内，这是允许的。我上次的方案是把光密当作一部标准的、误差率小于规定标准的密码来做的，那么如果光密本身有大问题——误差率大于规定标准，演算也会不支持我的方案。"

我说："你现在怀疑光密的误差率大于规定标准？"

她摇摇头,"应该说这种可能性很小,所以,我现在主要是在求证密钥系统,希望能够尽快发现问题,好重新设计程序,作局部调整。"

我说:"如果你求证的结果证明你的密钥系统没问题呢?"

她说:"那我就怀疑密码本身有问题,误差率超过标准值。"

老陈说:"说来说去,你是不相信演算结果,只相信自己。"

她说:"我相信自己大的思路,但怀疑推测的程序,所以才需要重新求证,调整出新的方案。"

老陈问:"那什么时候才能调整出新的方案来呢?"

她说:"这很难说,快也许很快,慢也许永远没有结果。"

老陈摇摇头:"这太没谱了吧。"

她说:"所有的密码都是在没谱的情况下被破译的!"

老陈摇着头看着我,我说:"确实如此。"明显是没有帮老陈说话。

之后,黄依依要么整天不来上班,要么来上班就一头扎进自己的破译室,把自己死死地关在屋里,中午和晚上的饭都是小查给她送进去的。在家里,她屋里的灯光也常常亮到三四点钟,有时还通宵不灭。我知道,她在用自己超常的胆略和智慧,在与阴险狡诈的斯金斯较劲,在与斯金斯搏杀。是搏杀就要刀光剑影,就要血流成河。这让我不由想起安德罗经常挂在嘴边的一句话:**破译密码是男人生孩子,女人长胡子,正常情况下是不可能的。**但我们就是要把不可能变成可能,这没有别的办法,唯一的办法就是把自己关起来,放在时间上烤,放在苦海里煮,把你的骨头烤断,把你的脑筋煮烂,烤得你魂飞魄散，煮得你心肝俱裂。没有把你的脑筋煮烂，没有把你的灵魂烤出窍，没有这种精神，破译密码只能是一句空话。

那段时间，我经常站在黄依依亮着灯光的楼下，默默地为她祝福，祝愿她有一天真能给我们一个惊喜，真能给我们烤出一个意想不到的大蛋糕来！

一天晚上，黄依依神情倦怠地来找我，我赶忙让她坐下，问她怎么样。她坐下说："不怎么样，七万四千二百一十一个程序，我已经求证两万多了，还是没有发现什么问题。"

我想了想说："你为什么怀疑是自己出了问题，而不怀疑是斯金斯的密码出了问题呢？"

她说："按我的猜想，光密不是以深难来取胜的，那么它的误差程度应该不会太大，何况这是斯金斯的密码。再说，美国现在很多部门都有计算机，验算密码的标准度只是举手之劳，肯定是验算过了的，如果发现这部密码设计程序上有问题，想必他们也不会卖给台湾用的。"

我沉思一会儿说："有个问题不知你有没有想过？"

"什么问题？"

"光密是斯金斯给美国军方量身定做的，而实际上现在真正穿这件衣服的人又变了。人变了，衣服就可能不合身，需要修改，是不？"

"是的，这种修改并不难，斯金斯会乐意去做。"

"正常情况是这样，给你做的衣服，临时给了我，不合身，请师傅稍加修改，师傅会乐意修改。但是像斯金斯这种怪人，内心充满仇恨的人，别人对她稍有异议或者异举都会引起她不满。在她眼里，台湾和美国的关系不会是平等的你我关系，而是悬殊的大小关系、穷富关系、贵贱关系。本来这件衣服是高贵的公主穿的，现在沦落到丫环手里，丫环出面请她修改一下，请得动吗？可能请不动。"

她怔怔地望着我，突然激动起来："我知道你要说什么了，台湾方面请不动斯金斯，最后只好自己修改，结果导致密码误差率上升，超过了规定值！"

我说对，很有可能就是这样。她欣喜若狂，"这种可能性很大，我怎么没想到呢？还有你……你怎么不早说呢？早说我现在的求证工作就先从密码入手了！"说完竟连招呼都忘了打，就起身急匆匆地走了。

说句实话，我自己也没想到，我的一个偶然得之的连常人都可能拥有的想法，居然使黄依依如获至宝。她当天即调整求证方向，并很快找到问题症结，从而使破译工作突破了困扰已久的瓶颈问题。

然后就是最后一道难关：攻克结构整部密码的数学链条。

后面的情况可想而知，黄依依几乎将她的家搬到办公室，白天黑夜都把自己死关在屋里，废寝忘食地工作着，拼搏着，有时小查去敲门喊她吃饭，她也置若罔闻，敲很久才听到。一天，她从洗手间出来，我在走道里碰到她，那憔悴的样子竟把我吓了一跳：人瘦了一圈，眼睛红红的，眉头皱得老高，头发乱得像草！我想对她说点什么，她朝我嘘一声，匆匆走过去。我知道，她是怕我打断她的思路。

那些天,我们特别行动小组的所有人都在围着黄依依的工作转,我不仅去找罗院长特批给她最高的伙食标准,还每天都去食堂,亲自给她搭配营养,安排饭菜。小查和小费则负责数据传递工作,小查从她屋里将数据拿出来,交给小费,由小费送到演算室去,然后再将演算出的结果返回给黄依依。最后,连对黄依依多有抵牾的老陈也禁不住加入到数据传送工作中,与小查、小费他们一起,在我们的办公楼与演算室之间来来回回地跑,经常跑得满头大汗,气喘吁吁的。有一次老陈专门到我办公室,说起黄依依眼下的高强度工作,由衷地说:"真希望她快点破了这鬼光密,结束这魔鬼一样的工作,不然她的身体怎么吃得消啊!"

到第十四天,连罗院长也坐不住,过来问我,"怎么样,有消息吗?"

我摇头说:"这些天除了小查,谁都没见过她。她回避见我们。"

罗院长说:"可能是怕分心吧?"

我点头说:"是的,她现在的思路一定像游丝一样透明又脆弱,风都可能把它吹断,断了就麻烦了。"

罗院长问我:"你感觉怎么样?"

我说:"不知道……很难说……"

罗院长叹口气说:"唉,她这人啊也真怪,过去总是担心她不好好工作,可一旦工作起来又那么拼命,老是这样伤身体啊。"

我说:"这没办法,她这人就这样,迷进去就什么都不管。"

罗院长望着我说:"但愿她这次能成功,成功了,你可以让小雨入土为安,我呢,也可以减轻压力。你不知道,总部已经接到好几封告我和我们这个班子的信,说我们无原则袒护她。"

我想了想,认真地说:"我相信她会成功的。"

罗院长说:"好,我相信你。"

25

我们祈盼已久的这一天终于到来!

当时我的感觉啊,就像在沙漠中跋涉了很久,浑身的血液,哪怕是头发尖尖的那一点水分,都被沙漠里的热风烤干了。可就在我们心力交瘁,或者是说我们自感生命快到尽头的时刻,却突然看见一汪蓝幽幽的清泉,那潮湿滋润的水汽迎面扑来,又舒爽又透彻,让我们都禁不住打了个惊喜而又愉快的寒噤。

那是我们生命的战栗,我们灵魂的战栗啊!

这巨大的胜利在到来之前,却没有任何征兆,它说到来就来,来得突然,到得我们措手不及。正因如此,我们的内心里才骤然之间爆发出那么多的惊狂与喜悦……那是一个很平常的周一例会,事先小查说黄依依今天要来出席此会。于是,我们都在会议室里等她到来。可她迟迟不来。我为了安慰大家,说黄依依今天早上六点钟才睡觉,请大家都耐心等一下。老陈说干脆我们先开会吧,等她起床了我们再开个会就是。小查说还是等一等吧,黄研究员睡之前专门留下纸条,要求参加这个会议,她可能有事要跟大家说。

分析科的金科长说:"会不会已经大功告成了?"

演算科的老蒋说:"有可能。我们这个黄研究员是个奇女子,这次我看她有戏。"

我笑着说:"老陈,那你这只手就没了。"

老陈说:"没了就没了,只要破译了光密,命没了也无所谓。"

大家都不觉笑起来。

说实话,大家当时那么说,不过是个愿望而已。可让我们谁也没想到的是,黄依依这个曾经让我焦头烂额,也曾经让大家颇有微词的神奇女子,即将让我们的梦想变成现实!我们正这么说笑着,黄依依突然风风火火地走进会议室,将手中一沓厚厚的纸往桌上一放,对大家说:"对不起,让你们久等了。但我也有好消息要告诉大家,截至今天凌晨四点钟,我终于把结构密码的数学链条全都推断出来,当然只是我在纸上的推断,成不成,对不对,最后还要演算来支持。我已经列出所有的演算方案,演算量还是很大,老蒋,但愿这一次别让你们白辛苦。"

蒋科长说:"上一次也不是白辛苦,最后事实证明你的猜想还是对的嘛。"

黄依依把那一沓纸递给我,我看了看,递给蒋科长:"你们再辛苦一次吧,成败都在此一搏!"

一天。

两天。

三天……

日夜不息的紧张的演算持续了一天又一天，演算的量逐渐又逐渐地减少、集中。到第九天，演算进入到最后时刻，见过大世面的黄依依也不觉紧张起来，不时地双手合十，闭着眼睛虔诚地默默祈求。当所有的数据都报完，蒋科长准备再次亲自上场作最后的终算时，黄依依突然对台上的蒋科长大声说："等一下。蒋科长，我来吧。"所有在场的人都禁不住转过头去看她，她却奇怪地走出屋，去洗手间端了一盆清水来，当着大伙的面，细心地洗啊洗，一遍又一遍地洗，像要把手洗出金来似的。演算室里鸦雀无声，大家都把视线集中投射到她的手上，脸上的神情既紧张又肃穆。

她把洗了又洗的双手从脸盆里提起来，像即将进入手术室的大夫一样，把它们端吊在胸前，让水慢慢地滴干。她看看大家，又看看自己的双手，不由地亲吻它一下，说："你今天可要给我争气噢！"然后才一步一步地走上去，坐到演算台上。我仰头深吸一口气，静静地看着她将双手庄严地放到算盘上。在接触到光滑轻灵的算盘珠子的瞬间，她的双手像被贯注了一股灵妙之气，不知不觉间灵活自如地飞动起来。噼噼啪啪的声音如雷贯耳，我终于受不了，悄然走出去，站在走廊上，将头紧紧抵着墙壁，默默地祈祷着，等待着屋里的演算结果。

只是短暂的十几分钟，但我像经历了漫长的生死考验，冷的、热的汗水从额头上、手心里、脚底下……每一个汗毛孔冒出，恐惧让我感到极度的疲倦。但是，一切都结束了，屋里突然传出惊天动地的喊号声：

"啊，归零了！"

"啊，成功了！"

"我们成功了……"

我猛然睁开眼，眼泪禁不住夺眶而出，模糊了我的视线。我跌跌撞撞地冲进屋去，模模糊糊地看见大家都扑上来抱住我和黄依依，喜极而泣……

26

黄依依破译光密的功劳究竟有多大，一句话很难说清，总之自我们破掉光密后，潜伏在大陆的美蒋特务接二连三地露出他们罪恶鬼祟的尾巴，大批特务纷纷落网。当时曾有个说法，说当初蒋介石"光复大陆"的气焰十分嚣张，甚至放出要回南京给蒋介石做大寿的狂言，最后之所以不敢轻举妄动，就因为我们破了光密，打掉了他们潜伏在大陆的耳目。所以，我们破掉光密，不仅极大打击了一度嚣张的特务活动，还确保了国家安全。

总部的嘉奖令很快颁下来：给负责破译光密的特别行动小组记集体二等功，给黄依依和我各记一等功。虽然破译光密是绝密的，但院里还是开了一个档次很高的内部庆功会，总部铁部长亲驾，现场又是放鞭炮，又是戴大红花，开得非常隆重。而破译光密的头等功臣黄依依，自然成了大家瞩目的焦点，最骄傲的凤凰。在她上台领奖、戴花的一瞬间，我们都在台下向她欢呼，向她挥着手。她微笑着望着大家，志得意满的样子像明月一样当空高挂，让我们对她充满无限的崇敬和向往。

会后铁部长找到黄依依，对她说："小黄呀，你是难得的人才，我有个想法，供你参考。"

她立刻明白铁部长的意思，"看来首长是不准备兑现当初的承诺了。"

铁部长点点头："是，我希望你留下来接替老陈。老陈是头牛，干活是一把好手，当领导是赶鸭子上架。我知道他早不想拉这个套，只想一门心思破他的密码，这次你立了大功，我看他更不想当这个处长了。他啊，我知道他在想什么，要把你比下去！他这人就是这样，不服输，肯拼命。怎么样，留下来当个年轻的处长吧？"

黄依依连想都没想就摇头，"不，我要走。"

铁部长笑，"还要带一个人走？"

她沉吟半晌，"算了，人就不带了。"

铁部长笑道："既然有约在先，我也不能食言，你要就带吧。"

黄依依说："关键是带不了啊。"

铁部长问："为什么？"

黄依依说："人家是有妇之夫。"

铁部长问："哦，那么你能告诉我，你想带的人是谁吗？"

她迟疑一下，将嘴巴凑到铁部长耳边小声说。铁部长听了不觉一怔，扭头看我。当时我正跟罗院长站在不远处说话，突见铁部长狠狠瞪我一眼，回头对黄依依嘻嘻哈哈地笑道："好吧，我们就按当初的约定办，如果他愿意跟你走，你就带走；如果不愿意，那跟我就没有关系了。"

这就是一个老特工，任何情况下都不会把窘迫流露出来，他用爽朗的笑声掩盖了惊惶。无疑，铁部长没想到，黄依依想带走的人是我，他知道，小雨还活着，我是带不走的。所以，他狡猾地转换概念，把主动权交给我。

黄依依听铁部长那么说后，气恼地丢下一句："首长，你其实没什么好笑的，你应该为我哭才是。"扬长而去。

铁部长望着她离去，敏感到我已跟她说过小雨的秘密。怀疑被我亲自证实后，铁部长把我骂得狗血淋头。确实，这是天机，不该跟任何人说。我为了摆脱黄依依纠缠，把天大的秘密泄露，老天注定要惩罚我。我早想过，如果我不告诉黄依依真情，她一定不会和老王发生什么事。正如老王在给我的信中说的：他是我的替罪羊，是黄依依对我绝望后的反弹，报复，发泄，结果是玉石俱焚，把两个人都彻底害了。

不管怎样，小雨的戏得继续演下去，我得把她"骨灰"带回老家去"安葬"。临行前晚上，黄依依来看我，她说等我从老家回来时她肯定已不在这里，回北京了，所以提前来告个别。我劝她别走，留下来接替老陈。她二话不说，只是默默地拿出我曾送她的俄罗斯套娃,说:"该留下来的不是我,而是它。"就走了,没说再见。

我看她那么冷漠地离去,心空了,人垮了,跌坐在身后的行李上,久久不动……

27

小伙子,有些爱比恨还要折磨人。昨天晚上我一夜没睡,睡不着,因为接下来要说的每一件事都是折磨人的。

折磨我。

我该接受这种折磨,这是我的命……我回上海待了一个月时间,所以待这么久,其实是想回避再看见黄依依。我真的怕见她,怕她瞪着一双大眼爱之切切、恨之入骨地看我。她越那样我心里越难受,所以想迟回去,等她回北京后再回,免得跟她重逢。我们俩像两颗偶然相遇的流星,在天空中擦肩而过,心底的感情和伤痛也就随风而逝。想不到,我回去后得知黄依依并没有走,她已经听从组织接替老陈,当了破译处处长。老陈还辞掉副院长职务,只要求当一个破译员,两耳不闻窗外事。这对他也许是最惬意,也是最合适的。老陈后来在破译上大有建树,我觉得跟黄依依对他的刺激大有关系。这是后话。

话说回来,听说黄依依没走,我又惊又喜,当晚便忍不住去看她。她见了我不冷不热,我给她带去上海带回来的一些土特产,小零嘴,她也不接受,说:"算了,你还是送给别人吧。"

我很惊异,问她:"依依,你怎么了?"

她说:"安副院长,别这么喊我,喊我黄依依或者黄处长,都可以,就是不要再喊我依依。"

我惊愕地望着她。

她却很平静地说:"以后我们还是保持正常的上下级关系,除了上下级关系,什么都不要再有了。"

我沉默不语,半晌后才盯着她说:"你在恨我。"

她摇了摇头:"没有,我觉得这样更好。"

我看着她的眼睛说:"听说你生了一场大病?"

她避开我的目光,淡淡地说:"是,在医院住了半个多月。"

我问她什么病,她说其实也没什么病,就是浑身没劲,下不了地,头晕。我说主要是前段时间太累了。她苦笑道:"是啊,累,我太累了。你没事了吧,没事就这样吧。"遂对我下逐客令。

我没有走,我说:"这也不是正常的上下级关系,你在赶我走。"

她一阵苦笑,笑得酸涩,笑得凄凉。她说:"你不走干吗呢?走吧,以后有事我们在办公室谈。"

我依然不走,磨蹭着问她:"你为什么没回北京?"

她冷冷地说:"走得了吗?"

我说:"这是铁部长都同意的,谁拦得住你。"

她说:"那就算是我不想走吧。"

我说:"你不走是对的。"

她叹口气，苦笑道："没有什么对不对的，一个甚至都不知道为什么活的人，也许就同一只猪或狗没有两样，在哪里都一样。在这里，我起码还是一只有功劳的狗，受人尊敬的狗。也许这就是我不走的原因，绝不是为你，也不是为哪个男人，就是为自己，行了吧？这样你理解了吧？"

我茫然地望着她，她的冷漠和孤傲让我感到陌生和冰凉。过去，我曾迫切地希望她能改变一下，可现在果真变了，我又感到怅然若失，心里一阵阵地发酸发痛。但是，真正的痛，彻骨的痛，还在后面等我。

第二天，我从罗院长那儿得知，黄依依并非主动留下来，而是铁部长下了死命令不准她走。铁部长不是跟她早有约定，怎么会不同意她走？我觉得很奇怪。罗院长说："铁部长不知从哪儿获悉，黄依依在工作中不经意了解到总部的一个绝密信息，如果放她走有可能对我们工作造成巨大损失，所以只好委屈她了。"我问是什么绝密东西，罗院长说不知道。"连对我都要保密的东西，说明真是个大东西啊。"罗院长言之凿凿地说。

那么这"大东西"到底是什么？我马上想到可能就是小雨的秘密，后来铁部长明确告诉我，就是它！按照保密规定，黄依依必须要等小雨的秘密失效后，才能离开我们这个系统。

天哪，原来罪魁祸首又是我！

据说，黄依依曾以绝食抗争，结果大病一场。我可以想象她留下来，是没办法的办法，别无选择的选择。这件事把她彻底击垮，以致对我都懒得说,懒得责怪我,只想搪塞了之。我想她一定恨死我,恨到极限是无语,是心死,是把你打入另册,不再对你有任何想法和愿望。

果然,从此以后除了工作上必要往来外,黄依依再也没有主动和我单独说过话。我知道,这是她对我的惩罚,也是我命运的一部分。既然是命运的内容,我似乎也只有接受……日子一天天地过去,黄依依与我朝夕相处,却形同陌路,我们经常在路上迎面相逢却视而不见,无声而过。

这种状态维持了将近一年,一天下午黄依依突然来找我,要求组织出面,帮她解决一个人的问题。我问她是谁的问题,她像陷入沉思一样沉默着,很久才抬起头来,说是通讯处张国庆。我当时很纳闷,张国庆有什么事需要她来出面解决?她说:"他爱人和孩子都被处理回老家了。"这我知道。我问她要干吗,她说:"你曾答应我,破译了光密我可以救一个人。"我说:"是的,让老王回来工作。我一直纳闷,后来你为什么不提这事了。"她哼一声说:"当时我因为被铁部长强硬留下,自己都不想活,哪还有心思去管那些。再说了,你把他赶回老家,他整天跟个罪犯一样地看老婆孩子的脸色做人,赎罪还来不及呢,心里哪还敢有我?"

确实如此,我对她的伤害是一而再再而三的。我想表示一下歉疚,她不耐烦地阻止了,"行了,这些都不说了,现在就说这个,我要讨回我的权利,但不是为老王,而是张国庆,请你看在我面上,帮张国庆把他老婆和孩子弄回701。"

我不觉糊涂,张国庆到底跟她有什么关系?

张国庆在701也是个众所皆知的人物,他以前是我们机要处的机要员,701内部所有机要文件,都要从他手头过。妻子是我们医院的内科护士,是胶东人,人高马大,脾气也很大。据说张国庆很怕她,两人一旦吵嘴,女方常大打出手,打起来,手里抓到什么都敢往男人身上甩去。有一次甩过去的竟是一把医院手术剪子,银光闪闪飞过去,一下插在张国庆肩膀上。从此,张国庆怕老婆名声在外。不过又有人说,女人其实很爱丈夫,张国庆在家里什么事都不要做,女人还给他洗脚,剪指甲。她在外面总是说张国庆怎么怎么好,她是怎么怎么爱他,离不开他,以致他不在家时都睡不着觉,等等。但是张国庆总要离开她的,因为他的工作决定他经常要去总部出差。三年前的一天,张国庆去总部出差回来,以往他都是先回单位,把随身带的文件锁进文件柜后再回家。但是那天的火车晚点好几个小时,到701时已经是深夜十二点多,如果去了单位再回家,起码要折腾个把小时。他不想折腾,于是直接回了家,根本没想到这会给他带来不堪设想的后果。

退一步说,如果第二天他早点起床,去单位把文件存好,事情也不会出。但那天张国庆起床时,老婆提醒他,今天是星期日,意思是你可以多睡一会儿。这一睡就是一个大懒觉。等他醒来,已十点多钟,家里空荡荡的,妻子和孩子都不在家。妻子不在家可以想得到,因为这是星期天,院子里的家属一般都要跟单位的班车去镇上采购东西,一周仅此一回,过了这村没这店,错过了,下周的菜、柴米油盐都可能要成问题。一般妻子不带孩子走，反正张国庆在家，有人带。但这天，张国庆妻子也许想让丈夫睡个安稳觉，把孩子带走了。孩子是个男孩，七岁，刚上小学，以往父亲每次回来，都会有点东西送他。这次，父亲深夜回来，他不知要送什么东西，当然要翻翻父亲的包。母亲到食堂去买馒头，父亲还在睡觉，屋子里等于没有人，于是他及时拉开父亲皮包，并且马上找到一份属于他的礼物：一小袋纸包糖和一盒小饼干。他先剥了粒糖吃，一边吃着一边继续翻找。于是翻到一只文件袋，里面都是机要文件。对文件孩子不感兴趣，他感兴趣的是这些纸，这么白花花，亮光光的，他见了忍不住用手去摸，一摸，又硬又滑，简直是叠飞机的上好材料……

到这时，张国庆命运中的劫数开始作怪了。孩子看袋子里这样的纸有厚厚一沓，一份又一份，有十几份，他想抽掉一份谁知道？于是"聪明地"抽出一份，把它转移到自己书包里。

两个小时后，张国庆起床，注意到皮包拉链开着。他是个机要员，十多年养成的职业敏感使他格外关心里面的文件，真是不看不知道，一看吓一跳：少了一份！他几乎笃定是儿子干的坏事，急忙出门去找儿子。院子里都找了，左邻右舍都问了，不见孩子的影子，有人说可能是跟他妈去镇上了。这个"可能的事实"让他吓坏了，因为如果文件确实在孩子手上，出不出院门这一点至关重要，会改变性质。事后，也正是这一点，把张国庆全家毁了！

长话短说。当张国庆在半路上见到孩子时，孩子已经跟着他妈从镇上回来,孩子手上正捏着用文件叠的纸飞机呢。据孩子事后说,因为文件纸页较大——十六开,他就对开来用,这样一页可以叠两架飞机。在母亲去街上买东西时,他没有跟去,而是以做作业的名义,留在停车站里,与院里另一个孩子一道叠飞机玩。文件共有四页,按每页两架计,他们共叠出八架飞机。现在他们手上只有每人一架,两人就是两架,其余几架,有的飞上屋顶,有的坠入人流,有的当场被镇上其他孩子抢走。后来返回停车场去找,总算又找回四架,应该说还算不错。但是,丢失的两架,造成的损失,似乎不亚于丢失了两架真飞机,整个701上下都为之惊心,为之危言耸听。

处分肯定免不了,而且一定不会轻。

结果,张国庆老婆被开除公职,和孩子一起遣回老家。张国庆因为身上有高等级秘密,不便流入社会,才有幸保住公职,下放到通讯处,行政级别也由二十一级一抹到底,降到最低二十三级。

有人说,对张国庆妻子的处理过重,其实正是因为不能正常处理张国庆,才这么重地处理她的。她是替丈夫和孩子受过,理所当然,合情合理,没什么好冤屈的。没有冤屈,组织上当然不会给她翻案,没想到黄依依居然要行这个好。我问她为什么,她说得很含糊,说:"一个七岁小孩犯下的错误,要让一家三口都付出一生的代价,挺冤枉,也挺可怜。"

我说:"老王在老家也挺可怜。"

我其实希望她把老王"赎"回来,一来老王的下场毕竟跟她有关,二来这也是我对她有过的承诺。她巧妙地将了我一军,说:"你的意思是把老王的事情和张国庆的事情一并解决了,那当然最好不过。"

我说:"我的意思是先把老王的事解决了。"

她说:"不,如果两个事情只能解决一个,那么先解决张国庆的。"

我问:"为什么?"

她说:"没有为什么。"

应该说,她要保救老王,大家心照不宣,可为什么要施恩于张国庆,这事情就很叫人费解。既然费解,我不免要去底下打探,结果又探到一个"大地雷"——两人原来相好着呢!听说相好的过程很偶然:有一个星期天,张国庆向别人借了二十元钱,加上自己的五元钱,准备给老家正闹饥荒的老婆孩子寄回去救命。他填好汇款单,正要往柜台里递钱时,一个人从后面突然扑上来抢了钱,跑了。张国庆追出去,没追着,一下瘫坐在地上,一把鼻涕一把泪的号啕大哭,正好被路过邮局的黄依依和小查碰见。黄依依见一个大男人当街哭得那样伤心,动了恻隐之心,当即摸出身上所有钱,还借了小查几元钱,凑够二十五元交给张国庆,让他给家里寄去。张国庆望着黄依依手上的钱呆了,那是三年困难时期,全国各地都有人饿死,二十五元钱可以买几百斤大米,够他老婆孩子吃上大半年。

从此以后,张国庆经常去帮黄依依干活,扫地、提水、糊窗户纸、打扫卫生,最后连黄依依脱下来的衣服裤子,都抢着洗。这样一来二去,日久生情,渐渐好上了。探到这个"大地雷"后,我没有像对待老王那样,把事情捅上去,而是找到黄依依。我想让她明白这样一个道理：现在她与张国庆的关系可能只有少数人知道，但如果组织上根据她要求，把张国庆的老婆孩子弄回单位，可能她与张国庆的事情全701都会知道，这会破坏她目前有的光辉形象。

"再说，"我提醒她，"你也不能老是这么单身下去。"

"怎么会呢？"她跟我半真半假地说。

我说："你如果真喜欢张国庆，也不能这样帮他。"

她说："你的意思应该让他离婚，然后跟我结婚？"

我说："对。"

她说："这不现实，也不可能。我知道他这个人，要他离婚简直等于要他的命。他没这个胆，也没这个命。"

我说："即使不这样，你也不能帮这个忙。"

她问为什么，我告诉她，她现在条件很好，组织上已出面在给她物色对象，这时来办这些事，等于是把她跟张国庆的事张扬出去，对她找对象很不利。总之一句话，我认为，她不该管张国庆，不是管不了，而是管不得，管了，就是哪壶不开提哪壶，对她有害无利。我说的是实话，也是事实，也引起她深思。但是，她最后作出的决定还是叫我失望。

她说："我答应过张国庆，我不能食言。再说，谁要在乎我这种事，他也做不了我丈夫，做了也会散。"

我说："谁不在乎，是男人都在乎。"

她说："那我只有单身的命了。"

我说："组织上不是正在努力嘛，所以才需要你配合，别把跟张国庆的事捅出去。"

她说:"包得了一时,包不住一世。行了,别扯那么多,张国庆的事我是管定了,至于其他事就听天由命,我才没这份理智和耐心,做一件鸟事想得八辈子远。现在我什么都不想,只想帮张国庆这个忙,一个这是我答应过的,再一个,张国庆这人你不是不了解,一个老实透顶的人,除了老实就是老实,我不帮他,他还能靠谁?靠他的老实能解决问题吗?可这问题不解决,他下半辈子能幸福吗?所以,张国庆的事我一定要管,你如果不想管可以,我去找其他人管就是。"

话说到这份上,我只有管。我知道,我不当这个好人,自有人来当,让别人当等于是我得罪了她,自找麻烦。那时候,上面来领导哪一个不要接见她?都要见她!她借机奏我一本,对她是顺手的事,对我是改变命运的事。什么叫一言九鼎?那时候她说的话就是一言九鼎。我没这么傻,好好地去得罪她,让人家白捡一个便宜。所以,我看她执意要帮张国庆,同时又表示:最好能一起解决老王的事,我索性给她来一个"最好不过的",专程去了一趟总部,把两个人的问题一并解决了。

说真的,当时组织上对她提出的任何要求都会慎重考虑,尽量满足。像张国庆和老王这种问题,都是单位内部可以解决的,只要她出面了,要求了,也就解决了,没什么难度。

28

我们701总的说是个很封闭的单位，正因为封闭，与外界无关，内部有什么事都传得飞快。像张国庆和老王，在701本来是无人不晓的著名人物，黄依依保救他俩，等于在新闻上面又制造新闻，转眼便风靡一时，无人不知。这样，如果张国庆老婆回来，重新安置在701医院，隔墙有耳，总有一天要东窗事发。所以，出于"保密"需要，我们特意将张国庆老婆安排到镇上县人民医院，还是当护士。老王没回培训中心，他大概觉得回来面子上过不去，所以选择了远走高飞，去了我们701在外地的一个分站，离这边很远。

张国庆老婆回来后，我心里老是有她的影子，怕她知道真相，闹出事来。我听医院的人说，她有点泼。俗话说，世间有两种人最可恶：泼的女人，谄的男人。我确实担心她一旦得知实情，大肆撒泼，闹得鸡犬不宁，影响黄依依的名誉和破译工作。有些人的工作影响就影响了，不怕，起码用不着我怕，但事情一与黄依依沾边我就怕。她现在是一处之长，整个破译处的核心人物，也是701的典型，出了事就是全院的事，所以当然要重点保护。说到保护，什么安全啊，身体啊，饮食啊等等，都容易，难就难在张国庆老婆，怕她知情闹事。

一个月过去了。

两个月过去了。

张国庆老婆那边安静得很，无任何不祥不妙的声响或迹象。就是说，我担心中的事没有出现，如果说有什么不顺心的话，就是给黄依依找对象的事，开展得很不理想。要给此时的黄依依找一个双方如意之人，谈何容易，首先年龄合适的人就少，然后又要有文化、有自信，这样的人就更少了。

为什么说要有自信？因为，我们遇到过两个，说的时候很起劲，但一见面，看黄依依长得那么好，又听说还有那么多荣誉，就蔫了，似乎已料到自己落败的下场，索性先投降。后来有一个，是附近部队的一个副团长，两方感觉都还行，谈了一个多月，见了三次面，但就没了第四次。我们的人追去问原因，副团长说，这女人太不自重，才见三次面，八字还没一撇，就主动要跟他搂搂抱抱，还是大白天呢，像什么话。看来，他是被黄依依的大方吓倒了。还有一个人黄依依也是有感觉的，他是省城一个大学教授，前几年被打成右派，老婆跟他离了。双方年龄相当，教授以前在国外留过学，有不少互相欣赏的基础，两人几乎一见钟情。教授的胆子也大，来的第二次就留下来跟黄依依过了夜。这样来去几个星期，黄依依跑来对我说：就是他了。喊我们给他们办手续。

结果，一办手续把两人的好事办没了。

原来，教授的父亲是一名国民党高级官员，兄弟姐妹七八人，有的在台湾，有的在香港，有的在美国。而我们701，因为保密需要，严禁跟有境外亲友关系的人通婚。这几乎是我们系统内部的一个法律性的规定，谁都不能以身试法，总部首长都不敢，更别说我们下面。这样，黄依依的婚姻又陷入茫茫人海中。

据我所知，在张国庆老婆回来的头半年，黄依依基本上没跟张国庆来往，但后来不知怎么的，也许是因为对象找得不顺利吧，两人开始又有来往。有一次我亲眼看见，大清早，张国庆从黄依依屋子里出来，看得我心惊肉跳。我想，都在一个院子里住，这样下去迟早要败露。于是，我亲自去找镇上领导，请政府出面在医院给张国庆老婆分一套房子。这样，他们家安在镇上，张国庆老婆几乎不上山，彼此天各一方，穿帮的可能性小多了。大部分时间，张国庆上完班下山回家，但有时也会被黄依依留在山上过夜。为此，我几次去张国庆家做慰问，跟他老婆说张国庆现在任务重，有时回不了家，希望她支持什么的。总之，为了保证他们的私情不败露，我是用了心思，也用了权力，做了不少荒唐事。从某种角度讲，整个701都是他们的同谋。说真的，他俩的事在山上连只狗都知道，但张国庆老婆始终不知，可见风声之紧，紧得几乎不可思议，靠的就是大家心领神会，积极配合。

当然，我知道，这不是根本之计，根本之计还是要在茫茫人海中找一个"他"，让黄依依有个家，有个名正言顺的身份。所以，一边是极力捂，一边我们又四面八方帮黄依依找如意人。难啊，但难也得找。因为，这不是黄依依的个人问题，而是701的组织问题，政治问题。

转眼到第二年春季，一天下午，黄依依突然跑到我办公室，进门就说："我要跟张国庆结婚！"

我一下愣了，不知道说什么好，很久才接她话，说的只是一句废话："什么意思？"

她说:"就这意思,我要跟张国庆结婚。"

我说:"你这不是在跟我开玩笑吧?"

她说:"不是。"

我说:"那就怪了,你怎么突然有这想法?"

她说:"我受不了他天天回去陪老婆。"

我说:"就为这个?那我跟张国庆说,让他少回家不就行了,何必结婚?"

她说:"不,我要结婚。"说得很平静,又坚决,显然经过深思熟虑。

我责怪她:"早知现在,何必当初?还把他一家人都弄过来……"

她打断我:"现在是现在,当初是当初,反正我要跟他结婚,你喊他离婚吧。"

说来真有点荒唐,她要结婚,不跟张国庆去说却跑来跟我说,好像这是我下达给她的任务。还有,她早不想,迟不想,怎么就突然动了这根筋?简直是损人害己,让我们白忙乎那么多事!但荒唐归荒唐,我却不能不管。就这样,我找到张国庆,把事情问说清楚,最后要他表个态。

张国庆倒说得干脆:听组织的。

听组织的就离。

就离了。

那边才离,这边就结,心情之急,做事之不讲究,不避讳,像是两个世事不谙的小年青。婚礼很简单,他们处里的人,加上我和几个院领导,聚在一起,在单位食堂摆了两桌薄酒,完了又去新房坐了坐，吃了点糖果，算闹了洞房，天地作证了。就在闹洞房之际，黄依依几次啊啊的干呕不止，让所有的过来人都看在眼里，明在心里：她已有身孕！

至此，黄依依为什么要这么着急地同张国庆结婚，不言自明。但无人想得到，在这个表面明白的原因之下，其实还藏着一个巨大的、神秘莫测的谜。原来，黄依依虽然结过两次婚，而与她有过云雨之事的男人肯定更是多。这么多男人，这么长时间，黄依依却从未有过喜——或者有过忧。这是她第一次怀孕！连黄依依自己都感到神秘，这么多男人，唯独张国庆才为她"开天辟地"，好像她的生育机制里上着一把神秘的锁，只有张国庆才能打开。

这确实叫人觉得神秘，神秘得似乎只有用缘分来理解，来接受。既然这是缘分，是天地之约，是独一无二，是别无选择，还有什么好犹豫？所以，她才这么坚决、霸道地要同张国庆结婚——张国庆仿佛天定是她的！

找到了天定之郎，现在又有了身孕，好上加好，我们都为黄依依感到高兴。一天张国庆来跟我要车，说黄依依身体不舒服，要去医院。医院在培训中心旁边，距家属区有好几里路远，以前黄依依跟老王好时经常一个人徒步来回，如今不但没了这份心情，似乎也没了这身体，需要车子代步。

从医院回来，黄依依径自来到我办公室，见面就莫名其妙地甩给我一句："这下你高兴了。"

我问："高兴什么？"

她说:"我又可以给你卖命了。"

原来,去医院看病,确诊是一般的感冒,医生明知什么药可以快速治她的病,却颗粒不给,理由是这药对孩子不好。黄依依掐指一算,自有身孕后,她至少两次并多日服用过此药。医生把药拿来,把说明书上的"孕妇忌服"几个字指给她看,并加以口头说明,说得她心惊肉跳,后悔莫及。

医生总是危言耸听,母亲对孩子总是小心谨慎,不论是对已经出生的,还是尚未出生的。权衡再三,黄依依决定把孩子处理掉,以后再要。正是这个决定,可怕又不可避免地让黄依依踏上了不归路。几天后,我在医院看见黄依依硬冷的身体,突然双膝一软,差点跪倒在她遗体前。当时,我心里直想骂那个危言耸听的医生。因为,是她首先敲响了黄依依死亡的丧钟!

29

不是死在手术中,是死在手术后。

也不是死在病房里,而是死在厕所里。

我后来去看过那厕所,有两个用木板隔开的厕位,门是弹簧门,里外都可以推拉。有个厕位已经停用,门上贴着"下水道堵塞,禁止使用"的字条。这个厕位安的是坐便器,专为病人准备,另一个是一般的蹲便池。据说,两个厕位门上的弹簧其实早已不顶事,门能开不能关，却一直没人管，直到一个多月前，因为上级要来检查，才终于有人来管，换了新弹簧。现在的门，开关都没问题，就是因为弹簧是新的，劲道很足，拉开门，人进去后，不用带门，门自己会朝着你屁股直扑上来，啪地打你一下，有点吓人兮兮的。

说的不是701医院，是县人民医院。701医院没有妇产科，有关妇科病或大小生产的事，都到县医院看治。为此，我们机关还跟这边妇产科建立了联谊关系，目的就是让我们的妇女同志来这里看病有个优待。黄依依那天去县人民医院处理孩子时，机关专门安排一位跟那边有良好关系的同志陪同，优待自是不必说，去了就有人接待，手术室是最雅静的，医生是最有经验的，手术也是很成功的。做完手术，还安排她到单人病房休息，还给她泡糖水喝。等等这些，都无可挑剔，也许是上帝为了在她走之前，有意给她留下一点人间的美好吧。

休息一个钟头，钻心的疼痛消散了，身上的力气随之回来。黄依依看时候不早，要张国庆收拾东西，准备走，自己则去了厕所。这一去竟再也没有回来，等大家觉得蹊跷去厕所看她时，她半躺半坐在厕所里，已经昏迷不醒。开始以为只是一般性的昏迷，但脉搏却越来越弱，可见不是一般的昏迷。事实上，这时她已经无可救药。

是颅内出血！

她摔倒时，后脑勺刚好磕在墙角下水管的接口上，致使颅内出血。

医生说，这种伤势，除非是在北京上海的大医院里，有医生及时做开颅手术，才可能有救。但这里没有这样的人力和设备，人们眼睁睁看着她脸色越来越苍白，脉搏越来越微弱，身体越来越安静又变冷……所有人都企图想阻止这种状态，临时采取一些可以想到的措施，手忙脚乱，结果均以无济于事告终。这是大医院的病，这里的人连确诊的常识都没有，更不要说抢救了。事实上，包括颅内出血的伤势也是事后才确诊的。说来也怪，把人都磕死了，但黄依依的后脑勺既没有磕破，也没有磕出什么包块，只是表皮有一点擦伤，有一点血丝而已，加上又埋在头发丛里，很难发现得了。它使人想到，好像黄依依的头皮是铁打的，颅内却是豆腐做的。

　　一个为701破译事业作出杰出贡献的破译天才就这样离开了我们。

　　黄依依的死让我们感到无比的震惊，无比的悲痛，无比的惋惜。我曾想，如果她的死是由于某个人的错误造成，那么不管怎样，我一定会把这个人撕成碎片，还要用脚在碎尸上发狠地踩踏，踩得它粉碎，踏得它血肉模糊。但似乎没有这样一个人，事实上那天上午，所有与她见过面、打过交道的人，几乎无一不有恩情于她，她们都把她当大首长一样客气地对待，殷勤地关照，小心翼翼地做手术，出事后又及时抢救，至于抢救技术上的遗憾，那是怪不得人的。如果一定要找一个怪罪的人，只有院方领导，可以怪罪他们没有及时把坐便器修好。想一想，黄依依为什么会昏迷在厕所里？因为她以前就有昏厥的毛病，加上刚做手术，身体很虚弱，蹲着上厕所对她是考验，站起来时一下天昏地暗，人就摔倒了。

黄依依的死，无疑给我们的破译事业带来了难以想见的困难和压力。自跟张国庆的关系公开后，人们当面都爱喊她叫"天使"，背后经常在"天使"前面加个定语——"有问题的"——"有问题的天使"。但说真的，在破译密码的事情上，她没有一点问题，是真正的天使，是深悉密码秘密的天使。在我看来，701历史上的所有破译员都捆绑在一起，都抵不过她一人。我是说能力，破译密码的能力和才情，至于贡献，后来还是有超过她的。她毕竟就职的时间短，才两年多，不到三年。不过，从某种角度讲，她的贡献也最大，因为由于她的出现，她神奇的表现，她留下的闪光的足印，让701后来的破译者都不敢妄自尊大，不敢怠慢，只有咬紧牙关去搏杀。她有如一束神秘的剧烈强光，闪一下后消失了，光芒却永久留在了后人的脑海里，言谈中，记忆里，生生不息，广为流传，成了一支参天的标杆，激励着后人往更高更远的黑暗深处发奋扑去。

破译密码啊，就是在黑暗中挣扎啊，就是在死人身上听心跳声啊。

人死不能复活。黄依依的死却让张国庆和他前妻的婚姻复活了。说到这里，我心里的仇恨也复活了。我不想多谈这两个人，尤其是张国庆老婆——这个泼妇！这个天杀的！我简直想把她撕成碎片！

告诉你吧，就是她，把黄依依害死的！

事情是这样的：当时没人想到黄依依的死会有凶手，我们都以为这是一起事故，所以没开展任何调查。于是，这个天杀的泼妇轻松地逃脱了罪名，并幸福地过上了破镜重圆的好日子。就这样,过去一年又一年,到第三年秋天的时候,不知怎么,家属区里突然冒出一种骇人听闻的说法,说黄依依是被张国庆老婆害死的,有说是她利用职务之便偷偷地给黄依依打了一支毒针,有说是她躲在厕所里用纱布把黄依依活活闷死的,也有说是用木棍打死的。总之,说法很多,行凶的方式五花八门,稀奇古怪,听起来有点混乱和可笑。我听了,基本上断定是胡言乱语,因为黄依依和张国庆老婆的关系——情敌——大家都知道,这些说法不过是有人基于这种事实,想当然编造出来的。

但是一天下午,张国庆在楼道里碰到我,神色慌张的样子,像见了鬼,一下让我有些疑虑。后来,我让办公室主任把张国庆叫来,叫来干什么,我心里其实也没个准。哪想到,张国庆一进我办公室,就吓得哭哭啼啼起来,可怜兮兮地哭诉道:

"安副院长,你把她抓起来吧,是她害死了黄依依……"

后来,我们审问那狗日的——张国庆老婆——才知道,那天黄依依进厕所时,她正蹲在里面,听到有人进来,她还主动招呼了声,外面的黄依依也客气地回应了。两人虽然见过面,也算认识,但声音不熟悉,就这么随便招呼一下,不可能辨识对方。可以想象,如果黄依依当时听出是她一定会拔腿就走。走掉了,就躲过了劫难。但这只是一种假设,事实是黄依依没走,于是,两人狭路相逢……听那狗日的泼妇说,当她上完厕所出来,看见外面站的是黄依依,心里头直冒鬼火,嘴上就不干不净地骂了一句。黄依依没有骂她,只是叫她嘴巴放干净点,随后便往厕所里钻。但她没有就此罢休,还是站在门口，用身体把门挡住，继续说一些难听的话。

两个人，客观地说，黄依依是肇事者，对方是受害者，心里窝着火，见面骂几句可以理解。所以，黄依依很克制，不回嘴，甚至闭了眼，任凭她胡说八道。骂够了，她准备走了。听那狗日的自己说，她在决定走时看见黄依依双眼紧闭的样子，心里很想甩她两巴掌，但想了想还是不敢，怕激化事态。她本想就这样走掉，但动身时弹簧门推她的力度让她想到，可以借门自动弹回去的力量打她一下，以解心头之恨。于是，她特意把门拉到底，让弹簧回力处于最大，然后她突然松手，门跟着就劲头十足地弹回去。当时黄依依闭着眼，哪知道躲闪，被门撞了个正着，身体一下失去重心，往后倒去，后脑勺正好碰在下水管凸出的接口上……

那狗日的看黄依依被撞倒在地，感觉占了便宜，得意地走了，哪知道黄依依已经被她推落生死崖，生命正在飞速地往黑暗的尽头滑去。同时，她自己也跌落悬崖，只是在坠落的过程中，像侥幸被一棵树钩住，得以苟活三个年头。为此，她又付出死不瞑目的代价：张国庆受牵连坐了牢，未成年的孩子由此变得无爹无娘，无依无靠。

人们都说，如果她不苟活这三年，事发当时就归案自首，她可能不会被判死刑，张国庆更不会受牵连，那样的话她孩子起码还有个爹可以照顾。但这仅仅是假设，事实是她苟活了三年，事发后张国庆的形象已变得人不人鬼不鬼，虽然可以排除他作为元凶的嫌疑，却不能排除他包庇凶手的嫌疑。这足以叫他去尝尝铁窗的滋味。

张国庆是个可怜的人。

客观地说，张国庆老婆也是个可怜虫，只是我无法可怜她！

30

最后，我想再说一点与黄依依无关的题外话。我本不打算在这里说，可我在前面已经提到小雨，还是一并说了为好。干我们这行，哪怕有巨大的悲伤和痛苦，也只能默默藏隐在心底。但心里梗着东西，总让人难受，我已为小雨的事难受几十年，现在想借机一吐为快，获得一种轻松，一种解脱。

似乎一切是命中注定的，就在黄依依意外死亡后不久，铁部长突然电令我立刻去北京见他。干什么？铁部长没在电话里说，我也没问。这是我们的纪律，上级没说，你最好不问。见到铁部长，摆在我面前的是一个木质的黑色匣子！是什么？你猜对了，一个骨灰盒。

可你绝对想不到，它竟然是小雨的骨灰盒！

这次是真的，不再是掩人耳目的"阴谋"。荒唐的是，小雨竟然真的是死于车祸！车祸的原因至今也没有搞清楚，有说是天气转暖，路面上到处是融化的雪水，很滑，小雨自己驾车不小心出了事。但更多的说法是，克格勃已经知道她真实身份，是他们一手炮制了车祸。其实，怎么死是次要，关键是当时小雨的身份还没有解密。

这就是说，即使她是自然死亡，也不能公布她的死讯，因为她已经早"死"了。

铁部长要求我严格保密，把小雨的骨灰盒带回去，悄悄地安葬。说真的，那时候我对从事的职业感到了一种从未有过的憎恨与绝望。我憎恨的是它的残酷无情，绝望的也是它的残酷无情！后来，我回到701，在一个深夜，悄悄摸到树林里，把小雨的骨灰盒埋在黄依依的墓旁。我也不知道我为什么要这样做，我只感到她们两人应该在一起。都是一条战线的姐妹，没什么不合适的，更何况两个都是寂寞的灵魂，在阴间有了伴，或许就不再寂寞了吧？

她们不再寂寞了，可我呢？还得孤独地活下去。记得那天晚上，我默默流着泪，在黄依依和小雨的坟头上坐了很久很久，一直到天亮。那时已是四五月间，树木花草都披了新绿，鲜花盛开，各种花香和草气在夜露中四溢弥漫，充满勃勃生机。可我却在这个春日里闻见的全是死亡的气息，一种类似于植物腐烂的气息。坦率地说，此后的半生岁月，我都只为我的职业活着，我没了感情，没了灵魂，我的感情和灵魂，都在那个春天里彻底死了。

我在"死亡"中活到现在，不知道这是我的坚强，还是我的软弱。不过现在我可以安心了，我知道自己活不了几年，就要去与小雨和黄依依做伴。有一种说法，不知你听说过没有，叫"天堂有路"。我理解这话的意思，我想，我的一切愿望，一切爱，都可能只有在天堂里去实现。别人可能不相信有天堂，我相信。我虽然是个无神论者，可我依然相信有天堂。是安德罗让我相信的。安德罗经常对我说，**没有天堂，人类怎么活？人类的精神往哪里去？**就像我和小雨、黄依依一样，如果不寄望天堂，我们该怎么办？该怎么告慰别人，又告慰自己？

天堂有路，说得真好噢……

第三章　陈二湖的影子

老陈已不健在，他是一九八七年春天去世的，至今已告别我们十七个年头。一般的人，在去世这么多年后，肯定已经有缘登上701近年来一年一度的解密名单。但老陈不是一般人，他是破译局从无到有、从小到大、从里到外的见证人，曾先后在几个处当过处长和副院长，有的处还几上几下，破译局的大大小小、里里外外、真真假假的内情和机密，都在他漫长而丰富的经历中、史料里。可以不夸张地说，他的解密，意味着大半破译局的秘密将被掏空。也许，正因如此，解密名单公布一次一次，他都"名落孙山"。因为没有解密，我有关他的"明察暗访"工作，只能陷入僵局。

僵局在701去年的解密日：二〇〇二年十月二十五日，不期而破。这一天，我有幸见证了解密日这个奇特的日子的"样子"：从上午八点半开始，陆陆续续有人来到701档案室窗台前，向值班同志出示一份通知单，然后领了东西就走，整个感觉似乎跟到邮局提取包裹没什么不同，稍有不同的无非是在这里的交接过程中，双方的态度要亲善、友好一些，仅此而已。在零星的来人中，我注意到一个拄拐杖的人。他并不老，也许才五十来岁，按说正当是干事业的大好年纪。但是两年前，他不幸患上严重的眼疾，一夜间世界在他眼前变成漆黑一片，虽经多方治疗，依然是白茫茫一片，走路还需要拐杖帮助，更别说什么工作。他就这样离开了——白茫茫地离开——701。说是离开，其实离开的还没留下的多，比如他的青春、才干、友情、恩爱等，还有他在此十二年间产生的所有收发信件、日记、资料什么的，都留在了这里面。有的是永远留下了，有的也许是暂时的，比如那些信件日记资料什么的，今天就可以如数带走。因为，他上了解密名单。

后来我知道，他曾经是陈二湖的徒弟，名叫施国光。更令我振奋的是，我在他那天领取的解密件中，发现了不少与陈二湖直接相关的书信和日记。由此，我们不难设想，老陈的解密日，也许指日可待。不过，在指日可待的"这一天"尚未真实降临之前，我们只能凭借这些恰巧涉及到陈二湖事情的解密文档，来间接地认识陈二湖。

不用说，由此我们看到的肯定不是陈二湖的全部和明朗的真实，也许只是他的一个飘忽的影子而已。本章标题：陈二湖的影子，指的也是这意思。这几乎是我"捡来"的一章，在此，我特别感谢陈二湖徒弟施国光的慷慨支持，并衷心祝愿他早日康复。

虽然只是一个"影子"，但我们依然可以清晰又强烈地感受到，这个影子的主人是非凡的；作为一个破译家，是神采奕奕的，绝不像安院长说的那样。在安老的讲述中，我感到陈二湖的形象是含糊的，黯淡的，也许是他太想突出黄依依——为了突出黄依依有意收缩了陈二湖的光彩。也许还有其他别的什么原因，我不知道。但有一点足以明确的就是：当我看过施国光的这些解密文档后，我对陈二湖肃然起敬。

下面就是施国光提供的解密文档，请看——

一 几则日记

3月25日[①]

宿舍。夜。雨。

今天，我接到一个电话，是我师傅的儿子打来的。开始我听电话里声音幽幽的，以为是个女的，问是谁，他说是陈思兵。我想了一圈也没想起陈思兵是谁，他才说是陈二湖的儿子。

陈二湖就是我师傅。

师傅儿子的来电，多少有些令我吃惊，一来是这电话本身，来得唐突，去得也唐突，只说他给我寄了一封信，问我收到没有。我说没有，他就开始说挂电话的话了。我以为是他那边打长话不方便，就问他电话号码，说我给他打过去。他说不用了，明天再跟我联系，就挂了电话。二来是听他电话里的声音，我感觉他好像情绪很不对

[①]系一九八七年三月二十五日。下同。

头,加上他又说给我来了一封信,就更叫我觉得蹊跷,有种不知深浅的隐隐虚弱的感觉。说真的,虽然我同他父亲包括跟他家里的关系一度很亲密,但跟他本人却一向不太熟悉。他是在城里外婆家长大的,很少到山谷里(一号山谷)来,直到上大学后,在寒暑假里,我有时会在排球场上看到他。他个子有点高,弹跳又好,球场上特别引人注目。因为他父亲的关系,我们见面时总是客客气气的,有时间也站下来聊聊天。他非常健谈,而且说话喜欢一边比着动作,一会儿耸肩,一会儿摊手,跟个老外似的,而站立的姿态总是那么稍稍倾斜,重心落在一只脚跟上,让人感到他是那么自在,满不在乎的。我很容易从他的言谈举止中看出他跟他父亲的不一样,这是一个热情、乐观、身上集合了诸多现代人气息的年轻人,而他父亲则是一个沉默寡言,性格又冷又硬的孤独老头。父子俩表面上的不同曾经令我感到惊讶,但仔细想想又觉得没什么好奇怪的,因为父子相异就跟父子相似一样其实都是正常的。不过,总的说我对他并不熟悉,以前连他名字叫什么都不知道,只记得那时我们都喊他叫阿兵。这自然是小名,今天我才知道他大名叫陈思兵。他来信要跟我说什么事?我告诉自己:不要去想它,等明天看信吧。

3月26日

办公室。夜。还在下雨。

难道是因为连续的下雨影响信的正常传递了?今天还是没收到

信，阿兵的电话倒是又来了。他一定是有很急的事要问我，但我没收到信又似乎无法问。听声音，今天他情绪要比昨天好，说得也比昨天多，包括工作单位、联系电话都跟我说了。现在我知道，他已读完研究生，分在南方×市的出版社工作，想必是当编辑。我不清楚，他在电话里没说起。不过，从出版社的单位和他学的专业看，我想很可能是在当编辑。他是研究欧洲当代文学的，让他去出版社工作，不当编辑又能当什么呢？我想不出来。

那个城市我去过一次，是一个很美的城市，街上种满了花，很抒情的。花以优雅素白的樱花居多，几乎城市的几条主干道两侧都排着或大或小、或土或洋的樱花树。眼下，春意飘飘，正是樱花盛开之际，我可以想象现在那个城市的基本姿态：满街的樱花灿烂如霞，像雪花凌空，像白云悠悠，空气里弥漫着樱花绽放出来的袭人香气。此刻，我甚至都闻见了樱花缥缈的味道。

关于那个城市，我还有一点认识，是从历史书上捞来的。据说，一个世纪前，那城市曾闹过一次大地震，死者不计其数，也许有好几十万。而五十年前，又有一场著名的战役在那里打得不可开交，阵亡者书上又说是"不计其数"。因此，我常常想，那儿地底下埋葬的尸骨一定有好几吨。这和樱花本是不可以相提并论的，可我不知怎么就将它们想到了一块。想就想吧，反正意识太多不算错误。意识太多是一种病，但绝不是错误。既然不是错误，扯远一点也没关系吧，我想。事实上，我知道，我想这些都是想为了摆脱一点什么，因为我觉得心里乱乱的。乱七八糟的。

3月27日

宿舍。夜。晴。

今天终于收到阿兵的信了。尽管这两天我一直在想阿兵信上可能要跟我说的，但就没想到居然会是我师傅去世的噩耗！师傅是三月二日去世的，都快一个月了。信上说，师傅临死前很想见我，老王局长给我单位挂电话，我却正回老家在休假，怎么联系也联系不上。没办法，最后师傅给我留了遗言，并再三嘱咐阿兵一定要转交给我。他这回便是把父亲的遗书给我寄过来了。

遗言是师傅亲笔写在一张十六开的信纸上的，字比孩童写的还要差，歪歪扭扭，大的大，小的小，横不平，竖不直的。我是熟悉师傅字的，从这些变得不成样的字中，我可以想象他当时有多么虚弱，手握不住笔，气喘不上来——看着这些歪歪斜斜的字，我仿佛见了师傅奄奄一息的样子，心情陡然变得沉重，手忍不住地发抖……我还是第一次接受死者的遗书，没想到它会如此震撼我的心灵。看着这遗书，我简直感到害怕，一个个醒目的字，杀气腾腾，犹如一把把直逼我心脏的刀子。我就这样哭了，泪水滴落在遗书上。

遗书是这样写的：

小施，看来我是要走了，走前我要再一次告诫你：那件事——你要相信它对我的重要，不管怎样都要替我保守这秘密，永不外传。

陈二湖 一九八七年三月一日立言

遗言中说的"那件事"是什么？

这一定非常叫人寻思，一定也引起了阿兵的深思深想。今天，他又打来了电话，知道我已收到信，就问我这是什么事。他不停给我电话，就是想问我这个。他说既然父亲这么重视这事，作为他的儿子，他本能地想知道，希望我能告诉他。我完全理解他的心情，只是他也该理解我，因为白纸黑字的遗书清清楚楚叮嘱我，要我"保守秘密，永不外传"。这里没有指明儿子或什么人可以除外。没有人除外，所有的人都是我保密、缄口不语的对象。这是死者对我的最后愿望，也是我对死者的最后承诺。

其实，即使没有死者遗嘱，我也是不可能跟他说的，因为这牵涉到国家机密。作为一个特别单位，我们701可以说整个都是秘密的，秘密是它的形象，它的任务，它的生命，它的过去、现在、未来，是它所有的一切。而我师傅——陈思兵父亲——陈二湖，他的工作是我们701的心脏，是秘密中的秘密，我怎么能跟一个外边人说呢？不行的。儿子也不行，天皇老子都不行。事实上，我理解遗书上说的"不外传"，指的不是像阿兵这样的外人，而是指我们破译局的内部人。是的，是内部人，是指我老单位的同仁们。没有人知道，只有我知道，"那件事"不是破译局的什么秘密，而是我师傅个人的秘密，是他对组织、对破译局、对701的秘密。就是这样的。师傅在701不是个平常人，而是响当当的，一生获得的荣誉也许比701所有人加起来还要多。这些荣誉把他披挂得光彩夺目，即使死了701照样不会忘记他，照样会怀念他，崇敬他。我相信，师傅的追悼会一定是隆重又隆重的，701人追悼他的泪也一定是流了又流的，而所有这一切，起码有一半是建立在人们不知道"那件事"的基础上的。现在，我是"那件事"唯一的知情人，师傅为什么临死了还这么郑重地嘱咐我，也就可以理解了。其实，他曾以各种形式多次这样嘱咐过我。这就是说，即使没这遗书，我照样不会跟任何人说的，包括他儿子。老实说，陈思兵还没这资格。让我说的资格。

当然我想得到，我这样拒绝后阿兵心里一定会难受。是硌一块异物似的难受。也许从今以后，他，还有师傅的其他亲属，都将被我手头这神秘的遗书乱了心思，心存顾虑，耿耿于怀。遗言叫他们笼罩了一团雾气，一片阴影，他们不理解也不允许死者和他们相依为命一辈子，到头来却给一个外人留下这莫名其妙又似乎至关重要的遗言。这中间藏着什么秘密，死者生前有什么不是之处，会不会给他们留下隐患，带来麻烦？等等，等等，有疑问，有担忧，有期待，有恐惧，我几乎肯定他们一定会这样那样的想不开。我想，虽然遗言只有寥寥几行字，但他们一定是反复咀嚼了又咀嚼，他们一边咀嚼一边琢磨着里头的名堂，猜想着可能有的事情。他们一定思想了很多，也很远；他们恨不得一口将这散布着神秘气息的遗书咬个血淋淋，咬出它深藏的秘密。当一切都变得徒劳时，他们不免会对我产生顾虑，防范我，揣度我，怀疑我，甚至敌视我。我忽然觉得自己没能和师傅作别真是天大的憾事。千不该万不该啊。我想，如果我跟师傅临终能见上个面，这遗书必将属于我独个人的，可是现在它左传右转，到最后才落到我手上。虽然给了我，但他们心里是不情愿的，阿兵的请求最说明这点的，父亲明明有言在先，不能外传，他居然还明知故犯，心存侥幸，这不是荒唐就是厚脸皮了。而且，我有种预感，这几天我还会收到一封信或电话，会有类似的要求：荒唐的，或者厚脸皮的。对阿兵，我可以没什么犹豫地拒绝，但对那封信或电话，也许就不会这么简单了。那封信或电话，那封未知的信或电话，我敢说一定将出自他姐姐。

说真的，我情愿面对的是信，而不是电话。

3月28日

宿舍。夜。有风。

担心中的电话或信都没来。这不说明是没这事了，我知道，事情肯定跑不脱的。从阿兵接连不断的电话，还有昨天电话里的口气看，他不会这么死心的。他不死心，就一定会把姐姐搬出来。他姐姐叫陈思思。

陈思思人长得高高的，下巴上有颗黑痣，将她白的肤色衬托得更加白。在我家乡，对人长痣是有说法的，"男要朗，女要藏"，意思是说男人的痣要长得醒目，越醒目越有福气，而女人则相反。这么说来，陈思思的痣是长错了地方，或者说这颗痣意味着她不是个有福之人。福气是个神秘的东西，很难说谁有谁没有。对陈思思，我不能说不了解，总的说，她像她父亲，是个生活在内心中的人，不爱说话，沉默寡言，脸上经常挂着谦逊得几近羞涩的笑容。说真的，那时候她默默无语又腼腆的样子非常打动我，以至她父亲都看出我对他女儿的喜欢。作为师傅，老陈对我的好是超乎正常的，从某种意义上说我也是他的儿子。他军龄比我年龄还要长，他待我就像对自己儿女一样。有一天，师傅问我谈女朋友了没有，我说没有，他说我给你介绍一个吧。他介绍的就是陈思思。我们谈恋爱从时间上说有半年，就内容而言只是看了两场电影，逛了一次公园而已。就是逛公园那次，她表示希望我们的关系还是回到过去那样。我们确实也这样做了。我是说我们没有因为爱不成而就怎么的，没有，我们还是跟过去一样，围绕着她父亲运转着，直到我离开那里。

　　我是一九八三年夏天离开701机关，来到这里的。这里是701破译局的一个分局，因为它重要——越来越重要，也有人说是701破译局的第二局。我为什么要到这里来，一方面是工作需要，另一方面也是自己需要。所谓自己需要，是指当时我已经结婚，这里离我爱人所在的城市要比总部近一半路程。所以，在很多人都不太情愿来这里的情况下，我是少有的主动要求来的人之一，理由就是离家近。我记得，在我离开山谷的前一天夜里，师傅送我了一本做纪念的笔记本，扉页有他的赠言，是这样写的：

你我都生活在秘密中，有些秘密需要我们极力去解破，有些秘密又需要我们极力去保守。我们的事业需要运气。衷心希望你事业有成！

从那以后，师傅一直以笔记本的形式和我在一起。我相信师傅之所以送我笔记本并留下这些话，目的之一就是提醒我要保守"那件事"的秘密。换句话说，这是师傅对我远走他方后而苦心作出的一种特殊告诫，和直白的遗言相比，这当然要婉转一些。不过直白也好，婉转也好，我都感到"那件事"对师傅的压力。那件事给师傅带来了巨大荣誉，也给他留下了沉重的顾虑，总怕我有意无意地将它大白天下。在这种情况下，他一再以各种机会和形式告诫我，我都可以理解。但留遗书说这事，我认为师傅是失策的。首先他对我的告诫已足够多，无需再作强调；其次这种强调方式——遗书——实为极不恰当的，有"此地无银"之嫌。说真的，本来完全是我们俩的事，无人知道，无人问津，这下好了，以后会涌出多少个陈思兵？遗书其实是把原来包在秘密之外的那层保护壳剥开了，这对我保守秘密很不利。我不知道到底有多少人看过遗书，但我知道，凡是看过的人，有多少人看过，就会有成倍的人像陈思兵一样来挖我深藏的秘密，来考验我对师傅的忠心。眼下，我最担心的是陈思思，我相信她一定会做陈思兵第二，对我提出无理的要求。我在等她的电话或信，就像在等一个难逃的劫。

4月2日

宿舍。夜。晴。

陈思思的信没像我想的一样很快来，但还是来了，拿在手上沉甸甸的，摸着就知道不是一封通常的信，里面也许堆满了用来挖我秘密的铁镐、洋铲什么的。我捏着它，久久地捏着它，甚至有些不敢拆封。当然，信不可能不看的，只是我需要作好足够的心理准备。为了给自己增添受考验的信心和防卫的力度，我居然把师傅的照片和遗书一齐放在案头，让我在看信的同时随时可以看到师傅临死的嘱咐。

我就是这样开始阅我曾经的恋人陈思思的信。等阅完信，我才发现自己种种的担心是多余的，整封信，从头到脚，有关遗书上的事提都没提，好像是知道我怕她提，所以有意不提。这使我怀疑师傅给我留遗书的事她可能不知道，给阿兵打电话问，果然是这样的。阿兵说，给我留遗书，他父亲要求不能跟任何人提起，包括他姐姐思思。这也成了我彻底拒绝阿兵的最好理由，我对他说：师傅这样做，就是考虑到我和你姐姐过去有的关系，怕我经不起她盘问，所以才特意对她隐瞒这事。阿兵听我这么一说，似乎才有所悟道，感叹着说了一句"原来是这样"，挂了电话。我相信，阿兵以后再不会来找我问这事了。这样很好。真的很好。

我没想到的是，思思会把信写得那么长，十六开的信纸，总共写了十八页，每一页的字都满当当的，长得简直不像一封信。从变化的字体和断断续续的格式看，这信起码分了几天时间才写完，最后的落款时间是三月二十五日——这也是我第一次接到阿兵电话的时间。从信的内容看，与其说这是一封信，倒不如说是一份小说手稿，里面有感情，有故事，看着扣人心弦，令人欲罢不能。

二　一封来信[1]

第一天

……红色的围墙，高高的，上面还拉着铁丝网，两扇黑色的大铁门从来都是关着的，开的只是一扇窗户一样的小铁门，荷枪实弹的哨兵在门口走来走去，见了人就要看证件。小时候，我曾多次跟院里的孩子一道偷偷翻过山，站在铁门外，看自己的大人一个个跨进小铁门，便消失了。我们偷着想溜进院子去看看，但没有谁是进去了的，也不知道为什么不让我们进去。长大了，我才知道，父亲从事的是秘密工作，所以红墙里头也是秘密的，没有证件，任何人都进不去。

因为保密，我们到现在也不清楚父亲具体工作的性质和内容，但从组织上对父亲的重视程度看，我相信父亲的事业一定是很神圣崇高的，同时可能也很艰巨，需要他竭尽全力地投入进去。母亲在

---

[1] 本信略有删节。其时间序列系根据行文感觉所加，不一定属实。

世的时候经常唠叨，要父亲早点退休，因为父亲老待在红墙里，身体眼看着一年比一年差，人一年比一年衰老。所以，以前我常常想，什么时候父亲才可以不工作，从红墙里解脱出来，做个平常人，过平常人的生活。你调走后第二年①，父亲终于有了这样一天。他已经六十五岁，是早该退休的年纪了。

想到父亲这下终于可以轻轻松松地过一个正常老人的生活，享享清福，我们别提有多高兴了。你也许不知道，父亲虽然一直忙于工作，很少顾念家庭，对我们的关心也少，但我们对父亲的感情依然是很深很真的，我们从不埋怨父亲给我们太少，相反我们理解他，支持他，敬重他。我们相信父亲的晚年一定会过得十分幸福，因为我们都觉得父亲的生活太需要弥补了，他应该也必须有一个称心如意的晚年。为了让父亲退下来后有事情做，我们专门在家里种了花草，养了鱼鸟，一到节假日就带他去走亲眷，逛公园。那阵子，阿兵还没去读研究生，也没谈女朋友，我要他没事多陪陪父亲，他也这么做了，一有空闲就围转在父亲身边，和他说话，陪他散步。阿兵小时候在外婆家长大，后来又一直在外地当兵、上学，跟父亲的感情上有些疏淡。起初，我还担心他们不能太好地交流，后来发现我的担心是多余的，他们相处得很好，比我想象的还要好。我想，也许正是因为他们以前一直没有太好地交流，现在交流起来，常常有说不完的话，就像两个久违的好朋友，坐下来总有感兴趣的话题冒出来。就这样，父亲休息后的开头一段时间还是过得比较充实而

---

①根据推算，应该是指一九八四年。

快乐的,这让我们都感到由衷地高兴。

但你简直想不到,没过多久,也许有一个多月吧,父亲便对这些开始腻味了,看花不顺心,看鸟不入眼,和阿兵的话似乎也说光了,脾气似乎也变了,变得粗暴了,常常没个缘故地发牢骚,怨这怪那,好像家里的一切都使他困顿、烦躁、不安。这时候,我们说什么做什么都可能会叫他不高兴,甚至一见我们挨近他,他就会不高兴,挥着手喊我们走开。有那么一段时间,父亲简直活得难受死了,每天都闷在房间里,像个囚犯似的,东转转,西转转,使我们感到心慌意乱。应该说,父亲不是那种喜怒无常、变化难测的人,他对我们向来不挑剔,对生活也没什么过分要求,可这下子他似乎全变了,变得挑剔、苛刻、专横、粗暴,不近人情。有一天,我不知说了句什么话,父亲竟然气愤地冲上阳台,把笼里的鸟放飞走了,把几盆花一盆一盆地都打个粉碎。这些东西一个月前他还很喜欢,现在说不喜欢就不喜欢了。父亲对玩物是那么容易厌倦,像个孩子一样的。可他又哪像个孩子?每天老早起床,却是哪里也不去,什么事也不做,什么话也不说,从早到晚都在灰心、叹气、生气、发呆,好像受尽虐待。

有一天,我看见他在阳台上呆呆地立了小半天,我几次过去请他出去散散步,都被他蛮横地拒绝。我问他在想什么,有什么不高兴,需要我们做什么,他也不吱声,光闷闷地站在那里,一动不动,像个木头人,冬天的阳光静静地抹在他身上,照得他满头银发又白又亮,泛发着银光。我透过窗玻璃看出去,几乎很容易就可以想象出他此刻的神情，那是一种我最熟悉不过的神情：绷紧的脸上有深刻的额纹，两只眼睛痴痴的，不会转动，嵌在松弛的眼眶里，仿佛随时都会滚出来，无声地落地。但是注视这张面具一样的面孔，透过表面的那层死气，你又可以发现底下藏着的是迷乱，是不安，是期望，是绝望。

父亲的这种神情，陌生又似曾相识，常常使我陷入困顿。起初，我们看父亲不愿去老人俱乐部，以为是那里的气氛不好，于是我们就专门去请了一些父亲的老战友上家来会他。可他仍旧爱理不理，和他们亲热不起来，常常几句话，几个眼色，就把人家冷淡走了。真的，父亲没什么朋友，在他临终前，我注意到来看望他的人，除了红墙里头的几位首长和我们家个别亲戚外，就没有多的一个人，你是他临终唯一想见的人，可能也是他唯一的朋友。父亲在单位里的人缘会这么差，这是我怎么也想不到的，是什么？荣誉？还是性格？还是工作？让他变得这么孤独，这么薄情寡义，缺朋少友，你能告诉我吗？算了，还是别告诉我的好。还是让我来告诉你，父亲为什么不能像其他老人一样安心愉快地欢度晚年。

有一天，天黑了，父亲还没有回家来吃晚饭，我们几个人到处找，最后终于在红墙那边找到他，他寂寞地坐在大铁门前，身边落满了烟灰和烟蒂。听哨兵说，他已在这里待一个下午了，他交出了证件，知道哨兵不会放他进去，所以就在门口坐着，似乎就这样坐坐、看看也叫他心安。他是丢不下红墙！丢不下那里面的工作！我想，这就是他无法安心休息的答案。你知道，父亲一直待在红墙里，一直专心致志于他神秘又秘密的工作，心无二用，毫无保留，其认真程度几近痴迷。他沉醉在红墙里面，心早已和外界隔离，加上特殊的职业需要他离群索居，封闭禁锢，年复一年，外面的世界，外面的人其实早已在他心目中模糊了，消失了。当他告别那世界，突然从红墙里走出来，看到听到和感到的一切都让他觉得与己无关，恍若隔世，所以就感到无聊、空虚、枯燥、不可容忍、无法亲近。这是一个职业狂人对生活的态度，在他们眼里日常生活总是琐碎的、多余的、死气沉沉的。我记得巴顿将军曾说过这样一句话：一个真正的军人应该被世上的最后一场战争的最后一颗子弹打死。父亲的悲哀大概是他没倒下在红墙里，没有给那颗子弹击毙。

哦，父亲，你哪有什么幸福的晚年，今天当我决定要把你晚年的生活情形告诉你唯一的朋友时，我突然觉得这是一件多么痛苦的事。现在才说了个开头，可我已经感到有说不下去的难受，心痛欲哭。我真想把一切都忘了，我的感情经不起对你的回忆。可作为你的女儿，我又希望你的朋友了解你，认识你，真正地了解和认识你。只有真正了解了你的晚年，才能真正认识你的一生。你的晚年真苦啊……

第二天

自腻味了养花弄草后，有将近两个月时间，父亲一直无所事事，郁郁寡欢，时常一个人坐在沙发里，偻着腰，一边吸烟，一边咳嗽。不知怎么回事,那段时间里,父亲的健康状况特别不佳,老毛病高血压常常犯,而且越升越高,最高时竟达到二百多,平时都在一百六十左右,真急死人。同时又新犯了气管炎,咳嗽咳得地动山摇的。这一定与他当时抽烟太多有关。父亲的烟瘾原本就凶,天天两包烟还不够,那阵子因为无聊,抽烟就更多了,一条烟一眨眼便没了。我们劝他少抽点,他说,他抽的是自己的钱,不是我们的,简直叫我们无话可说。听说他曾几次找到部队首长,要求重新回红墙里去工作,但都没有得到同意。我想,可能是父亲经常去要求,让领导烦了,有一天老王局长还找到我,要我们多想想办法,尽量安顿好父亲的生活。天哪,我们又何尝不想呢?我们是想了又想,努力又努力,只是无济于事而已。

到了冬天,有一天晚上,父亲吃罢夜饭,照例坐在沙发上吸烟。烟雾从父亲的嘴巴和鼻孔里吐出来,像是父亲心中叹出的气流,弥漫在屋子里,成为一种沉重气氛,笼罩着我们,令我们心情紧张,唯恐稍有不是,惹了父亲一触即发的脾气。阿兵打开电视,希望有父亲爱看的节目,打开来一看,是围棋讲座,黑黑白白的棋子像甲壳虫一般错乱地散布在一面白板上,一男一女,一边讲解一边演示,不懂的人看着一定莫名其妙。阿兵是有围棋瘾的,见了这东西下意识地看起来,我虽然也爱看(被阿兵熏陶出来的),可想父亲怎么会喜欢这玩意儿,就叫阿兵换频道。阿兵看看父亲,父亲眯着眼,百无聊赖地看着,问他看不看,他不理也不搭。等阿兵换了频道,他却说要看刚才的,好像刚才他没听见阿兵问话似的。阿兵换过频道，父亲看一会儿问这是什么棋。阿兵告诉他，并简单介绍了一些围棋的知识。父亲听了，也没有什么表示，只是看着讲座，居然一直安静地看完为止。

　　第二天同时，父亲又看起了讲座，而且好像看出了什么滋味一样，神情专注，若有所思的。我问父亲看懂了没有，父亲却说我们下一盘吧，听得我很久才反应过来。我的水平很一般，但对付似懂非懂的父亲应该还是绰绰有余的。我们下棋时，阿兵一直站在父亲一边，准备随时指点他。开始，父亲还乐意让阿兵指点，不过也就指点了十几招棋后，他已经不准阿兵指点，说要自己下。下得虽然很慢，每一步棋都深思熟虑，但下的棋似乎总是有点离谱，缺乏连贯性，感觉溃不成军。但到中盘时，我和阿兵都愣了，刚刚还是没气没势的棋面，转眼间变得活灵起来，变出很怪异的阵势，开始压制我，捣乱我，弄得我不得不也放慢节奏，子子计较起来。很快我又发现，我要想挽回主动已经很难，父亲步步为营，几乎毫无破绽，逼得我经常不知如何出子。父亲一方面极力压制我的气路，咬紧我，切割我，围堵我，虽然吃力、被动，却坚定不移，顽强不屈；另一方面父亲似乎自身有一套预定的计划在展开、落实，意图隐蔽，设置巧妙，弄得我危机四伏。局势不断演化，黑白棋子交错着，棋面上越来越形成一个特殊的图案，我争抢优势的用心也越来越良苦，出手越来越顾虑重重。收官时，父亲的优势是明摆的，但也许求胜心切，父亲想吃我一目棋，结果白白让我吃掉几目子。后来，父亲虽然机关算尽，东敲西击，极力想扳回局面，力挽狂澜，到底没有回天之力。第一盘就这样告终，父亲输了三目子给我。

但第二盘父亲就赢了我。

接着，我们又下三盘，父亲连连赢我，而且愈赢愈轻松，到最后一盘，我甚至下不到中盘就败下阵来。然后阿兵上阵，两人连下七盘，结果跟我一样，阿兵只赢了第一盘，后面六盘又是连输。想想看，父亲几天前甚至连围棋是方是圆都还懵懂不清，转眼间却杀得我们两人都稀里糊涂的，父亲在围棋桌上的表现使我和阿兵都感到十分惊讶。

第二天，阿兵去他们单位请来了一位围棋手，棋下得比阿兵要高出一个水平，平时阿兵和他切磋一般都要他让两手，这样下起来才有个较量。那是一个雪后初晴的日子，冬天的第一场大雪来得仓促，去得也匆忙，而世界却突然被简化得只剩下温柔和洁白。应该说，这真是个居室对弈的好日子。首盘，父亲开局不佳，没投出二十手，就收子认了输。我不清楚你懂不懂围棋，要懂的话应该明白开局认输绝不是平凡棋手的作风。古代有"九子定输赢"的典故，说的是一位名叫赵乔的棋圣跋山涉水，周游全国，为的是寻找对手，杀个高低分明，终于在渭河岸边，凤山脚下，遇到一个长发女子，丈夫从军在外，家里无米下锅，便日日以摆棋摊谋生。两人依山傍水，坐地对弈。赵才投出九子，女子便起身认输，称自己必输一目子。赵不相信，女子叙叙道来，整盘棋讲得头头是道，高山流水，滔滔不绝，但怎么说都是一目子的输赢。赵听罢，甘拜下风，认女子为师。就是说，父亲能从十几目子中看出输赢的结局，正说明他有深远的洞穿力，善于通盘考虑。由此我怀疑来人今天必定要输给父亲，因为棋术的高低，说到底也就是个看棋远近的能力。果然后来五盘棋，父亲盘盘皆赢，来人简直不相信我们说的——父亲昨天晚上才学会下棋！

我可以说，父亲对围棋的敏感是神秘的，他也许从第一眼就被它吸引爱上了它，他们之间似乎有一种天然的默契。围棋的出现救了父亲，也帮了我们大忙，以后很长一段时间，父亲都迷醉在围棋中，看棋书，找人下棋，生活一下子得到了充实，精神也振作起来。人的事情说不清，谁能想得到，我们费尽心思也解决不了的难题，却在一夜之间迎刃而解。

起初，父亲主要和院子里的围棋爱好者下，经常出入单位俱乐部，那里基本上集合了单位里的大部分围棋手。他们水平有高，也有低的，父亲挨个跟他们下，见一个，下一个，却是下一个，赢一个，下到最后——也就是个把月吧，跟他下过棋的人中，没有哪一个是不服输的。当然，俱乐部不是什么藏高手的地方，那些真正的棋手一般是不到俱乐部下棋的。他们到俱乐部来干什么呢？他们倦于俱乐部的应酬，因而更喜欢安居家中，藏而不露。一个月下来，父亲就成了这样一位棋手——不爱去俱乐部下棋的棋手。俱乐部锻炼了他，使他的棋路更为宽泛、精道，但这里的棋手水平都一般化，父亲已经寻不见一个可以与他平等搏杀的对手。没有对手的对弈有什么意思？父亲感到了胜利的无趣，就断了去俱乐部的念头。这时候，父亲开始走出去，和驻地镇上的棋手们接触、比试。但是不到夏天，驻地县城一带的高手也全做了父亲手下败将。就这样，短短半年时间，父亲竟然由当初的不懂围棋，迅速成了当地众所公认的围棋高手，独占鳌头！

那以后，我和阿兵，还有我现在的爱人（你就喊他小吕吧），经常上市里去给父亲联系棋手，找到一个，邀请一个，安排他们来和父亲对弈，以解父亲的下棋瘾。尽管这样找棋手是件劳力费神的麻烦事，但看父亲沉醉在棋盘上的痴迷模样，我们乐此不疲。起初，寻棋手寻得有些麻烦，主要是靠熟人介绍，找来的棋手水平良莠不齐，有的虽然名声不小，却是井底之蛙，并无多少能耐，好不容易请来了，结果却叫父亲生气。因为他们棋艺太一般，根本无法跟父亲对阵。后来，阿兵通过朋友认识了一个人，他爸是体委主任，通过主任引荐，我们跟本市围棋协会接上了头。从此，我们根据协会提供的棋手情况，按他们棋术的高低，由低到高，一个个去联络邀请。

围棋协会掌握了三四十名棋手，他们基本上代表了本市围棋的最高水平，其中有一位五段棋手，是本市的围棋冠军。这些人都身经百战，下棋有招有式，身怀绝技，于无声处中暗藏着杀机，而父亲充其量是一个聪灵的新手。可想而知，开始父亲根本不是他们的对手，一比试，父亲就同鸡蛋碰到石头一样。但是怪得很，简直不可思议！最好的棋手，只要和父亲一对上阵，他那截原本高出的优势，很快就会被父亲追上、吃掉，然后就是超过，远远超过！

就是说，面对一位高手，父亲起先也许会输几盘，但要不了多久，父亲肯定会转败为胜，并成为他永远不可战胜的对手。父亲的棋艺似乎可以在一夜之间突飞猛进，同样一位棋手，昨天你还连连赢他，而到第二天很可能就要连吃败仗。说真的，来了那么多位名人高手，几乎没有谁能与父亲对弈、相持一个礼拜以上的，他们来时盘盘是赢，称王称霸，但结果无一例外都成了父亲的手下败将。父亲完全是一个神秘的杀手，任何对手最终都将败在他手下。这对父亲来说简直像定理一样不能例外。后来父亲经常说，他每次跟一位新棋手下棋，担心的总不是输给对方，而是怕对方一下子输给他。父亲也知道我们寻一个棋手的不容易啊，好不容易请来一个如果上来就落败，非但叫我们沮丧，父亲自己也会非常懊恼。父亲是渴望刺激的，他总喜欢有一个强敌立在面前，然后让他去冲杀，去征服，浑身解数的。他受不了那种没有搏杀、没有悬念的对弈，就像平常无奇的生活叫他厌倦一样。

记得那是中秋节前后的一天下午，我坐在阳台上看书，客厅里父亲和市上那位五段冠军棋手在下棋，一盘接一盘，从中午一直杀到下午很晚的时候。期间，我不时听到他们开始又结束、结束又开始的简单对话，从不多的话中，我听出父亲又是在连赢。偶尔我进去给他们添茶水，看父亲的神情，总是坦坦然然，呷着盖碗茶，吸着香烟，一副怡然自得的样子，而那位冠军棋手则是烟不吸，茶不喝，两只眼睛死死盯着棋盘，显现出一种不屈、一种挣扎、一种咬紧牙关的劲道。偶尔举手落子，举起的手常常慎重地悬在半空中，好像手里捏的不是一枚棋子，而是一枚炸弹，投不投或投向何处都是慎之又慎又犹豫不定的。他的沉思一目了然，脸上的肌肉绷紧、发硬，似乎思索是一种肉体的使劲。相比之下,父亲似乎更有一种举重若轻的感觉,平静、泰然、悠闲,好像思绪的一半已从棋盘上飞开,飞出了房间。后来,我又听见他们在收子的声音,接着是冠军棋手在说:我们再下一盘吧?我听到,父亲回答的声音很断然,说:就这样吧,再下我就得让你子了,我是不下让子棋的。

父亲总是这样不客气地拒绝所有手下败将,这多少使人接受不了,何况是一位众星捧月的冠军棋手。冠军棋手走之前对我丢下一句话,说我父亲是个下围棋的天才,他会杀败所有对手的。

听见了吧,他说,我父亲会杀败所有对手的。

然而,你想想看,在这个城市里,谁还能做父亲的对手?

没有了!

一个也没有了!

呵,说起这些,我总觉得父亲是那么陌生、神秘、神奇、深奥。也许你要问,这是真的吗?我说是的,这是真的,全是真的。然而,我自己也忍不住要怀疑它的真实,因为它太离奇了。

第三天

……

下午已过去一半,而我的三位同事还没来上班。他们也许不会来了。天在下雨,这是他们不来的理由。这个理由说得出口,也行得通,起码在我们这。然而,我想起父亲——对父亲来说,什么是他不上班的理由？在我的记忆中，我找不到父亲因为什么而一天不进红墙的日子，一天也没有。哪天我们要是说：爸爸，今天你请个假吧，妈妈需要你，或者家里有什么事，需要他一天或者半天留在家里。这时候父亲会收住已经迈出的脚步，站着默默地想一下。你虔诚地望着他，希望用目光争取把他留下来。但父亲总是不看你，他有意避开你的目光，看看手表或者天空，犹豫不决的，为走还是留为难着。每次你总以为这回父亲要留下来了，于是上前去，接过他手中要戴还没戴上的帽子，准备去挂在衣帽钩上。就这时，父亲似乎突然有了决定，重新从你手中夺回帽子，坚决地对你说：

不，我还是要去。

总是这样。

父亲要拒绝我们的理由总是简单，却十分有用，而我们要挽留他的理由虽然很多，却似乎没有一个有用的。就是母亲病得最严重，不久便要和他诀别的那几天，父亲也没有完整地陪过母亲一天。

我母亲是病死的，你也许不知道，那是你来这里前一年的事。母亲的病，现在想来其实很早就有了症状，我记得是那年春节时候，母亲便开始偶尔地肚子疼。当时我们没有多想，母亲自己也没当一回事，以为是一般的胃病，疼起来就喝一碗糖开水，吞两片镇静剂什么的。疼过后就忘了，照常去上班。听说母亲开始是在省级机关工作的，嫁给父亲后才调到这单位，却不在701机关，在另外一个处，有十几里路远，一天骑自行车来回两趟，接送我们上下学，给我们做饭洗衣，十几年如一日。说真的，在我印象里我们这个家从来是母亲一个人支撑着的，父亲对家里的事情从来不问不顾。你知道，家属院区离红墙顶多就是四五里路，走路顶多半个钟头，但父亲总是很少回家来，一个月顶多回来一次，而且总是晚上回来第二天早上就走。我记得有一天晚上，是父亲很久没回来的一个晚上，当时我们都在饭厅吃饭，母亲的耳朵像长了眼睛似的，父亲还在屋子外头几十米远呢，我们什么都没觉察到，母亲却灵敏地听见了，对我们说：你们爸爸回来了。说着放下碗筷，进了厨房，去准备迎接父亲了。我们以为是母亲想爸爸想多了，出现了什么幻觉，等母亲端着洗脸水从厨房里出来时，果然听到了父亲走来的沉重的脚步声……

在家里，父亲总是默默无言，冷脸冷色的，既不像丈夫，也不像父亲。他从不会坐下来和我们谈什么，他对我们说什么总是命令式的，言简意赅，不容置疑。所以，家里只要有了父亲，空气就会紧张起来，我们变得蹑手蹑脚，低声下气，唯恐冒犯了父亲。只要我们惹了父亲，让他动了气，发了火，母亲就会跟着训斥我们。在我们与父亲之间，母亲从来都站在父亲一边，你说怪不怪？我可以说，作为丈夫，父亲比世上所有男人都要幸福，都要得到的多。母亲的整个生命都是父亲的，好像父亲把自己一生都献给红墙里一样，母亲则把她的一生都献给了父亲，献给了她的迷醉在红墙里的丈夫！

我一直没能对生活，对周围的一切作出合乎逻辑的理解，你比方说我母亲，她似乎天生属于父亲，然而她嫁给父亲既不是因为爱，也不是因为被爱,而仅仅是"革命需要"。母亲说,以前父亲他们单位的人,找对象都是由组织出面,对方必须经过各种政治的、社会的、家庭的、现实的、历史的等等审查。母亲就是这样嫁给父亲的,组织安排的,当时母亲才二十二岁,父亲却已经三十多。母亲还说,她结婚前仅仅和父亲见过一次面,而且还没说上两句话。我可以想象父亲当时会怎么窘迫,他也许连抬头看一眼母亲也不敢。这是一个走出红墙就不知所措的男人,他不是来自生活,来自人间,而是来自蒸馏器,来自世外,来自隐秘的角落,你把他推出红墙,放在正常的生活里,放在阳光下,就如水里的鱼上了岸,会怎么尴尬和狼狈,我们可以想得到。想不到的是,一个月后母亲便和父亲结婚了。母亲是相信组织的,比相信自己父母还要相信。听说当初我外婆是不同意母亲嫁给父亲的,但我外公同意。我外公是老红军,打小是个孤儿,十四岁参加革命,是党把他培养成人,受了教育,成了家,有了幸福的一生。他不但自己从心底里感谢党和组织,还要求子女跟他一样,把党和组织看作比父母还亲。所以,母亲从小就特别信任组织,组织上说父亲怎么怎么好,她相信,组织上说父亲怎么怎么了不起,她也毫不怀疑。总之,父亲和母亲的婚姻,与其说是爱情的需要,倒不如说是革命工作的需要。可以说,嫁给父亲,母亲是作为一项政治任务来完成的——我这样说母亲听见了是要生气的,那么好吧,我不说。

母亲的肚子疼,到了五月份(一九七二年)已经十分严重,常常疼得昏迷不醒,虚汗直冒。那时阿兵在外地当兵,我呢刚好在乡下当知青，虽然不远，就在邻县，来回不足一百公里，但很少回家，一个月回来一趟，第二天就走的，对母亲的病情缺乏了解。父亲就更不可能了解了，不要说母亲病倒他不知道，就是自己的病他也不知道，何况母亲还要跟他隐瞒呢。你看看，母亲关心我们一辈子，可她要我们关心的时候，我们全都失职了。而母亲自己，她忙于顾念这个家，顾念我们仨，忙里忙外，哪有时间关心自己？她心中装我们装得太重太满了，满得已经无法装下她自己。这个从小在老红军身边长大的人，从小把党和组织看得比亲生父母还要亲的人，我的母亲，她让我们饱尝母爱，人间之大爱，却从来没有爱过自己。呵，母亲，你是怎样地疲倦于我们这个不正常的家！你重病在身却硬是瞒着我们，跟我们撒谎；你生了病，内心就像做了一件对不起我们的错事一样的歉疚。呵，母亲，现在我知道了，你和父亲其实是一种人，你们都是一种不要自己的人，你们沉浸在各自的信念和理想中，让血一滴一滴地流出、流出，流光了，你们也满意了。

可是，你们不知道——谁也不知道——我们内心的无穷的悔恨和愧疚！

母亲的病最后还是我发现的，那天晚上，我从乡下回来，夜已很深，家里没有一盏灯亮，黑乎乎的。我拉开灯，看见母亲的房门开着，却不像往常一样出来迎接我。我喊了一声，没有回音，只是听见房间里有动静声。我走进房间，打开灯，看见母亲蹲在地上，头靠在床沿上，因为痛苦而扭曲的脸上，流着两串长长的泪水，蓬乱的头发像一团乱麻。我冲上去，母亲一把抓住我，顿时像孩子似的哭起来。我问母亲怎么了，母亲呜咽着说她不行了，喊我送她去医院，泪水和汗水在灯光下明晃晃的耀眼。我从没见过母亲这样痛哭流涕的样子，她佝偻的身体像遭霜打过的菜叶一样蔫趴趴的，在昏暗的灯光下，就像一团揉皱的衣服。第二天，医生告诉我母亲患的是肝癌，已经晚期，绝不可能救治了。

说真的，写这些让我感到伤心，太伤心了！我本不愿意讲，但是讲了我又感到要轻松一些。我想，无论如何母亲是父亲的一个部分，好像红墙这边的家属区是这整个大院的一部分一样。母亲是父亲的妻子，也是战友，以身相许的战友，让我在祭奠父亲的同时，也给母亲的亡灵点上一根香火，啼哭一声吧……

第四天

黑暗已经把整个院子笼罩，还要把它的气息和声音从窗户的铁栅中塞进屋来。灯光柔和地照亮着稿纸，也照亮了我的思绪。凝视稿纸，不知不觉中它已变成一张围棋谱，父亲的手时隐时现，恍恍惚惚的——我又看见父亲在下棋。

然而，谁还能同父亲下棋？

到了第二年[①]秋天，父亲的围棋已经彻底走入绝境，我们再也找不出一名棋手来满足父亲下棋的欲望。因为名声在外，偶尔有不速之客慕名而来，但正如我们预料的，他们的到来非但不能叫父亲

---

① 指一九八五年。

高兴，而是常常叫父亲生气。不堪一击的生气。父亲不愿意与那些棋艺平平的人下棋，更讨厌下让子棋。然而，现在周围谁的棋艺又能被父亲视为不平常？没有。父亲在一年多时间里一直潜心钻研围棋技术，已经洞悉围棋技术的奥秘，加上经常和四面八方找来的行家高手比试、切磋，久经沙场，已经使他棋艺炉火纯青，登峰造极，起码在这个城市里。

找不到对手，没有棋下，父亲的生活再度落入无聊的怪圈，危机四伏。我们曾再次想在其他方面，诸如旅游、书法、绘画、气功、太极拳等方面培养父亲一些兴趣，但父亲对这些东西表现出来的冷淡和愚钝，简直令我们泄气。有一回，大院里来了一位气功师，组织大家学打太极拳，我硬拉着他去，天天拉，天天催，总算坚持了一个礼拜，结果三十几位老头老太都学会了，我偶尔去了几次，也看在心上，打起来有模有样的。而父亲天天去，天天学，却连最基础的一套也打不好，打起来别别扭扭的，记了前面忘了后头，真正要气死人，笑死人。他在这些方面表现出来的愚笨，与在围棋运动中显露出来的深不可测的智商和聪敏相比简直判若两人。父亲似乎是个怪诞的人，一方面他是个超人，具有超常的天赋，而另一方面则冥顽不化，迟钝不及常人。从某种意义上说，一个容易囿于某种单一思想而不能自拔的人，因为他用来局限自己的范围愈小，他在一定意义上就可能愈接近无限。令我疑虑的是，父亲凭什么能够在围棋运动中有如此出色的表现？他真的是个天生的好棋手吗？或者还有什么别的原因？

据我个人经验，我深感围棋是考验、挖掘人类智能的一门运动，它和象棋、军棋以及其他棋类都有严酷的区别。拿中国象棋和围棋比较，象棋更浓游戏、玩弄的成分，而围棋则要复杂、深奥得多。围棋的每一目子杀伤力本身都没有高下大小之别，同样一个子，既可能当将军，也可以做士兵，只看你怎么投入、设置，一切均在主人的机巧与否中。象棋则不同，车、马、炮，各有各的定式：车走一溜烟，炮打隔一位，马跳日，象飞田，兵卒过河顶头牛。这种天生的差别、局限，导致象棋的棋术总的说比较简单，不深奥。而围棋的情形就大不一样了，如果说象棋对棋手的智力存在着限制，那么围棋恰恰具有对智力无限的挑战性，围棋每一目子本身都是无能的，它的力量在于棋盘的位置上，在一个特定的位置上，它的力量也是特定的。所以，围棋更需要你有组合、结构的能力，你必须给它们设置一个恰到好处的位置，努力连接它们，贯穿它们，连贯的过程也是壮大的过程，只有壮大了，才能生存下来。但围棋的组合方式又是无限的，没有定式，或者说定式是无限的。这无限就是神秘，就是诱惑，就是想象，就是智能。围棋的胜负绝不取决于任何刁钻的偶然性，它是下棋双方尖利心智厮杀与对搏的游戏，是坚硬人格的较量和比试，它的桂冠只属于那些心智聪颖、性情冷硬专一的天才们。在他们身上，想象力、悟性、耐心，以及技巧，就像在数学家、诗人和音乐家身上一样发挥着作用，只不过组合方式的表现形式不同而已。父亲在围棋运动中表现出来的怪异才能，莫名其妙的出奇制胜的本领，以及他明显不甘于应酬、不愿同手下败将们对弈的孤傲和怪僻，不但令我们迷惑不解，就连那些鱼贯而来的棋手们，他们同样也感到神奇而不可理喻。

很显然，光用"偶然之说"来解释父亲的"围棋现象"是难以令人满意的，那么究竟是什么促使父亲对围棋有如此非常的才智？我自然想到了神秘的红墙世界。我要说，这是我见过的世上最神秘深奥的地方，这么多年来，每天每夜她都在我的眼皮底下，然而她却从来不看我一眼，也不准我看她一眼。她外面高墙深筑，警戒森严可怖，里面秘不示人，深不可测。我不知道，也不可能知道，父亲在里面究竟干着什么样的秘密工作，但我感觉父亲的工作一定跟围棋有某种暗通。换句话说，围棋有可能是父亲从事的秘密职业的一部分，是父亲职业生涯中的一个宿命的东西，他不接触则罢，一旦接触，必将陶醉进去，就像陶醉于他过去的职业中一样的陶醉，想不陶醉也不行。因为是职业病，是身不由己的……

第五天

父亲是个神秘的棋手，他的棋艺比愿望还长得快，到了第二年秋天，他已找不到一个对手，可他还常常坐在铺好棋布的桌子前，等待他梦想中的对手来挑战。他认为，在这个几十万人口的地区级城市里，总会有那么一些身怀绝技的黑道棋手，他们蛰伏在城市的某个角落，也许有一天会嗅到这个角落里藏着他这位神秘棋手，然后便赶来和他绞杀。时间一个月接连一个月地过去，慕名而来的棋手一拨又一拨，可就是没有一个称得上对手的棋手出现，甚至他们赶来本身就不是准备来搏杀的，而是来讨教的，见了父亲无一不是谦虚谨慎的。

一般来了人，只要是不认识的，以前没交过手的，父亲总是喜滋滋的。但等下上一两盘后，父亲的脸色就越来越难看，并以他擅长的沉默表示不满。有时候对方水平实在太差，父亲还会训斥他们，气急败坏的样子，叫人难堪。看着来者一个个不欢而走，我知道以后来的人只会越来越少，父亲要找到真正能对阵搏杀的棋手的可能性也将越来越小，在这个城市里，简直就没有这种可能。于是我跟阿兵商量，建议他考研究生，考到省城里去。我是这样想的，等阿兵考上研究生，我们就把家搬到省城，这样小吕也会高兴的，他父母就在省城。但说真的，我这不是为小吕想的，主要是想这样父亲就找得到下棋的人了，毕竟省城围棋下得好的人要多得多。事实上，阿兵就是这样才决定去考研究生的。等到第二年春天，阿兵的研究生已经考过试，但父亲却似乎无须再去省城了。

事情是这样的，一天下午，又有一人来找父亲下棋，连着下了五盘，父亲居然没有赢一盘。这是父亲沾手围棋以来从没有过的事，开始我们以为这个人的棋下得很好，没太在意，甚至还庆幸，想父亲这下可以过上一阵子棋瘾了。但随后一段时间里，父亲接二连三都输给了好多来找他下棋的人，而且一输就是连输，下几局输几局，节节败退，毫无往日的风光。这些人去外面说他们赢了父亲，过去跟父亲下过棋的人都不相信，纷纷打电话来问有没有这些事。我们说有，他们就觉得奇怪，因为他们了解这些人的棋其实下得都很一般。于是，一时间找父亲来下棋的人又多了，他们中很多是父亲以前的手下败将，而现在父亲无一例外都输给了他们，包括连我和阿兵他都要输，简直像是不能下棋了，昔日他神秘的"见棋就长"的棋艺，如今似乎在一夜间都神秘地消逝了，变成了"见人就输"。

这到底是怎么回事？

慢慢地，我们发现父亲现在下棋有个毛病，好像不相信自己眼睛似的，常常是明摆的好棋不下，非要下个莫名其妙的棋，弄得你哭笑不得，以至我们有时想故意让他赢一局都做不到。还有一个怪是，父亲现在对输赢似乎也无所谓，不像以前输了要生气怎么的，现在输了他照样乐滋滋的，感觉好像是他赢了一样。我们觉得这有些不正常，但看他平时又好好的，甚至比以往什么时候都要开心，人也爽朗得多，所以没往坏的方面去想。直到有天晚上，阿兵回来，父亲居然把他当作你又喊又抱，像傻了似的。我们一个劲地跟他解释阿兵不是你，可他就是不信，真正像是傻了。我们这才突然警觉起来，决定带他去医院看看。有趣的是，等阿兵进房间去换了一套衣服出来后，父亲好像又醒过来了，不再把阿兵当你了。要说，这是我们第一次看到父亲发病。那种怪病。那种你简直不能想象的怪病。

去医院看，医生认为这只是一般的老年性糊涂，叫我们平时注意父亲的休息，不要让他过分用脑费神什么的就是了。这样，我们基本上挡掉了来找父亲下棋的人，同时也给他配了一些缓解心力疲劳的药吃。没有棋下，我担心父亲一个人在家待着难受，想到阿兵读研究生的事基本已定，原单位对他也比较另眼相看，于是我就让他请了一段时间假，专门在家里陪父亲。每天，我下班回家，总看见父子俩围着桌子在下棋。我问阿兵父亲赢了没有，每一次阿兵总是摇头，说：父亲的棋现在下得越来越离谱了，你想输给他都不可能，就像以前你想赢他不可能一样。

围棋下不好，我就怀疑父亲的糊涂病还要发。果然，有一天清早，天才蒙蒙亮，我和阿兵还在睡觉，突然听到父亲在外头惊动的声音。我先起来看，父亲竟把我当作了我妈，问我这是哪里。我说是在家里，他硬是不相信，要走。后来阿兵从房间里出来，他居然吓得浑身哆嗦起来，跟阿兵连连道歉，那意思好像是我们——他和我妈——进错了家门，要阿兵这个"陌生人"原谅似的。就这样，我们又把他送去医院，要求给父亲作住院治疗。结果当天晚上，父亲就从医院跑出来，你怎么劝也不行，拉也拉不住。父亲自己认为他没病，医生给父亲作各种检查，也认定父亲没什么病，神志很清醒，不会有什么精神错乱。

但我们知道，父亲的精神肯定是有了问题，只不过他的问题表现得有些怪异，好像他犯病不是在犯病，而是周围的事情在跟他捉迷藏。有一天晚上，我陪他去散步，走到楼道口，见地上丢着一个小孩子玩的红皮球，回来时候皮球还在老地方放着，父亲认真地盯着皮球看，看了一会儿，掉头走了。我问他去哪里，他说回家。我说我们家不就在这里嘛，他居然指着皮球跟我说了一大堆道理，意思是说：这个皮球并不是我们家门口固有的东西，既然不是固有的，它出现在这里就可能是用来迷惑人的，而迷惑人的东西不可能一成不变等等，等等，说得我简直云里雾里。我看他这么在乎这个皮球，趁他不注意把皮球踢到黑暗里，然后父亲看皮球没了，确认不在了，才嘀嘀咕咕地回家了。那段时间他经常这么嘀嘀咕咕，嘀咕的是什么，我和阿兵始终听不懂，感觉好像在背诵一首诗，又像在教训谁。但这天我终于听懂了这个嘀咕声，是这样说的：

你肯定不是你
我肯定不是我
桌子肯定不是桌子
黑板肯定不是黑板
白天肯定不是白天
晚上肯定不是晚上
……

这算什么？诗不像诗，歌不像歌，说民谣都算不上，父亲怎么老是念念不忘的？我很奇怪，到了家里，就问父亲这是什么意思。父亲很茫然的样子，问我在说什么，我就把他刚才嘀咕的几句话复述了遍，不料父亲顿时睁圆了眼，问我这是从哪听来的，好像这个是什么说不得的事。我如实说了，父亲更是大惊失色，再三要我把这事忘了，并一再申明他绝没有这样说过，好像这是个天大的秘密被他泄露了。看着父亲这么惶惶恐恐的样子,我马上敏感到,这一定是红墙里头的东西⋯⋯

第六天

红墙!

红墙!

你里面到底藏着什么神秘?

怎么老是弄得人紧紧张张、奇奇怪怪的?

我一直在想,父亲晚年古怪的才也好,病也罢,肯定跟他在红墙里头秘密的工作有关。换句话说,这些可能都是父亲的职业病,职业的后遗症。因为职业的神秘,以致职业病也是神神秘秘的,叫人看不懂,想不透。

解铃还得系铃人。我想,既然父亲的病可能是职业导致的,那么红墙里的人也许会知道怎么对付它。就这样,有一天我找到老王局长,他来过我家几次,给我印象对我父亲是挺关心的。王局长听我说完父亲的病情后,久久没有吱声,既没有惊异,也没有同情,只是有一种似乎很茫然的表情。他问我父亲现在在哪里,我说在家里,他就让秘书拿了两条烟,跟我回家。来到家里,我看门开着,父亲却不在家里,问守门的大爷,老大爷说我父亲绝对不可能出院子,因为他半个小时前还看见过我父亲,就在院子里。但我们把整个院子都找遍了,也没见父亲的影子,好像父亲凌空飞走了似的。

结果你想父亲在哪里？在我家前面那栋楼的楼道里！我们找到他时，他正拿着我们家的钥匙，在反复开着人家的门，你说荒唐不荒唐？连自己家都认不得了！我们带他回家，可是一进家门，父亲又退出来，坚决说这不是我们家。我简直拿他没办法。王局长似乎马上想到了办法，让我带父亲先出去，过了一会儿，他又喊我们回去。走进家时，我注意到家里发生了一些变化，比如沙发上的套子不见了，原来放在餐桌的鲜花被移到了茶几上，还有一些小摆设也被挪动了位置，而父亲恰恰看了这些变动后，相信这就是我们家。

你说奇怪不奇怪？太奇怪了！

这天，王局长走之前教了我一个对付父亲犯糊涂病的办法，说以后父亲要对什么一下犯了糊涂，我们不妨将父亲眼前的东西临时作一点变动，就像他刚才把房间里几件小东西挪了挪位置一样。说真的，开始我不相信，试过几次后，发现这一招还真灵验，比如有时候他突然把我和阿兵当作另一个人时，我们只要换件衣服或者变换一下发型什么的，他也就跟梦醒似的又重新认识我们了。其他情形也是这样，反正只要我们"随机应变"，犯病的父亲就会"如梦初醒"。后来，我们还不经意发现一个"绝招"就是：只要家里开着电视机或者放着广播，他就不会犯"家不是家"的糊涂。这可能是因为电视画面和收音机里的声音随时都在变化的缘故吧。有了这个"发现"后，我们当然减少了一个大麻烦，起码让他回家是不成什么大问题了。但新的麻烦还是层出不穷，比如这天他把某个人认错了，明天又把某句话的意思听反了，总之一会儿这样，一会儿又那样，什么稀奇古怪的洋相都出尽了。你想想，他老是这样，红墙里的人也许能理解，不是红墙里的人会怎么想他？到后来，院子里很多家属都说父亲犯了神经病，躲着他。

你想想看，这样一个人，随时都可能犯病的人，谁还敢让他单独出门？不敢的，出了门谁知道会闹出什么事？什么事都可能闹出来！所以，后来父亲出门时我们总是跟着他，跟着他出门，跟着他回家，就像一个小孩子，一会儿不跟，我们就可能要到处去找才能把他找回来。当然，阿兵在家的时候，这似乎还不是问题，可到下半年，阿兵去省城上学了，去读研究生。我说过，本来我们想借此把家搬去省城，让父亲有下围棋的对手，现在看一来不必要了，二来也不可能了。父亲这样子还能去哪里？只能待在这个院子里！这里的人大家都熟悉，父亲有个什么三长两短，人们能够谅解，也安全，去了省城，人生地不熟，不出事才怪呢。可阿兵走了，家里只有我一个人，我顾了工作就顾不了父亲，顾了父亲又顾不了工作，怎么办？我只好又去找王局长。王局长也没办法，想来想去只有一个办法：把父亲送到医院。

我知道父亲是不愿去医院的，可王局长说这是组织决定，不愿意也只有愿意了。对组织上的决定，父亲一向是不讲条件的。通过王局长的努力，父亲没有被可怕地送进精神病院，而是进了灵山疗养院。这个结果我是满意的，把父亲送到疗养院，我看那里的环境、条件、气氛，包括离家的路程，都比我想的要好，心头就更满意了。没想到，我满意还不到三天就又后悔了。深深地后悔了！

这一天，疗养院紧急打电话来说：父亲出事了。我和王局长赶去"解决事情"，一到疗养院，站在父亲住的楼下，我就听到父亲声嘶力竭的喊叫声。冲上楼，看父亲的房间的门被一条临时找来的铁链锁着，父亲像个被冤枉的囚犯一样乱叫乱喊着。我问父亲怎么了，父亲说他也不知道，已经关了他几个小时，快四点钟了，连中午饭都还没吃。王局长带我去找院领导，本来还想控诉他们，可听疗养院领导一说起事情原委，我们就无话可说了。原来院里有个护士姓石，很年轻，大家都喊她小石，你知道家里人喊我叫小思：小石，小思，听上去区别不大。可能就因为这个原因，引发了父亲的糊涂病，把小石当作了我，上午她来收拾房间，父亲对她有些过分亲切。小石生气走了，父亲又追出来，又喊又追，把小石吓得惊惊乍乍的。就这样，他们把父亲当作"流氓"关了起来。我们解释说这是怎么回事，这里人照样振振有词地指责我们说：既然这样，我们就不应该把父亲送到他们这儿来，他们这是疗养院，不是精神病院。这话说得并不算错，因为确实是我们不对。让我气的是，当时有人居然提出要我们给小石道歉，还要赔偿她精神损失费，那么我想，我父亲的精神都已经"损失"成这样了，我们又去找谁赔偿呢？

疗养院的事就这么结束，满打满算父亲只去了三天，然后想去也去不成了，于是又回到家里。人是回来了，但我心里还是很茫然，不知道怎样才能让父亲平平安安地把余生度过去，说幸福已经是想也不敢想了，只要平安，平平安安，我们就满足了。有人建议我把父亲送去精神病院，这我是坚决不同意的。这不等于是把父亲丢了？我想，我就是不要工作，也不能把父亲送去那里。这不是个道理问题，而是心情问题。我的心情不允许我作出这种选择。

然后，是父亲从疗养院回来后不久的一天，我下班回家，见父亲笑嘻嘻的，不等我开口问什么，他便兴奋难平地告诉我，组织上又给他分配任务了，他又要去红墙里工作了！

那整个一天，父亲都陶醉在这个喜讯中。

说真的，我们以前盼啊盼，就希望父亲早一日走出红墙，想不到现在又要回去，我心里真觉得难过。真是不愿意啊！王局长征求我意见时，我就是这么说的：不行，我不忍心。我说我情愿把工作辞掉，待在家里侍候父亲，叫父亲把我骂了个狗血淋头。事后我想，这件事首先我没有权力反对，反对也是白反对，其次我就是辞了职，分分钟都守着父亲，那又能怎么样呢？父亲的病照样还是病，难受照样还是难受，我不可能给他带来快乐。父亲的快乐我们是给不了的，谁能给？事实上就写在父亲那天的脸上。你无法想象，那天父亲是在怎样的一种兴奋中度过的，他跟阿兵打了两个小时长途电话，绕来绕去说的就是一句话：爸爸又有任务了，又要去工作了。

第二天，父亲真的"又去工作了"。我清楚记得，那是一九八六年冬天的一个寒风料峭的日子，外面冷飕飕的，路上淌着夜里的雪水，我陪父亲走到院门口，把他送上去红墙那边的班车。班车开走了，望着它远去的背影，我的脑海里马上浮现出父亲义无反顾地钻进红墙大铁门上的小铁门的影像。

呵，父亲！

呵，红墙！

就这样，父亲在他走出红墙八百二十七日后的一天，又重新回到它的怀抱里。

开始，我老担心父亲在里面又犯糊涂病，因为没我照顾，说不准会闹出什么事。还有，我也担心他的身子骨，毕竟歇了这么长时间，重新工作还能不能受得了？受不了又怎么办？总之，父亲这次重返红墙，把我的魂也带进去了，我白天黑夜都心慌意乱，睡不好觉，记不住事，整天恍恍惚惚，老有种要出事的不祥感觉。一个星期过去了，又一个星期也过去了，然后一个月过去了，什么事也没发生。非但没事，还好得很，每次回来，我看父亲脸上总透着饱满的精神，看起来是那么健爽，那么称心，那么惬意，那么令我感到充实又满足。呵，你简直不能相信，父亲重返红墙后不但精神越来越好，连身子骨也越来越硬朗，那个古怪的毛病也不犯了，不见了，好了，就像从来没有犯过一样的好了。红墙就像一道巨大的有魔力的屏障，把父亲以前造孽的日子全然隔开了，断开了，用王局长的话说：父亲回到红墙里，就像鱼又回到了水里。

是的，父亲又鲜活了！

现在，我常常以忧郁的自负这样想，我想，宇宙会变化，可父亲不会。父亲的命就是一个走不出红墙的命，他的心思早已深深扎在那里面，想拔也拔不出来，拔出来就会叫他枯，叫他死。神秘的红墙是父亲生命的土壤,也是他的葬身之地,他是终将要死在那里头的……呵,说起父亲的死,我的手就开始发抖,我不相信父亲已经死了,我不要他死,不要!我要父亲!活着的父亲!

父亲!

父亲!

父亲!

你在哪里?

第七天

……

我已经没有力气再写下去,只有长话短说了。

那天正好是星期天,是父亲回家的日子。父亲进红墙后,一般都是到星期天才回家来看看,住一夜,第二天早上走;如果不回来,他会打电话通知我。那个星期天,他没有给我打电话,我就开始准备他回来,到下午三点钟,我照常去菜市场买菜,买了四条大鲫鱼。父亲说鸡是补脚的,鱼是补脑的。他爱吃鱼,一辈子都在吃,吃不厌。回到家里是四点钟,到四点半时,我正准备动锅烧菜,突然接到电话,说父亲心脏病发作,正在医院急救,要我赶紧去医院。说是单位的医院,就在营院里面,可等我赶到那里,医生说已经转去市里的医院了。这说明父亲的病情很严重,我听了马上就流下了眼泪。害怕的眼泪。等我跌跌撞撞赶到市里的医院,医生说父亲已经死过一回,但现在又救过来了。我不知悲喜地站在父亲面前，父亲对我笑了笑，没有说话。五天后，晚上的九点零三分，父亲又对我笑了笑，就永远告别了我……

三 两封去信

致陈思思

刚刚我去了屋顶上，对着遥远的西南方向，也是对着我想象中的你父亲——我师傅——的墓地，切切地默哀了足够多的时间。我相信，师傅要是在天有灵，他应该能听到我在山上对他说的那么多送别的话。我真的说了很多，很多很多，不想说都不行。我像着魔似的，一遍又一遍地呼唤着师傅，一遍又一遍地送去我的衷心，我的祝福，我的深情。因为送出的太多了，我感到自己因此变得轻飘飘的，要飞起来似的。那是一种粉身碎骨的感觉，却没有痛苦，只有流出的通畅，粉碎的熨帖。

现在，我坐在写字台前，准备给你回信。

我预感，我同样会对你说很多很多，但说真的，我不知道你何时能看到这封信。肯定要等很久。也许是几年。也许是十几年。也许是几十年。我不知道。我只知道，在你父亲的身世未经解密前，你是不可能收到此信的。就是说，我正在写的是一封不知何日能发出的信。尽管这样,我还是要写,写完了还要发。这不是我不理智,恰恰是因为理智。我是说,我相信你父亲的秘密总会有解开的一天,只是不知道这一天在何时。秘密都是相对时间而言的,半个世纪前,美国人决定干掉制造珍珠港事件的主犯山本五十六是个天大的秘密,但今天这秘密已经被搬上银幕,成了家喻户晓的事情。时间会叫所有秘密揭开秘密的天窗。从某种意义上说,世上只有永远解不开的秘密,没有永远不能解的秘密。这样想着,我有理由为你高兴。我知道,你希望我告诉你,你父亲晚年为什么会闹出那么多奇奇怪怪的事情,过得那么苦恼又辛酸。我这封信就会告诉你一切,只是见信时,请你不要怪我让你等得太久。这是一封需要等待才能发出的信,像一个古老的疙瘩,需要耐心才能解开。

也许你听说过,外界都传说我们701是个研制先进秘密武器的单位。其实不是,是什么?是个情报机构,主要负责×国无线电窃听和破译任务的。要说这类情报机构任何国家都有,现在有,过去也有,大国家有,小国家也有。所以说,这类机构的秘密存在其实可以说是公开的秘密,不言而喻的。我们经常说,知彼知己方能百战不殆,其实所谓"知彼",说的就是收集情报。情报在战争中的地位如同杠杆的支点,就像某个物理学家说的,给他一个合适的支点,他可以把地球撬动一样,只要有足够准确的情报,任何军队都可以打赢任何战争。而要获取情报办法只有一个,就是偷,就是窃,除此别无它途。派特工插入敌人内部,或是翻墙越货,是一种偷,一种窃;稳坐在家中拦截对方通讯联络,也是一种偷窃。相比之下,后者获取情报的方式要更安全，也更有效。为了反窃听，密码技术应运而生了，同时破译技术也随之而起。你父亲干的就是破译密码的工作。

这是701运转的心脏。心脏的心脏。

破译是相对于造密说的，形象地说，双方就是在捉迷藏，造密干的是藏的事情，破译干的是找的事。藏有藏的奥秘，找有找的诀窍，经过两次世界大战"洗礼"后，双方都已迅速发展成为一门科学，云集了众多世界顶尖级的数理科学家。有人说，破译事业是一位天才努力揣摩另一位天才的心的事业，是男子汉的最最高级的厮杀和搏斗。换言之，搞破译的人都是在数理方面的拔尖人才，那些著名的数理院校，每年到了夏天都会迎来个别神秘的人，他们似乎有至高无上的特权，一来就要走了成堆的学生档案，然后就在里面翻来覆去地找，最后总是把那一两个最优秀的学生神秘地带走了。四十年前，S大学数学系就这样被带走了一个人，他就是你父亲。三十年后，你父亲母校又这样被带走了一个人，那就是我。没有人知道我们是去干什么了，包括我们自己，也是几个月之后才明白自己是来干什么：搞破译！

如果一个人可以选择自己的命运，坦率说我不会选择干这个——破译。这是一门孤独的科学，阴暗的科学，充满了对人性的扭曲和扼杀。我清楚记得，那天晚上，当我被"上面的人"从S大学带走后，先是坐了几十个小时的火车，然后在一天夜里，火车在一个莫名的站台上停下来，前不着村后不着店，几乎就在荒郊野地里。接着，我们上了一辆无牌照的吉普车，上车后带我的人十分关心地请我喝了一杯水。鬼知道这水里放了什么蒙人的东西，反正喝过水后我就迷迷糊糊睡着了，等醒来时我已在一个冷清清的营院里：这就是培训破译员的秘密基地。和我一道受训的有五人，其中有一个女的。我们先是接受了一个月的强化"忘记"训练——目的是要你忘记过去，然后是一个月的保密教育，再是三个月的业务培训。就这样神神秘秘、紧紧张张地过了半年后，我们又被蒙上眼睛离开了那里。我现在也不知那是在哪里，东西南北都不知道，只知是在某个森林里。原始森林。

在最后三个月的业务培训期间，经常有一些破译专家来给我们授课，主要讲解一些破译方面的常识和经验教训。有一天，基地负责的同志告诉我们说，今天要来给我们授课的是一位顶尖级的破译高手，系统内都称他是"牛字双号"破译家。什么意思呢？就是说他是个牛脾气，同时也是个很牛气的破译家，脾气和才气都是牛字一号的，牛气冲天，气吞山河。因为是个牛脾气，所以他性情有些怪异，要我们好好听课，不要让他见了怪发脾气。这人来了以后，果然是让我们觉得怪怪的，说是来授课传经，但进教室后看也没看我们，长时间坐在讲台上，旁若无人地抽着烟，一言不发。我们屏声静气地望着他，时间一秒秒过去，烟雾缭绕了又缭绕，足足十分钟就这样过去了。我们开始有些坐不住，同学中有人忍不住干咳了两声，似乎是把他惊醒了，他抬头看看我们，随后站起来，绕我们走了一圈，又回到讲台上，顺手抓起一支粉笔，问我们这是什么。

一个人一个人地问，得到的回答都一样：这是粉笔。然后，他把粉笔握在手心里，开始背诵似的，对我们这样说：

"如果这确实是一支粉笔，就说明你们不是搞破译的，反之它就不该是粉笔。很多年前，我就坐在你们现在的位置上，聆听一位前辈破译大师的教诲，他是这样对我说的：'在密码世界里，没有肉眼看得到的东西，眼睛看到是什么，结果肯定不是什么，你肯定不是你，我肯定不是我，桌子肯定不是桌子，黑板肯定不是黑板，今天肯定不是今天，阳光肯定不是阳光。'世上的东西就是这样，最复杂的往往就是最简单的。我觉得我要说的也就是这些，今天的课到此结束。"

说完，他径自走出教室，弄得我们很是不知所措。然而，正是这种"怪"让我们无法忘记这堂课，忘不了他留下的每一个举动，每一句话。在后来的日子里，在我真正接触了密码后，我发现——越来越发现，他这堂课其实把密码和破译者的真实都一语道破了，说尽了。有人说，破译密码是一门孤独而又阴暗的行当，除了必要的知识、经验和天才外，似乎更需要远在星辰之外的运气。运气这东西是争不得求不来的，只能听天由命，所以你必须学会忍气吞声，学会耐心等待，等得心急火燎还要等，等得海枯石烂还要等。这些道理怎么说都比不得他一个不说、一个莫名的沉默更叫人刻骨铭心，而他说的又是那么简单又透彻，把最深奥的东西最简单化、形象化，把举目不见的东西变成了眼前之物，叫你看得见、摸得着。

这是一个深悉密码奥秘的人。

这个人就是你父亲！

半个月后，我被分到701破译局，跟随你父亲开始了我漫长的破译生涯。我说过如果叫我选择，我不会选择这个职业的，但在别无选择的情况下，能认你父亲为师，与他朝夕相处，又是我今生最大的幸运。说真的，在破译界，我还从没见过像你父亲这样对密码有着超常敏感的人，他和密码似乎有种灵性的联系，就像儿子跟母亲一样，很多东西自然相通，血气相连。这是他接近密码的一个了不起。他还有个了不起，就是他具有一般人罕见的坚韧品质，越是绝望的事，总是越叫他不屈不挠。他的智慧和野性是同等的，匹配的，都在常人两倍以上。审视他壮阔又静谧的心灵，你既会受到鼓舞，又会感到虚弱无力。

记得刚入红墙第一天，我被临时安排在你父亲房间休息，看见四面墙上都打满了黑色的××，排列得跟诗句一样有讲究，是这样：

××××××
××××××
×××××××
×××××××
×××××××
×××××××
×××××××

从墨迹的鲜亮程度看，似乎是才描摹过的。

我问这是什么，你父亲说是密码，是有关破译密码的密码，并让我试着破解。他看我一时无语，又给我提醒，说上面的话我是听他说过的。这样，我想了想就明白了，因为他在课堂上说的就是那么几句话，我只要简单地对应一下，就知道是属于哪几句。就是这几句：

你肯定不是你
我肯定不是我
桌子肯定不是桌子
黑板肯定不是黑板
今天肯定不是今天
阳光肯定不是阳光

这几句话自他在课堂上说了后，我们几个学员平时经常当口头禅在念，想不到你父亲居然跟它们默默地生活在一起。后来我知道，你父亲每天晚上睡前和早上起来，都要作祷告似的把这些话念上几遍。有时候闲来无事，他就重新描涂一遍，所以它的色泽总是新鲜的。受你父亲的启示，我也照样做了，在房间四处这样写，每天睡觉、起床都反复念叨几遍，久而久之，我知道，这对一个搞破译的人来说是多么重要。

有人问，谁最适合去干制造密码的事？回答是疯子。你可以设想一下，如果谁能照着疯子的思路——就是无思路——设计一部密码，那么这密码定是无人可破。现在的密码为什么说可以破译，原因在于造密者不是真正的疯子，是装的疯子，所以做不到彻底的无理性。只要是有理性的东西，它就有规律可循，有门道可找，有机关可以打开。那么谁又是最适合干破译的？自然又是疯子，因为破译总是相对于造密而言。其实，说到底，研制或者破译密码的事业就是一项接近疯子的事业，你愈接近疯子，就愈远离常人心理，造出的东西常人就越是难以捉摸、破解。破译同样如此，越接近疯子，就越接近造密者心理，就越是可能破解密码。所以，越是常态的人，往往越是难以接近密码，因为他们容易受密码表面的东西迷蒙。密码的真实都藏在表面之下，在表面的十万八千里之深，十万八千里之远，你摆脱不了表面，思路就不容易打开，而这对解密是至关紧要的。打个比方说，像下面这两句话：

你肯定不是你
我肯定不是我

现在我们不妨将它假设为两种密面。
第一种是——

×××××××

× × × × × ×

第二种是——

天上有一颗星
地上有一个人

试想一下,哪一种更好猜?

自然是前一种,它好就好在表面空白一片,想象空间不受约束。而后一种,虽然你明知表面的意思是蒙人的,但你在揭扯幌子的过程中想象力或多或少、或这或那,总要受它已有的字面意思干扰和限制。你父亲所作的努力,目的就是想达到前一种境界,做到面对五花八门的字面表象,能有意无意地摆脱它、甩掉它。这种无意识的程度越深越广,想象空间自是越能够自由拓宽,反之就要受限制。事实上,破译家的优秀与否,首先是从这个无意和有意之间拉开距离的。诚然,要一个"有意"的正常人彻底做到"无意"是不可能的,可能的只是尽量接近它。尽量接近又不是可以无穷尽的,因为接近到一定程度,你的"有意之弦"如游丝一般纤弱,风一吹都可能断掉,断了,人也就完蛋了,成了疯傻之人。所以说,破译家的职业是荒唐的,残酷的,它一边在要求你装疯卖傻,极力抵达疯傻人的境界,一边又要求你有科学家的精明,精确地把握好正常人与疯傻人之间的那条临界线,不能越过界线,过了界线一切都会完蛋,如同烧掉的钨丝。钨丝在烧掉之前总是最亮的。最好的破译家就是最亮的钨丝，随时都可能报销掉。

你父亲是众所公认的破译大师，他以常人少见的执着，数十年如一日，一刻不停地让自己处在最佳的破译状态——钨丝的最亮状态，这本身就是一种疯子式的冒险。只有疯子才敢如此大胆无忌！这一方面使他赢得了最优秀破译家的荣誉，另一方面也使他落入了随时都可能"烧掉"的陷阱中，随时都可能变成一个疯傻之人。说到这里，我想你应该明白为什么你父亲晚年会犯那种病——你认为古怪的病，那是他命运中必然要出现的东西，并不奇怪。在我看来，值得奇怪的是，他居然没被这命运彻底击倒，就像钨丝烧了几下，在微暗中又慢慢闪亮了。

这简直是个奇迹！

不过，对你父亲来说，他一生都是在奇迹中过来的，多一个奇迹也不足为怪。

至于你父亲的"围棋现象"，就更没什么好奇怪的。从职业的角度说，从事破译工作的人，命运中和棋类游戏都有一种天然的联系，因为说到底密码技术和棋术都是一种算术的游戏，两者是近亲，是一条藤上的两只瓜。当一个破译家脱离工作，需要他在享乐中打发余生时，他几乎自然而然地会迷恋棋术。这是他职业的另一种形式，也是他从择业之初就设计好的归宿。当然，跟深奥的密码相比，棋谱上的那一丁点儿奥秘，那一丁点儿机关是显得太简单又简单了。所以，你父亲的棋艺可以神奇地"见棋就长，见人就高"，好比我们工作上使用的大型专业计算机，拿去当家庭电脑用，那叫杀鸡用牛刀，没有杀不死的一说。

总之，正如你在信中对我说的，你父亲晚年古怪的才也好，病也罢，都跟他在红墙里头秘密的破译工作分不开的。换句话说，这些都是他从事这一特殊职业后而不可改变的命运的一部分。世上有很多很多的职业，但破译这行当无疑是最神秘又最荒唐的，也最叫人辛酸，它一方面使用的都是人类的精英人才，另一方面又要这些人类精英干疯傻人之事，每一个白天和夜晚都沉浸在"你肯定不是你，我肯定不是我"的荒诞中，而他们挖空心思寻求的东西仿佛总在黑暗里，在一块玻璃的另一边，在遥远的别处，在生命的尽头……

致陈思兵

给思思的信同时也是给你的，因为我想，即使不给你，思思收到信后也一定会给你看的。所以，给思思写信时，我特意用了两层复写纸。于是那封信出现了三份，其中一份是你的（另有一份单位要存档）。你可以先看我给你姐姐的信，那样你就明白——一开始就会明白，为什么你到今天（谁知道"今天"是何年何月）才收到我的信。因为，我在信中说的是你父亲工作上的事，是尚未解密的事。等待解密的过程，就同等待我们的命运一样，我们深信"这一天"一定会在未来中，但"这一天"具体到何时出现，只有天知道。

也许，你看我给思思的信，已经发现，那封信我是在半年前就写好的，为什么给你的信要到今天才来写？其实，虽然我很知道，你是那么希望我告诉你"那件事"——你父亲在遗书中提到的"那件事"，但同时我也很知道，我是绝不可能满足你的。所以，我一直以为我不会给你写这封信，想不到，事情现在出现了我始料不及的变化。正是这个变化，让你一下拥有了"那件事"的知情权。

事情是这样的，前两天，总部王局长来我们这里视察工作，他会见了我，并跟我说了很多关于你父亲的我并不知道的事，其中就谈到"那件事"。当时我一下愣了，因为"那件事"完全是我和你父亲的秘密，老王局长怎么会知道呢？原来你父亲前一天给我留好遗书，到第二天，就在临死前，他又用生命的最后一点气力把"那件事"如实向组织"坦白"了。因为事情关系到破译局的工作秘密，说的时候你们家人不可能在场，所以你们都不知道这事。当时在场的只有王局长一人，听他说，你父亲说完"那件事"后，像是终于了却了人世间的一切事，说走就走了，以至你们差点都没机会跟他告上别。

啊，师傅，你何苦说它呢？千不该万不该啊！你为什么不相信我？哦，师傅，请听我说，你想的和说的都不是事实，说了只会叫我难过。我现在真的很难过……阿兵，现在我反倒很想跟你说说"那件事"，一来，我想既然你父亲自己已经把事情说了，给我的遗书也成了废纸一张，我无须再为它咬紧牙关；二来，你父亲说的不是事实，我有必要对它进行更正。

阿兵，看了我给你姐姐的信，想必你已经知道，你父亲是专门破译密码的，这桩神秘又阴暗的勾当，把人类众多精英都折磨得死去活来。相比之下，你父亲是幸运了又幸运的，在他与密码之间，被折磨死的不是他本人，而是密码。他一生共破掉七部中级密码、三部高级或准高级密码，这在破译界是罕见的。我想，如果诺贝尔设有破译奖，你父亲将是当然的得主，甚至可以连得两届。

我是一九七三年夏天到 701 的，当时你父亲已经破译一部准高级密码，六部中级密码，因而身上披挂着等身荣誉，但破译"沙漠 1 号"密码的新任务又似乎把他压迫得像个囚徒，每天足不出户。"沙漠 1 号"密码简称火密，是 × 国（上世纪）六十年代末在三军高层间启用的一部世界顶尖的高级密码，启用之初国际上众多军事观察家预言，二十年之内世界上将无人能破译此密：破译不了是正常的，破译了反倒是不正常的。从你父亲破解三年蛛迹未获的迹象看，这绝非危言耸听。我至今记得，你父亲第一次跟我谈话，说他在破译一部魔鬼密码，我要是害怕跟魔鬼打交道就别跟他干。十年后，我有点后悔当时没有听你父亲的，因为在这十年里我们付出的努力是双倍的，我们甚至把做梦的时间都用来猜想火密深藏的秘密，但秘密总在秘密中。毕竟我和你父亲不一样，他囊中已揣着足够他一辈子分享的光荣，即使这一博输了他毕生还是赢的，而我一个无名小卒，刚上场就花十来年时间来博一场豪赌，确实显得草率和狂妄。显然，如若这一赌输了，我输的将是一辈子。但在十年后再来思索这些问题无疑是迟了，用你父亲的话说，这不是聪明之举,而是愚蠢的把柄。在你父亲的鼓励下,我对自己命运的担忧变成了某种发狠和野心。有一天,我默默地把铺盖卷到破译室。你父亲看见了,丢给我他寝室的钥匙,要我把他的铺盖也卷过来。

就是说,我们准备破釜沉舟,孤注一掷,作最后一博!

以后我们就这样同吃同住,形影不离。你父亲一直迷信,人在半夜三更时是半人半鬼的,既有人的神气又有鬼的精灵,最容易出灵感,所以长期养成早睡早起的习惯。一般晚上八点钟就开始睡,到半夜一两点钟起床,先是散一会儿步,然后开始工作。这样我们的作息时间基本上是岔开的:他睡觉时我在工作,我工作时他在睡觉。因此,我很快发现你父亲睡觉时经常说梦话。

梦话毕竟是梦话,叽叽咕咕的,像个婴儿在牙牙学语,很难听得懂意思。但偶尔也有听得懂的时候,只要能听懂的,我发现说的多半是跟火密有关。这说明他在梦中依然在思索破译火密的事。有时候他梦话说得非常清楚,甚至比白天说的还要清楚,而道出的一些奇思异想则极为珍贵。比如有一天,我听他在梦中喊我,然后断断续续地对我说了一个关于火密的很怪诞的念头,说得有模有样,有理有据,像跟我作了一番演讲。完了,我感觉他说的这念头离奇透顶,却又有一种奇特的诱人之处。打个比方说,现在我们把火密的谜底假设是藏在某个遥远地方的某一件宝贝,我们去找这个地方首先要作出选择:是走陆路还是水路,或者其他途径。当时我们面临的情况是这样的,眼前只有乱石一片,一望无际,看不到任何水面,所以走水路就给排除了。走陆路嘛,我们试了几个方向,结果都陷入绝境,不知出处在哪里。正是在这种水路看不见、陆路走不通的情况下,你父亲在梦中告诉我说:乱石的地表下隐藏着一条地下河流,我们应该走水路试试看。我觉得这说法非常奇特又有价值,尝试一下,哪怕错了,也会长我几分在你父亲心中的形象。所以,第二天,当我证实你父亲对夜里的梦话毫无印象时,我便把他的梦话占为己有,当作自己的观点提出来,一下子得到了你父亲高度认可。

请记住,这是以后的一系列神奇和复杂的开始,前提是我"剽窃"了你父亲的思想。

然后,你想不到——谁也想不到,当我们这样去尝试时,简直不敢相信,我们立足的乱石荒滩下果然暗藏着一条河流,可以带我们去寻觅想象中的那个地方。于是,我们整装出发了。啊,真是不可思议啊,一个我们用十多年辛劳都无法企及的东西,最后居然如此阴差阳错地降临!

这是破译火密最关键的一步,有了这一步,事情等于成功了一半。接下来,还有二道重要的关卡不可避免:一是选择哪里上岸的问题,二是上岸后是选择在室外找还是室内找的问题。当然,我现在说的这些都是打比方说的。所有比喻都是蹩脚的,但除了这样说我又能怎么说呢?老实说,如果不打比方,如实道来,不但你看不懂,而且将永远无缘看到。我是说,如果我把我们破译火密的具体过程如实道来,这封信恐怕难以在你的有生之年内解密。

话说回来，如果上面说的"两个问题"一旦解决，那么我们无疑可以极大地加快破译进程，甚至转眼间就会破译。可如何来解决这两个问题？我又寄望你父亲的梦话。很荒唐是不？荒唐也只有任其荒唐，因为我想不出还有什么更好的渠道。于是，从那以后我一直很注意收集你父亲的梦呓，凡是听得懂的，不管跟火密有关无关，都做笔记，反复推敲，仔细琢磨其中可能有的灵感。说真的，我打心底已不相信还会发生这种事，因为事情太神奇，出现一次已叫人受宠若惊，哪敢再三求之？连幻想都不敢。

但事情似乎下定决心要对我神奇到底，每次到需要我们作关键抉择时，你父亲总是适时以梦呓的形式恰到好处地指点我，给我思路，给我灵感，给我以出奇制胜的力量和法宝，让我神奇地逼近火密的终极。冥冥中，我感觉自己正在一点点变成你父亲，话语少了，感情怪了，有时候一只从食堂里跟回来的苍蝇，在我面前飞舞着，忽然会让我觉得无比亲切，嗡嗡的声音似乎也在跟我诉说着天外的秘密。

就这样，两年后的一天，我们终于如梦如幻地破开火密，在人类破译史上创下了惊世骇俗的一页。我现在想，如果让我开始就与你父亲同居一室，随时倾听他的梦话，我们也许会更早地破译火密；如果能让我听懂你父亲的所有梦呓，那么破译的时间无疑还要提前。我甚至想，虽然破译火密是世上最难的事，但如果谁能破译你父亲的梦呓，这也许又会变得很容易。干我们这行的都知道，世上的密码都是在人们有心无意间，在冥冥中，在阴差阳错间，莫名其妙地破译的。破译家的悲哀在于此，破译家的神奇也在于此。但是，像我们这样鬼使神差破译火密的，恐怕在神秘的破译界又是破了神秘的纪录的。

凯旋也是落难。

刚刚摆脱火密的纠缠，一种新的纠缠又缠上了我和你父亲，这就是：美丽的皇冠该戴在谁头上？这个事情说起来似乎不比火密简单，首先制造复杂的是我和你父亲的诚实和良心，我们彼此都向组织强调是对方立了头功，真诚地替对方邀功请赏。就是说，在我和你父亲之间，我们谁也没有抢功劳，没有损人利己，没有做违心缺德的事。这我绝对相信你父亲，我也相信自己。我说过，当你父亲第一次托梦给我灵感时，我没有如实向他道明事实是出于一种虚荣心，但后来不仅仅是这样，后来我还有这样的忧虑：我怕如实说了，会影响你父亲继续托梦给我。这完全有可能的，他本是"无心插柳"，可一旦被我道破，"无心"变成"有心"，"无意"就会变成"刻意"。有些事是不能刻意求的，刻意求了反而会变卦。正是有这种担心，我一直不敢跟你父亲道破他梦呓的秘密。不过我早想过，如果有一天我们破译了火密，我一定要告诉他真相的。所以，火密破译后，当你父亲热烈地向我祝贺时，我把事情的本相一五一十都跟他说了。我这么说，目的就是为了让你父亲幸福地来接受这一胜利果实，这也足以证明我刚才说的——当初我不说，不是想抢功。

然而，你父亲根本不相信我说的，即使我把记录托梦的笔记本拿给他看,他也不相信。总之,不论我怎么解释他都不相信,他总以为我这是在安慰他,是我对他尊敬的谦让。当然,事情说来确实难以相信,它真得比假的还要假,若以常理看没人会相信。在后来的日子里,我一直后悔当初没有把你父亲的梦话录下音,有了录音,什么都不用说了。录个音本是举手之劳的事,你父亲恰恰就是这样想的,认为如果真有那种情况,我一定会做录音的。可我就是没有。事情是此一时彼一时的,谁知道有一天我们还要为荣誉你推我让?不过你推我让,总比你抢我夺要好,你说是不?

不,事情远不是这么简单。

事情到了机关,到了领导那里,到了上报的材料上面,就变得越来越复杂了。第一次审阅上报材料,你父亲看关键之处没我的名字,当即作了修改,把自己名字圈掉,加上我的名字。轮到我看,我又划了你父亲画的圈,把自己的名字涂掉。组织为此找我和你父亲谈话,并根据我们互相谦让的情况,重新写了材料让我们审。这一次材料上受表彰的有我和你父亲两个名字,你父亲排名在先。你父亲审后,把我俩名字的前后顺序作了调整,把他的名字挂在我之后。我看了,还是毫不犹豫地叉掉了自己名字。也许上面的同志正是从我这个坚决的举动中,坚信你父亲所以这么抬举我,是出于友情和对徒弟的关爱。换句话说,虽然我和你父亲同样在为对方请功,但上面的同志有充分的理由相信:我的"请"是真的,你父亲是假的,是在设法施恩于我。在组织上看来,崇高而光辉的荣誉岂能徇私?徇了私,岂不要叫人怀疑"上面的同志"在玩忽职守？所以，材料虽经几番改动，最后又回到原样：关键之处没有我的名字。

说真的，事情最后这么收场，我绝无不平不满之念，更无冤屈之言。我觉得事情本该如此，心里由衷地替你父亲高兴。然而，你父亲却由此背上了沉重的心理负担，总觉得是窃取了我的功劳，对我不住。开始，他还努力想改变局面，连找几位领导说，要求重新颁发奖令，与我分享荣誉。这又谈何容易？说句不好听的话，即使上面同志认定奖令有错，至此也只能将错就错，何况他们从不认为有错。我不出怨言，就是奖令无错的最好证明。这种思路无疑是正确的。正确的事情就该执行，就该宣传，就该发扬光大。就这样，各种荣誉像潮水一样，一浪盖过一浪，朝你父亲扑去，英雄的名声像狂风一样在上下席卷，并且远播到每一个可以播到的角落。

殊不知，越是这样，你父亲心里越是惶惶不安。可以这样说，开始他的不安更多是出于对我的同情，所以他极力想为我鸣不平，但后来的不安似乎已有质的变化，变得沉重，变得有难言之隐，好像他有什么不光彩的把柄捏在我手上，唯恐我心里不平衡，把事情原委捅出去。不用说，我真要向他发难，他和"上面同志"岂不均要贻笑天下？事情到后来确实弄巧成拙，弄得你父亲两头做不成人，对我总觉得亏欠了我，对上面他总担心哪天事发，弄得大家狼狈不堪。尽管我做了很多努力，包括把记录他托梦给我的笔记本当他面烧掉（这无疑是我要向他发难的最有力武器），但我的努力似乎难能彻底治愈他不安的心病。当然，从理论上讲，烧掉原件并不排除还有复印件的秘密存在，而我一口口的保证又能保证什么呢？这不是说你父亲有多么不信任我，而是你父亲认定这事情欺人太甚。既是欺人太甚，我的感情就可能发生裂变，甚至跟他反目成仇，来个鱼死网破什么的。所以，后来他一边用各种方式对我进行各种可能有的补偿，一边又念念不忘地宽慰我，提醒我，甚至恳求我咽下"那件事"，让它永远烂在我肚子里，包括在临死前还在这样忠告我。

还有什么好说的？是我们朴实的良心在起坏作用。在我们各自良心的作用下，一切都开始变得复杂，乱了套。我真后悔起初没把他的梦话录下音，再退一步说，如果早知这样，当初在荣誉面前我又何必推来让去？但我说过，事情是此一时彼一时的，当时我那样做完全是出于对事实的尊重，也是出于对你父亲的敬和爱。我又何尝不要荣誉？只因为我太敬爱他，觉得抢他荣誉我于心不忍，谁想得到事情最后会变成那样，那同样令我于心不忍！

然而，这一切，所有的一切，我要说，不是我和你父亲自己制造的，而是上面的那些被世俗弄坏了心机的人造成的。有时候，我觉得对你父亲来说密码并不可怕，可怕的是密码之外的东西，就如走出红墙他无法正常又健康地生活一样，让他走出破译室去破译外面的世界，破译外面人思的、想的、做的，那对他才是折磨，是困难，是不安，而至于真正的密码，我看没有哪一部会叫他犯难而不安。你知道，你父亲后来又返回红墙了，其实是又去破译密码了。这次他破的是一部叫"沙漠2号"的密码,又称炎密,是火密的备用密码。

炎密作为火密的备用密码,在火密已经被使用快二十年后,基本上可以说是被彻底废弃了,哪怕对方知道我们已经破译火密也不会启用。这是因为,当时对方已经即将研制出"阳光111"密码,在这种情况下,他们即使知道我们已破译火密,决定更换新密码,也不会换用炎密。因为炎密和火密是同代密码,既然老大已被破译,又怎能指望老二幸免于难?就是说,当时对方启用炎密的可能性几乎不存在,所以破译它的价值也几乎等于零。可又为什么还叫你父亲去破?用王局长的话说:就是想给他找个事做。当时你父亲的情况你知道的,如果长此下去,病情必将愈演愈烈,结果必将不可收拾。老王局长告诉我,他正是担心你父亲出现这种病发不愈的情况,所以才出此下策,安排他去破译炎密,目的是想让他沉浸在密码中而不被病魔击垮。换句话说,组织上是想用密码把他养着,把他病发的可能掐掉,让他无恙地安度晚年。可是人算不如天算,谁想得到破译炎密的巨大喜悦居然引发了他的心脏病,夺走了他的生命。从重新走进红墙,到破译炎密,你父亲仅用一百多天时间,这一方面当然得益于破译火密已有的经验,另一方面也足以说明你父亲确实是个破译高手。

啊,为密码而生,为密码而死,这对你父亲来说也许是最贴切不过的,贴切得近乎完美。美中不足的是,他至死也未能破译自己的密码:"那件事"的密码。这密码的密底其实就是我说的,可他总是不相信。所以，此时此刻，我多么希望你父亲的在天之灵能看到我给你写的这封信，那样他也许就会相信我说的，那样，他的在天之灵也许就不会再被无中生有的愧疚纠缠。但无论如何，你不能让思思看到这封信，因为那样的话，她就会发现你父亲的"又一个悲哀"，从而给她造成更多的悲伤……

第三部
捕风者

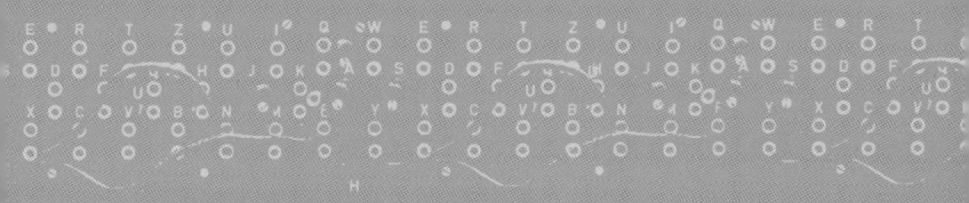

清晨醒来看自己还活着是多么幸福。我们采取的每一个行动都可能是最后一个。我们所从事的职业是世上最神秘也最残酷的,哪怕一道不合时宜的喷嚏都可能让我们人头落地。死亡并不可怕,因为我们早已把生命置之度外……

第四章　韦夫的灵魂说

二号山谷分东院和西院，走进东院，一看就像个单位，有办公楼、宿舍房、运动场所和人影声响等等。这里曾是老王的天下，即培训中心。走进西院，却怎么看都不像个单位，几栋零散的小屋，隐没于葱郁的树林间，人影了无，寂静无声。但寂静中透出的绝不是闲适，而是森严。我初次涉足这里，看它寂静落寞的样子，怎么也想不到它竟是行动局的办公地，以为是 701 接待上面首长的地方。

没有人怎么行动？我问。

答：如果人都坐在家里又怎么叫行动局？

可谓一语道破。

答话的人就是我那位搞谍报工作的乡党，人称"老地瓜"的老吕。

老吕不善言辞，也许是长期搞地下工作的缘故。老吕不抽烟，据说七十年代"抗美援越"期间，他在越南"行动"，搞谍报，有一次，他在某酒店大厅里接了一支某女士递给他的烟抽,不久便昏迷过去,差点丢了性命,从此再不沾烟酒。出门在外,老吕总是穿戴整齐,脖子上挂着相机,腕上箍着手表和手链,头上戴着四季分明的帽子,胸前插着两支钢笔,像一个偶尔出门的游客。这些玩意儿是不是武器或者谍报工具,我不得而知。问过老吕,说是没有,可我又怎么能相信他说的?他是个老牌间谍,老地瓜,所有的真实都在眼睛里,不在嘴巴上。

老吕有本相册,很有意思,首先是很老派,封皮是手纺的粗布,相页是黄不拉几的土纸,装订是麻线,整个土得掉渣;其次是很古怪,说是相册,却有大半不是相片,而是各式各样的纸条和报纸剪贴。其中扉页就是半张香烟纸,上面有手迹,是这样写的:

> 清晨醒来看自己还活着是多么幸福。我们采取的每一个行动都可能是最后一个。我们所从事的职业是世上最神秘也最残酷的,哪怕一道不合时宜的喷嚏都可能让我们人头落地。死亡并不可怕,因为我们早已把生命置之度外。你好!我好。

老吕告诉我,这是他刚做地下工作时,他的"上线"(是一位诗人)首次与他接头时,在人力车上顺便写下的,算是一个老地瓜对小地瓜的"经验之谈",也是他职业生涯中的第一个"纪念品"。那是一九四七年秋天,当时他是南京中央大学西语系三年级学生,从那以后,类似的纪念品时常"不约而至"。老吕说,从解放前到解放后，从国内到国外，从大的到小的，从有名的到无名的，几乎他参与的每起地下工作都留有一定的"证据"，相册里收藏的就是这类东西。具体有二十八张照片、十一片纸条、七张报纸剪贴和五幅图片，以及一些稀奇古怪的实物，诸如一枚穿孔的钢币、一只异国信封、几张票据和名片等。多数东西下方都有简单的文字注解。

在众多东西中，有一张照片引发了我浓烈的好奇心，照片照的是一个死人，一只看不见人形的手正伸在胸前的口袋里，好像在搜刮小伙子的遗物。老吕解释说，其实不是在"搜刮"，而是在"给予"，是在给他"放一张银行的催款单"，而那只"恐怖之手"就是他的——他在向一个死人催款，听起来真叫人匪夷所思。在照片下方，有老吕的亲笔，写的是：

我的名字叫韦夫，请你们别再叫我胡海洋。

老吕告诉我，这个现在老是被人叫作胡海洋的越南小伙子韦夫，生前与他素不相识，死后两人却一起"合作"，干了一件至今都令他倨傲不已的"杰作"。不过他承认，这"杰作"不是他"原创"的，而是模仿二战时著名的"碎肉行动"的。碎肉行动由两位英国情报官埃文·蒙塔古和查尔斯·查姆利一手策划并实施。这次行动的主角是一具叫格林杜尔·迈克尔的尸体，时间是一九四三年四月的最后一天，地点是西班牙韦尔瓦附近的大海深处。这一天，迈克尔的尸体被伪装成皇家海军少校威廉·马丁的尸体，从此尸体"活"了，成了蒙塔古和查姆利"最神奇的部下"，最终出色地完成了一项任何活人都无法完成的任务。老吕说，他和越南小伙韦夫"合作"的故事，完全是"碎肉行动"的翻版，没有什么新意，甚至连"惊喜的结局"都令人惊叹的一致。

不论是蒙塔古和查姆利的"碎肉行动"，还是老吕模仿实施的"那个行动"，因为出奇，也因为出色，留下的相关纪实性文字多如牛毛，我现在收集到手的至少有几十万字之多。一九八八年，我随巴金文学院一行作家到越南旅游，还专门到韦夫生活过的洛山小镇去走了一趟，听到看到的资料也有近万字。总之，要讲述这个故事，资料对我来说已经足够，像时间、地点、背景、主要人物、次要人物、大故事、小故事，等等，可以说"无不在我心中"。我疑虑的是，已经有那么多人，用那么多的方式讲过这个故事，如果我不能另辟蹊径，步人后尘地讲一个老套的故事，意义实在不大。就是说，我想寻求一种新和奇的方式来讲述这个老旧的故事，现在我决定借韦夫的灵魂来讲它正是这种寻求的结果。老实说，这还是老吕落在韦夫遗体下方的那句话——**我的名字叫韦夫，请你们别再叫我胡海洋**——给我提供的灵感。

灵魂之说，就是天外之音。请听，"天外之音"已经飘飘而来——

01

我的名字叫韦夫。

让我再说一遍,我的名字叫韦夫。

我所以这么看重我的名字——叫韦夫,是因为你们总是喊我叫胡海洋。你们不知道,胡海洋既不是我的别名,也不是我的绰号或昵称,而是另外一个人的名字。这个人以前我听都没听说过(自然不可能有什么交道),我从没想到,我和他之间会有什么瓜葛。但是三十年前,一个偶然的变故,我被人错误地当作了他。更要命的是,三十年来,这个错误一直未能得到改正,因此我也就一直蒙受不白之冤,被人们当作"胡海洋"爱着,或者恨着。说真的,这么多年来,我一直在不停地向人诉说这个错误,但听见我诉说的人恐怕没有一个。让一个声音从一个世界穿越到另一个世界,看来真是一件困难又困难的事情,比模造一个梦想或用水去点燃火还要困难!上帝给我设置这么大困难不知是在考验我的耐心,还是为了向我说明什么,我不知道。其实,要想弄懂上帝的意图同样是困难又困难的。上帝有时候似乎让我们明白了什么,但更多时候只是让我们变得更加迷茫。这是没有办法的。在我们这里,上帝同样常常让我们拿他"没办法"。

没必要太多地谈论上帝,还是来说说我吧。

我于一九四六年生于越南东北部的一个叫洛山的小镇,父亲是个裁缝。一间临街的小木屋,墙壁上挂满了各式各样的衣服,不尽的蒸汽弥漫着,雾蒙蒙的,感觉像个浴室的外堂,这便是我出生的地方,我的家。我最初的记忆似乎总是伴随着哧哧声,那是熨斗熨帖衣服时发出的声音。在我十岁那年,我们家从北街两间小木屋迁到了热闹的南大街的一幢闪烁着霓虹灯的两层楼房里,长条形的石块使房子显得格外结实又庄重。我想这足以说明做裁缝让父亲得到了相当的实惠。但父亲还是不希望我们——我和姐姐韦娜——像他一样,在剪刀和尺子间度过一生。他不止一次地跟韦娜和我这样说:

"我把你们甚至你们子孙的衣服都做完了,你们应该去做点其他的事。"

后来韦娜去了九龙湾工作,我上了河内大学。在我去河内之前,父亲送给我一本产自中国的精美笔记本——六十四开本,金丝绒的皮面上有一条四爪龙的针绣,扉页这样写道:

当音乐和传说都已沉默时,城市的各种建筑物还在歌唱。

这句话似乎注定我要做一个建筑大师。不幸的是,一九六七年,也就是我在大学最后一个学年的冬天,我回家度寒假,一场突如其来的可怕的肺炎,把我永远搁在了镇上。这个病在当时我们那边是要害死人的,我虽然没死,但也跟重新生了一回一样,整整三年没过一天正常生活,每天进出在医院和家里,不停地吃药,不停地担心,让我为自己的命运生出了许多悲哀。毫无疑问,在我还没可能忘掉疾病时,我已把河内大学和建筑大师忘得干干净净了。事实上,当时我只要再去读一学期书，就可以获得河内大学建筑专业的学位。在后来我病似乎痊愈时，父亲曾劝我回去把几个月的学业修完，但我已毫无兴趣。肺部的疾病改变了我，使我对父亲"充满水蒸气的工作"产生了不小的兴趣。再说，父亲渐老的年岁和满腹的经纶，似乎也越来越适合站在一旁，给我指点迷津，而不是亲自劳作。我就这样渐渐变成了父亲，在不断淡忘疾病和水蒸气不绝的劳作中，感到了人生的充实和快乐。直到天空中不时掠过美国飞机、镇上的青壮年纷纷被政府的鼓声和亲人的眼泪送去前线时，我才突然感到了另外一种东西的召唤。

02

罗杰走了。

林国宾走了。

有一天，妈妈说三十二号家的老三也走了。

又一天，我们收到了韦娜从南部前线寄来的她一身戎装的照片。

就这样，从一九七一年夏天开始，我的朋友和许多熟悉的人都纷纷应征去了前线。

作为一个被恶病缠绕多年的人，我有理由不去应征，去应征了，军方也有理由不录用我。一九七二年春天，一支海军部队到我们镇上征兵，我去应征的结果就是这样，一位军官看我病史一栏中的记载后，友好地拍拍我肩膀说：

"下次吧，小伙子，战争才开始呢。"

说真的，当时我身体已恢复得非常好，我甚至都忘掉了曾经的痛苦经历。如果因为一场几年前、好几年前的病来决定我现在的命运，我觉得这多少有点不对头，何况这病已经好了。从我内心说，我极不乐意出现这种情况，因为这病已夺走我很多，我不想让它再夺走我什么。好在"战争才开始"，我似乎有的是机会。同年秋天，有三支部队一起到我们镇上来召兵，其中依然有春天我应征的那支海军部队，我毫不犹豫又去"老部队"应征。吸取上次的教训，这次我在"病史"一栏中没有如实登记。我以为这样他们就会录用我，但接待我的军官（不是上次那位）看我只做了七个俯卧撑就累得气喘吁吁的样子，还是客气地拒绝了我。他告诉我说：

"我觉得你去陆军部队更合适，他们一定会要你的。"

没办法，我只好去找陆军。确实，他们没那么多要求，只跟我谈了几分钟话，就爽快地发给我一套没有领章的陆军军服。当然，未能穿上蓝色海军军装，对我是个不小的遗憾。但这没办法，肺病和轻巧的裁剪工作使我的身体很难强壮，而且由于长时间受水蒸气熏润，我的脸色看起来又白又嫩，显得软弱无力。我知道，要不是战争，像我这样的人也许永远走不进军营。我能走进军营，正如胡志明主席当时在广播上说的：战争让很多人有了意想不到的经历。

一九七二年九月二十六日，我和镇上其他八名青年一起搭乘军方卡车，离开了洛山镇。

车子缓缓地行驶在夹道欢送我们的人群中,我一点也没觉得,我这是去有可能让我永远回不来的前线。

03

在部队的情况我想尽量少说,这是因为一方面它本身就没什么好说的,另一方面有些可以说的对我来说又都很没趣。我是说,我在部队的经历很不尽人意,遇到了许多令我不高兴、甚至痛苦的事。首先,我没有当上军官,而只是当了个特等士兵。据我了解,当时一个河内大学的毕业生可以当上副连长,甚至正连长,最不行的起码也是个排长。我虽说没获得文凭,但也仅仅没文凭而已,没这个形式上的证据,其他或者说学业上并无什么差异,所以我想起码应该任命个排长给我。但军方过分地强调了那张纸文凭的作用,没能如我的愿。一位河内郊区菜农——有人说他是某某军长的外孙——对我拿腔拿调地说:

"是的,是的,但问题是你没有毕业证书,入伍前又没有在政府部门任过职,按理只能当个一等兵,让你当特等兵已经是优待的啦。"

这样的优待自然不可能令我感到荣幸。

不过,我想,士兵就士兵吧,反正我又不是为当官才来部队的。我也不是因为听胡志明主席的广播演讲才来部队的。总的说,我来部队的想法要比其他许多人显得更为模糊或者复杂一些，我甚至自己都说不出是为什么。有时候，我觉得我是因为受不了美国飞机整天在镇子上空窜来窜去，弄得人惊惊吓吓的，才决定到部队的。但有时候我又觉得不是，起码不全是，至于其他还有些什么，我又说不太清楚，也许……或者……我是说，我不知道。真的不知道。但是，有一点我非常明白，就是：从我决定入伍的一刻起，我从没想过，我会，或者可能会，上不了前线。说实话，有这种愿望在当时来说是荒唐的，这可能是我不想的一个原因。此外，我还固执地认为，穿军装就是为了去前线，只有上了前线，参加了某次具体的战斗，身上的军装才能心满意足，才能显出完美。所以，当跛脚的阿恩营长把我从新兵集训地接到距河内只有几公里远的陆军二〇三被服仓库，并庄严告诉我今后我的任务就是配合他看守好这仓库的大门和小门时，我怎么也高兴不起来——简直沮丧透啦！

除了阿恩，我还有两位战友，一位是被炮弹片削掉了半只下巴的唐老兵；另一位是一条叫声尖利的杂毛土狗。难道我来当兵就是为了证明我不是个强壮的人，不配上前线，只能跟这些人待在一起？我突然有种被谁出卖或欺骗的羞辱，穿在身上的军装仿佛不是配发的，而是我偷来的，骗人的。

坦率说，我这人虽然不强壮，但并不缺乏勇气，如果说不怕什么就算勇气的话。我这么说，绝不是为了炫耀我的勇气和不怕死，但我在部队上的时间里确实从没为什么胆怯过。在新兵集训营，教练我们射击的是一位从战场上下来的连长，人们都喊他叫"独眼龙"。因为，他只有一只眼睛，另一只在一次战争中被大炮震落在湄公河里，被湄公河里的刺头鱼——也许是大公公鱼——吃了。他从不向我们提起自己可怕的经历，有一次在我要求下，他终于开口说了，但说着说着突然闭上了他唯一的眼睛，浑身哆嗦起来。看得出，他是被自己的过去吓坏了。可我却一点也没觉得可怕。在我看来，他所经历的似乎没有比肺炎折磨我的可怕多少，这场病可以说使我心灵受到了创伤，也可以说使我心灵经受了锻炼。如果当时我们这些新兵中确有害怕去前线的，那肯定不是我，我几乎时刻想念去前线，去参加一场有名有姓的战争，以验证我的勇气和信念。我曾担心到了战场上一些意想不到的可怕会使我胆怯，让人瞧不起，因而使我痛苦，却从没有想过会以这种方式——上不了前线——让我痛苦。

战争在一天天扩大，美国飞机越来越频繁地出现在河内上空，不时撂下成堆的炸弹，我们很容易就闻到了从城里飘来的越来越浓的硝烟味。阿恩担心这样下去，河内也会沦为前线，而我却暗暗希望这一天早日到来。由于极度的失落和渴望，我知道自己已变得十分苦闷，甚至邪恶。然而上帝知道，我不是诅咒河内，而是诅咒自己可怜的命运。从军需官接连不断到我手上来提取被服的忙碌中，我知道，正有越来越多的人在奔赴前线。可以说，我侍候的每一样东西：一件衣服、一顶帽子、一条腰带、一双手套，甚至一根鞋带，都先后上了前线，暂时没有的，也随时可能上前线。从某种意义上说，我的手气和汗水已参加了无数次战斗，但这又能为我证明什么?

只证明我没有亲自上过前线。阿恩常常炫耀地对我说：

"啊，韦夫，你不知道，这是你的幸运啊。"

也许吧。

不过，如果让我选择的话，我宁愿不要这个幸运。这叫什么幸运，整天跟两个"废物"在一起，还有一条并不出色的狗。当然，阿恩说的有道理，前线不是什么好玩或有利可图的地方，我如果是为了名利想去前线那是愚蠢的。阿恩曾这样警告我说：

"战场上飞来飞去的子弹随时可能把你什么都夺走，包括你只有一次的性命。"

这我当然知道。

但他们不知道，我不是因为追求名利才想上前线的。我也不是出于厌世想死才想上前线。不是的。我只是觉得跟我一起来的人都上前线了，独独把我撂在这个鬼地方，旁人还以为我是怕死才躲到这里来呢。天哪，谁知道我在这里有多么孤独，多么难受，多么想离开跛足的阿恩营长和可怜的唐老兵。

04

我知道，你们人类是了不起的，起码你们为自己做了许多了不起的事，那些还没做的事，你们相信迟早都会去做，那些尚未知晓的事，你们也相信迟早都会知道。我在人间生活了二十七个春秋，我深知人类的伟大和自信,但也看到了人类由于伟大和过分自信派生的一些毛病,或者说坏习惯,比如在现实生活中,你们总是将一切可以往后推的事往后推。我在人间时也是这样,甚至我这方面的毛病比一般人都要大。有两件事足以证明我就是这样一个人:

一是我的婚姻大事;

二是我上前线的事。

你们知道,这都是我想做的事,但就是因为……怎么说呢,我要知道我的生命并不是那么无限,也许我就会在有限的生命里把这两件事都做了。但我不知道。我是说,我不知道自己生命会那么短暂,准确地说是那么脆弱。在我要死之前,阿恩流着泪对我这样又哭又骂的:

"狗日的,你还整天闹着要上前线,一身臭汗就把你命弄丢了,你……韦夫,你真他妈的没用,韦夫!"

说真的,以前我还从来没见过一个男人会这么流泪。阿恩啊,你这个傻乎乎的跛脚佬,你为什么要对我流那么多泪,你不知道,人死前是不愿看到别人流泪的,那样他会死得很痛苦。阿恩,你现在在哪里,我很想你。

阿恩不是那种让人一见就喜欢的人,他有点自以为是,说话的腔调高大又严厉,跟他的跛脚一点不相配。但他是时间的朋友。时间从不出卖他。时间总是耐心地把附在他表面上的一些不讨人喜欢的东西一点点剥落下来,到那时候你就无法不喜欢他了。我后来真的很喜欢他,现在也没有不喜欢,虽然他在我临死前不应该地流了那么多泪。但这没办法,谁叫我死在他身边的,我想如果让他死在我身边,我同样会流很多泪的。因为我喜欢他。也因为那时我还不知道人死前不愿意看到别人流泪的道理。这道理当然是我死了以后才知道的。

阿恩说的一点没错,我确实是被一身臭汗害死的。过去了差不多半个世纪,我依然记得那天是个什么样的日子,那是冬天——又是冬天!你们应该知道,十年前我就是在冬天里染上肺病,差点死掉的,想不到过去了十年,这个季节还是杀气腾腾地向我敲响了死亡的丧钟。

那天晚上,我一如往常一样,抱着收音机钻进了被窝。孤独叫我养成了听收音机的习惯,没有收音机,我还睡不着觉呢。因为我总是找女播音员的电台听,所以阿恩常嘲笑我,说我抱的不是收音机,而是梦想中的女人。也许吧,不过……我不知道,我对女人不了解,也不了解我对女人的想法。有时候好像想得很,有时候又不太想,就是这样的。好了,还是别说女人吧,女人后面还要说的,现在赶紧说说我钻进被窝后怎么了。我觉得我身体似乎有些不对头,头昏昏的,心里觉得很冷。我跟阿恩这么说后,阿恩说:

"嘿,这么大冬天的洗冷水澡谁觉得暖乎,我也觉得冷啊。"

"可我觉得我好像在发烧。"我说。

阿恩过来摸了摸我额头,说:"嗯,好像是有点,不过没事的,你可能是累了。快把收音机关了,睡觉吧,睡一觉就没事了。"

我也是这样想的,就关掉收音机睡觉了。

第二天中午,阿恩起床后问我怎么样,我觉得我身上在着火,我很想这样告诉他,但似乎已经开不了口了。不一会儿,我听到阿恩大声惊叫起来:

"操,你狗日怎么烫得跟火炭似的,韦夫!你醒醒,韦夫!你睁开眼看看我,我是阿恩!"

现实总是喜欢重复,变化的只是一点点时空而已。我睁开眼,看到至少有三个模糊的阿恩在我眼前晃动,这感觉和十年前肺病袭击我时的感觉如出一辙。

05

人在昏迷中是没有时间的。我终于醒来,不知过去了多久,也不知来到哪里。明亮的玻璃窗户和窗户外的几杆树枝让我想起,我已经不在原来的地方了。一位戴口罩的小姐对我的醒来表现得很高兴,她的口音让我以为是回到了家乡。但她告诉我,这里是河内陆军总医院,我已经来这里快两天了。她一边摘下口罩,一边对我说:

"我看了你的证件,知道你是洛山人,我是维浦人。"

她说的地方离我家还不到十公里,那里有一家出名的动物园,洛山的孩子没有一个没去过那家动物园的。战争爆发前,我有位表哥就在那家动物园工作,我告诉她我表哥的名字,她居然哭泣起来。不用说,她认识我表哥,而且我表哥一定在战争中牺牲了。事实也是如此，就在两个月前，我表哥在及埃山地阵亡了，他们曾经坐同一辆卡车到部队，相识也在那趟卡车上。战争让很多本来不相识的人都成了朋友，我也成了她的朋友，她叫玉。

玉使我有幸得到了医院郑重的治疗，英国人后裔布切斯大夫几乎每隔两天都来探望我，并不断给我作出新的治疗方案。布切斯大夫是这里的院长，每天都有成堆的生命等着他去救治，他们大多从前线下来，胸前挂着各种各样的奖章和战功，而我，只是一个普通的肺病患者，能得到如此优待，无疑是玉努力的结果。

除了关心我的治疗外，玉还关心我的寂寞。因为我患的是肺病，没人敢跟我住在一起，我独自一个人被关在锅炉房隔壁的一间临时病房里。在寒冷的冬天，这里显得特别热乎，但热乎并不能驱散寂寞。唯一能驱散我寂寞的是玉，她经常来陪我聊天，一天接着一天，我们把有关洛山和维浦的话题说了又说。

有一天下午，玉带着阿恩来看我，阿恩还给我带来了韦娜从塔福寄来的信。信上，韦娜说她已经结婚了，丈夫是个机枪手，正在塔福服役，所以她调到那里去了。她没有说起那里的炮火，只是这么提了一句：

"和我以前待的地方相比，这里才是真正的前线。"

我是每天都在听广播的，我知道当时塔福吃紧的战事，但我不可能因此指责韦娜的选择。战争期间人的思想和平常是不一样的，何况韦娜去那里还有个个人的理由：和丈夫在一起。

韦娜在信中还夹了一张她和机枪手的照片，两人站在雄壮的机枪架子上,很像回事地瞄准着照片外的美国飞机——肯定是美国飞机!当我把照片拿给玉看时,她哈哈笑起来,对我说:"我还以为是你妻子的来信。这人是谁?"

我说是我姐姐。

"那你妻子呢?"玉有点迫不及待地问。

阿恩在一旁替我回答了,他装腔作势地说:

"他妻子?他有妻子吗?他应该有妻子,可事实上他连个女朋友都没有,韦夫,是这样的吧?"

这是个令我难堪的话题。

但阿恩不会因此闭上嘴巴的,他转过身去,对玉发出了令我讨厌的声音:

"玉,你信不信,我们韦夫至今还是个处男呢。"

我确实跟他这么说过,我说的也是实话。可我不知道,他是不相信我说的,还是觉得这很好玩,经常拿它开我心。这个该死的阿恩,你绝对不能指望他守住什么秘密,他有一张比鹦鹉还烦人的嘴!

玉对这话题显出了一定羞涩,但只是一会儿,很快她对阿恩这样沉吟道:"嗯……我知道你说的意思,阿恩,你是说……韦夫还有很多事……需要他去做,所以更应该好好地活下去。"

后来有一天,玉很在意地问我阿恩说的是不是真的。

我没有直接回答,只是这样反问她:

"难道你觉得这不是真的?"

06

说实话，我的性格和身体决定我生活中不会有什么女人，曾经有一个姑娘对我似乎有那么一点点意思，但我现在连她名字都忘记了。这不是说我无情寡义，我们之间本来就没有什么，如果说有什么的话，也只是一种可能。我是说，我们之间可能会发生点什么。但由于我的怯弱，结果什么也没发生。我不知道她是怎么来到洛山的，反正她不是我们洛山人，用我父亲的话说，洛山的姑娘他没有不认得的。当然，他起码认得她们身上穿的衣服，那都是从他手上出去的。

有一天，她戴着太阳镜出现在我家门市上，选中了一块布料，要我父亲替她做一件衬衫。父亲把这个任务交给我，事后我才知道，父亲从她一进门看她穿的衣服，就知道她不是洛山人。大概就因为她不是洛山人，父亲才放手让我做她的衬衫。这几乎是我独立完成的第一件衣服，它没有让我父亲和主人不满意，她高高兴兴地付了钱，走了，我望着她离去的背影，心里有点得意。第二天，她抱着衣服来找我，笑吟吟地说这衣服有问题。我问她有什么问题。她把衣服穿在身上，让我看。我没有一下看出问题，她双手来回地指着衬衫的两只袖口，浅浅笑道：

"这么说这是你别出心裁的设计哦，你看看，难道你的袖口是开在这边的吗？"

这时我才发现，我把她两只袖子的左右上反了，这样的笑话实在令人羞愧。父亲似乎比我还羞愧，他把羞愧全变成了对我的指责。好在真正该指责我的人并没有责难我，她甚至对我父亲声色俱厉的表现很不了然。她对我父亲说：

"嗨，你干吗怒气冲冲的，难道这是不可以改过来的？我要的只是把它改过来就可以了，并不想给谁制造不愉快。"

我不知道她为什么有这么好的脾气，也许该说是性情，她是我见到的最好的顾客之一。我一边修改着她的衣服，一边在想怎么样来感谢她对我的谅解，后来我写了一张便条，放在她衣服口袋里交给她。过了几天，她给我还了一张纸条来，约我在南门的咖啡馆见面。

我们在咖啡馆见面后，却找不到一处座位，于是到郊外去走了一圈。那天她穿的就是我做的那件衬衣，她说她很喜欢这件衬衣，并常常想起这是我做的。我感到了她对我的好意，但不知道这是为什么。后来我们又见了两次面，第二次还一同去看了一场电影，黑暗中她把我手拉过去一直握到电影散场。这是个令人想入非非的夜晚，但我没想到的是，我一回家父亲就盘问我，并警告我说：

"不管她是谁，一切到此结束，因为我们要对你的健康负责！"

父亲说的没错，当时我身体还没痊愈，谈情说爱确实是早了一点。但问题是等身体好了我又去找谁呢？父亲能帮我把她找回来吗？说真的，在认识玉之前，这个未名的姑娘是唯一给我留下美好记忆和思念的女人，后来我确实不知她去了哪里，她在我身边消失了，就像空气消失在空气中一样，虽然我可以想象她的存在，但再不可能找到她了。

我在说这些时也许是流露了某种感伤，玉为了安慰我，第一次主动握住我手，认真地对我说：

"韦夫，我相信她一定在某个地方等你，我希望你能找到她，找到你的爱……"

玉是个富有同情心的女人，她美丽的同情心是我对人类最珍贵的记忆。

07

在战争中失去亲人是常有的事，但这并非意味着失去亲人的痛苦可以比平时少一点。十七日，是一九七三年一月十七日，韦娜的战友（其中包括她丈夫）击落了一架美国轰炸机，飞机冒着浓烟向大地扑来，结果一头扑在韦娜的发报台上。我想，这时候韦娜即使变成一只蚂蚁也无法幸免于难。

韦娜阵亡的消息对我的治疗无疑产生了极坏影响，就在当天夜里，可怕的烧热向我卷土重来，而且从此再也没有离开我。几天后的一天下午，布切斯大夫来看我，却什么也没有说，只在我床前默默站了一会儿就走了。我知道，他这是对我死亡的宣告。

当天夜里，玉也给我发出类似的宣告。不过，玉的宣告方式是任何人想不到的，我自己也没想到。这天夜里，昏迷依然包抄着我，昏迷中，我突然感到一丝冰凉在我脸上游动，我睁开眼，看到玉正蹲在床前深情地望着我。我还从来没见过这样的目光，我预感到玉可能要对我说布切斯大夫下午没有说出的话。我握住她手，对她说：

"玉，你什么也不要说，我知道……布切斯大夫什么都跟我说了。"

"嗯，布切斯大夫说，你正在……调动一切细胞和病魔抗争，这是好事。"她使劲地握紧我说，"发烧是好事，说明你的细胞很敏感，很有力量，你会好的。"

我闭上眼睛，因为我无言以对。黑暗中，我感到我的手被玉拉着放在了一团柔软的东西上，同时听到玉这样对我说：

"韦夫，这是你的，你喜欢吗？"

我睁开眼，看到玉的白大褂已经散开两边，露出一大片银亮的肉体，而我的手正放在她高耸的胸脯上——银亮的柔软中。我以为自己是在梦中，但玉告诉我这不是梦，她这样说道：

"韦夫，我相信等你病好了一定会娶我的，是吧？所以我想……提前……和你睡在一起，你不介意吧。"

我睁大眼望着她。

她坦然地立起身，抖掉白大褂，静静地钻进了我被窝里。

我敢说，除了白大褂，她什么也没穿。

天呐！我简直想不到她会用这种惊人的方式来宣告我的死亡。

这天夜里，也许只有很短的时间，可我却知道了什么是女人，什么是死亡。三天后，我没有一点遗憾，只有无穷的幸福和感激地辞别了人世。

谢谢你，玉，再见！

08

现在要说的都是我死以后的事。

据说不同的病人具有相对固定的死亡时辰，心脏病人一般都死在早晨，肺病患者多数死在午夜。我准确的死亡时间是一九七三年一月二十八日午夜两点三十八分（没有脱离一般规律），陪伴我死去的有玉、阿恩、布切斯大夫等人。和玉相比，阿恩对我的死缺乏应有的心理准备，所以他受到的刺激和痛苦也相对强烈，我凝望人世的最后一眼几乎就是在他汹涌的泪水滴打下永远紧闭的。

我曾经以为人死后就没什么可说的，其实不是这么回事。其实我的故事，我的精彩都在我死之后。死亡就像一只开关，它在关掉我生命之灯的同时，也将我一向"多病怯弱"的形象彻底抛弃在黑暗中。可以这么说，作为一具尸体，我没有什么好惭愧的。自进太平间后，我对自己的整个感觉发生了良好变化，说真的，在这里像我这样毛发未损的尸体并不多见。与其他尸体相比，我甚至发现我的尸体几乎完美无缺,没有任何的伤疤,也没有惨不忍睹的苍老。我想,当吕处长站在我尸体面前时,一定也明显感觉到了这点。

吕处长是下午的晚些时候光临太平间的,与他一起来的有布切斯大夫。我并不认识吕处长,我只是从布切斯大夫的谈话中听到他叫吕处长,并知道他是个中国人,来抗美援越的。他们进来后依次在每一具尸体面前停留、察看,时而含糊其辞地冒出一两句话,没头没脑的,我根本不知他们在说什么,但我感觉他们像在找什么人。当两位站在我面前时,我感觉吕处长似乎有种掩饰不住的高兴:

"嗯,他是谁?"

布切斯大夫简单地介绍了我的情况,完了,吕处长说:

"就是他了,我找的就是他。"

不一会儿,进来个老头,把我从架子上抽出来,折腾上了一台手推平板车,拉到隔壁房间里,这里有点像是理发室。老头将我简单地梳洗一番之后,给我穿上一套干净的病房服。这一切令我明白,我即将去火葬场化成灰烬。我想不通的是,他们为什么不给我穿军装,难道我仅仅是一个病人?当时我心里难过极了。

从太平间出来,我被塞进了吕处长的吉普车上,座位上已经堆了几箱药品,所以我只能"席地而坐"。他们不想想,我怎么能坐得住呢?车子几个颠簸后,我便胡乱倒在车板上,后来"嘭"的一声,一只药箱从座位上滚下来,压在我身上。吕处长闻声回头看看,像没看见似的，根本不管我怎么了。这就是人和尸体的不同，只要你还活着，哪怕只有一分钟的命数，也没人敢对你这样。但当你变成尸体后，哪怕是刚死一分钟，对你这样那样都是他们的随便了。这中间其实有这样一个道理就是：世间所谓的人性都是专门为人本身保留的，当面对一具尸体时人就会自觉放弃所谓的人性，丢掉做人的种种，这时候的人其实也变成了尸体。

车子开开停停，颠来簸去，车窗外，倾斜而晃动的天空正在一点点变得朦胧。我不知道吕处长打算带我去哪里，但我感觉要去的地方好像很远，甚至不在河内城里。因为车子穿过一条条嘈杂的街道后，又似乎在一条空旷的大道上自由奔驰起来。这说明我们已经离开河内。

偌大的河内难道没有一个火葬场？

这个吕处长是个什么人？

医院为什么将我交给他？

他到底要带我去哪儿？

一路上，我脑子里塞满了各种问题。

车子终于停落下来，空气里有海水的味道和收音机的声音。还不等车子停稳，一位穿着中国海军制服的年轻人已迎上来，替吕处长打开车门，毕恭毕敬的样子，说明他可能不是个军官，要不就是个小军官。听说，他是个江苏人，我因为不知他名字，一直叫他"江苏人"，简称苏。

这里显然不是什么火葬场，是哪里？后来我知道，这是中国海军向我国临时租用的二〇一港口。为什么把我弄到这里来？我变得越发糊涂了。

吕处长下车后，打开后车门，指着我的脚说：

"就是他，我给你最多一个小时，一个小时后我在'长江'号潜艇等你。"

苏把我从车上弄下来，搬到一间明亮的屋子里。在这里，苏对我进行了从头到脚的服务，甚至连鼻孔毛和牙垢都作了不马虎的修理。这件工作足足花了他半个小时，作为一具尸体，我想大概起码得将军一级或者名门人士才可能有这等待遇。

事情真的变得越来越奇怪了。

奇怪的事情还在后头，苏替我修理完毕后，开始给我着装：裤衩、护膝、内衣、内裤、袜子、外套，一样又一样，一层又一层，从里到外，穿的全是海军的制服，而且还是军官制服。当个海军倒一直是我的梦想，但谁想得到会以这种方式来实现梦想。更叫人奇怪的是，最后苏还莫名其妙地给我戴上了一条白金十字项链（大概是护身符吧），和一只名贵的手表（法国牌子的）。把我包装得这么贵重，哪像要送我去火葬场？如果我没死，这样子倒很合适去参加某个高档宴会。

当然，宴会肯定不会参加的，整装完后的我被送上"长江"号潜艇。吕处长对苏的工作深表满意，他一边转前转后地看我，一边肯定地说道：

"哼，不错，我要的就是这个样，很好，像个大教授的儿子。"

我想我父亲充其量不过是个成功的小商人，什么时候变成大教授了？事情发展到这时候，我基本上明白，他们一定是想拿我来顶替哪个大教授的儿子。看来那个大教授的儿子生前可能就在这艘潜艇上服役（一定是做翻译工作），而且可能比我还不幸，死了连尸体都没找回来。现在大教授想和儿子告个别，所以他们不得不找我来顶替一下。这么说，我可能和大教授的儿子还有点挂相。嘿嘿，世上什么奇事都有。

我正在这么想时，吕处长和苏已悄然离去。我估计大教授可能马上就会到，也许他们这会儿正是去码头上迎接大教授了。这边离河内不近啊，大教授为看看儿子和他曾经战斗过的地方，不惜冒着生命危险跑这么远，真是可怜天下父母心。不过他选择晚上来是对的，因为这时候美国飞机一般不会出动。尊敬的大教授，虽然我不是你儿子，但此刻我和你儿子一样爱着你，一样希望你平安。

和我想的不一样，吕处长走后不久，潜艇居然晃晃悠悠地沉入了水底，像条大鱼一样地游动起来。这使我想到，大教授并不在河内，在哪里呢？可能在很远的地方。谁都知道，在当时那种情况下，潜艇一般不会贸然起航。为了让大教授一睹儿子遗体(而且还是假的)，竟然叫一艘潜艇来冒险，由此看大教授绝不会是个寻常人，说不定还是个响当当的大人物呢。

潜艇晃晃悠悠，不知要带我去哪里。

从来没坐过潜艇的我，想不到潜艇晃晃悠悠的感觉是那么美妙，我可以说，这感觉简直跟摇篮的感觉没有两样。我仿佛又回到襁褓中，迷迷糊糊地迎来了死后的第一次睡眠。对一个活人来说，没有谁会记得他的第一次，第一次看见的颜色，第一次听到的声音，第一次来临的睡眠。但对一个死人来说，所有的第一次似乎都在他的等待中发生，所以也都留在了记忆中。我不但记住了我第一次是怎么睡着的，还记住了第一次是怎么醒来的。告诉你吧，我是这样醒来的：有人闯进门来，不小心碰倒了立在门边的衣帽架，发出的声音把我惊醒了。这个人我并不认识，但样子像个水手，他进来后，二话不说将我拽下床，拖出去，拖到一扇半圆形的仓门前。不一会，我听到吕处长的声音：

"把海图拿来。"

这时我已看见吕处长，他刚从过道那头过来。

苏（就是给我梳妆打扮的那个苏）将海图递给吕处长，也许是因为潜艇晃悠的缘故吧，两人索性蹲下来，将海图铺在我身上查看起来。

"我们现在在哪里？"吕处长问苏。

"在这，"苏指着海图说，"这里就是白家湾海滩，我们现在距离它大概有十海里。"

"现在风浪情况？"吕处长又问。

"很理想，按照现在的浪力和风向，天亮前肯定会冲上海滩。"

吕处长看了看时间，对水手命令道："行动吧！"

水手打开仓门，奋力将我推出潜艇。

我怎么也没想到，事情的结果会是这样。

09

我的故事和难忘经历正在一点点推进。

我说过，三十年前，一个偶然的变故，我被人错误地当作了胡海洋。更要命的是，三十年来这个错误一直未能得到改正，因此我也就一直被人们当作"胡海洋"爱着，或者恨着。我想这对任何一个人来说都是不愿意的，也不公平，所以我急切地想把那个变故说出来，以澄清我跟胡海洋的关系。

当风浪像吕处长期望的一样，将我冲上白家湾海滩后，当地两个渔民很快发现了我。我一直怀疑这两个渔民的身份，怀疑他们是中国情报部门的人。为什么呢？因为他们发现了我后，对我身上的财物似乎没有什么兴趣，有的只是一种高度的"美军利益"，将他们的发现立刻报告给了驻地美军当局。

我的身份（越南海军官员）足以引起美军当局重视，一个调查小组迅速赶到现场，将我带到附近一个机关里，对我从头到脚进行了搜身检查。我知道，他们一定想从我身上搜刮什么军事情报，可我不过是后方一个军需仓库的勤杂人员，身上会有什么情报？但从他们搜到的东西看，我显然想错了。

他们从我身上搜出的东西有：

1. 一本海军军官证，证明死者生前是越南海军参谋部特情处胡海洋参谋；

2. 一张上面签有"雪儿"芳名的倩影照，和她两封情意绵绵的情书；

3. 一封家信，信中流露出死者父亲是个有政治影响力的大教授；

4. 一张银行催款的欠债单，表明主人是个挥霍无度的纨绔子弟；

5. 一封绝密信件，写信人是当时中国援越陆军某部队的二号人物，收信人是援越海军某部队的头号人物，信中透露了他们陆军即将从第四防线向美军发起进攻的计划，要求海军予以配合。同时，信中还提到，为掩护起见，他们陆军将在第七防线进行一次演习行动。

我一直不知道自己身上有这么多东西，尤其是还有一份价值连城的"绝密军事情报"。没有人知道，但我知道——我想得出，这一定是吕处长的谋略。事情走到这里，我曾有的种种疑惑都烟消云散，吕处长交给的"任务"我也完成了，剩下的事应该说，全看美国佬信不信了。我当然是希望他们相信，但我的希望对他们来说是狗屁，是咒语。我的咒语最后会不会灵验，只有天知道了。

与我身上的情报相比，我的尸体是无足轻重的。不过，也许是我提供"情报"有功吧，美方没有像我想的一样把我丢在大海里，而是就地寻了一处墓地将我埋葬了。墓地就在大海边，不绝的潮水每天噪得我不得安宁，好在这样我每天都可以遥望我的家乡。一个人待在自己家乡也许不一定会觉得家乡对他有多么重要，只有离开了才会知道家乡对他有多么重要。我的墓前冷冷清清，我的心里一直惦念着美军对我提供的"情报"的处理情况。

大约是半个月后，我冷清的墓前突然飘出玫瑰花香，我睁眼一看，是一个穿着长风衣的女人立在我墓前，手上捧着一束玫瑰花。我并不认识她，而且在这个鬼地方也不可能有谁认识我，所以我想她一定是站错地方了。这墓地自开战以来每天都在增加坟墓，而且出现了许多无名墓，她站错地方不是不可能。

但她一开口我便激动不已，因为她说的正是我一直在惦念的事情。她说，美军从我身上搜到情报后，并没有什么怀疑，立刻将纠集在第七防区的大批军队调往第四防区。然而，当美军的调防刚刚结束，我们的部队就向他们第七防区地发动了闪电般进攻，并一举夺得胜利。最后，她这样说道：

"尊敬的胡海洋参谋，吕处长要我代表中国军方向您致以崇高敬意！您为您的祖国立下了卓越功勋，您的祖国和祖国人民永远不会忘记您……"

我说我不叫胡海洋，我叫韦夫！韦夫！

可她怎么听得到我说的？

又有谁能听得到我说的？

让一个声音从一个世界穿越到另一个世界，真的是太难太难！我不知道，上帝给我设置这么大的困难，不知是在考验我的耐心，还是为了向我说明什么？其实，我说过，要想弄懂上帝的意图同样是困难又困难的，上帝有时候似乎让我们明白了一点什么，但更多时候只是让我们变得更加迷茫。这没有办法。在我们这里，上帝同样常常让我们拿他没办法。

上帝啊，什么时候人类才能听到我说的这些？

2003.05. 完稿出版
2007.11. 大修订
2012.08. 小修订
2013.11. 微修

代跋 《暗算》版本说明
麦家

关于《暗算》,我一直欠读者一个"版本说明"。

有些债欠久了便不想还,兴许是不好意思还了,兴许也是不必要还了。但这种状态有时会戛然而止,好像屋檐口的一片瓦,有一天会突然受地心引力作用,砸碎在地上。

此刻的我,似乎就是这片瓦。

今年,正好是《暗算》出版十周年。这是个时间节点,适合还债。

事情是人做的,不如说是机会促成的。机会就是时间,特定的时间做特定的事。关于《暗算》的版本说明已经一拖再拖,拖过今年更待何时?

不拖了!

我搜索记忆,发现《暗算》的版次着实多:盗版除外,外文不算,中文正版（包括港台）有二十三次，累计印量过百万。这些版次又分两个不同版本：原版和修订版。前者通常被称"茅奖版"，后者说法混乱，有的说"修订版"，有的说"完整版"，有的说"未删节版"，有的把矛头直指我，说是"作者唯一认定版"。

各种说法，莫衷一是，好笑，又叫人要哭。

当中我确实也曾多次被人责难，欲哭无泪。

《暗算》是我继《解密》后的第二部长篇小说，写的时候，我不认为它将成为我一部重要作品，其中一个原因是它来得容易。

我是说，相比于《解密》，它写得很快。

我多次说过，《解密》折腾了我十一年，被退稿十七次之多。这过程已有限接近西西弗神话：血水消失在墨水里，苦痛像女人的经痛，呈鱼鳞状连接、绵延。我有理由相信，这过程也深度打造了我，我像一片刀，被时间和墨水（也是血水）几近疯狂的锤打和磨砺后，变得极其惨白，坚硬、锋利是它应有的归宿。

说实话，写《暗算》时，我有削铁如泥的感觉，只写了七个月（甚至没有《解密》耗在邮路上的时间长），感觉像在路边采了一把野花。

一般说野花成不了大器，但也不一定。

二〇〇三年七月，《暗算》初版面世，出版社名头小：世界知识出版社。这也是"野花"应有的待遇，出身卑微，难嫁名门（卑微是卑微者的墓志铭）。出版半年余，用现今时髦的话讲，出现了屌丝逆袭的苗头：有影视公司找上门，要拍电视剧。有个附加条件，须我亲自操刀，担纲编剧。我想，这有什么难的。当时我在成都电视台电视剧部当专职编剧，这是我的饭碗。

我不犹豫应答下来，说干就干，将近一年，写出三十集剧本。

二〇〇五年底，《暗算》电视剧悄无声息地播出，却怦怦作响地一路窜红，正式拉开屌丝逆袭的剧幕。从此，《暗算》逐渐又逐渐地成了我之"大器"，前行的步履，构成一个为我追名逐利的复杂迷宫。相比，《解密》逊色如一个小媳妇，一位穷亲戚。

正如有人说，一本书像一个人，有命运，命运经常出错牌。

"鸟初叫，花贵了"，主人变得很忙碌，稿约不断，却碌碌无为。

据说，只有鹰才能凝视太阳。我不是鹰，太阳使我眼盲。是的，迅速窜红的《暗算》（小说和电视剧双双踏上红地毯，携手并肩）把我烤得眼冒金星，晕头转向。我像只困兽，在灯光雪亮的房间里找不到门。我不甘困死，只好翻窗。

我是说，我就这样开始重写《暗算》（准确说，是其中一章）。这在业内有个专用词，叫"炒冷饭"，暗示作家情薄才尽；但有时也不尽然。我自以为，我不属前者。

话说回来，在编写《暗算》电视剧本时，我其实只用了小说前面两章，即《听风者：瞎子阿炳》和《看风者之一：有问题的天使》。前者故事完整，人物饱满，情节曲折，职业性强，改编难度不大，要的是一个"注水"工作。但后者似乎只有人物,情节缺乏张力;更要命的是,作为一个破译家,主人公黄依依只有对密码的认知,缺少破译的过程。用个别评论家的话说,这个人物只有"心跳声",没有"脚步声"。

这对改剧是一大软肋。我不得不重新搜罗资料。

搜集的资料比预想的多,可由于电视剧错综复杂的审查机制,能用的材料又比想象的少之又少。大量金属般发亮的素材,只能当废铜烂铁束之高阁,灰尘越积越厚,成了我心里老被蚊叮鼠啃的一个挂念。

在一定的时间里,所有悬挂的东西都将落地。

二〇〇六年底的一天,像今天一样,地球引力发生作用(瓜熟蒂落),我一头扎进电视剧本里(像个导演),把一些素材拎出来,又把一堆束之高阁、蒙尘已久的资料翻出来,开始重写"黄依依的故事"。

这是一次回炉重铸,一次翻天覆地的重写,历时一年带余(比当初写《暗算》全书的时间还要长)。下面三个数据足见重写力度之大:原稿"黄依依"一章四万字,保留下来不到两万字,而新增有十万字。

事实上,它全可以当一部小长篇单立门户。我确实也这样贯之,取名《看风者》,在林建法先生主编的《西部文学》杂志上发表。但未成书出版,因为当时《暗算》刚转到人民文学出版社,新版次在电视剧的强力助阵下销势正旺,若将《看风者》独立成书出版,必将制造混战,于人于己都不利。

最好的选择是,把原书中"黄依依"一章抽掉,换成重写的,推出《暗算》修订本。跟人民文学出版社责任编辑脚印商量,答复是可以的。但由于刚印发一批书,要等市场把它们消化掉再说。

哪知道,不等市场消化掉这批书,《暗算》得茅盾文学奖,被贴上金字招牌。此时再出修订版,无异于自毁长城,自取其辱,只好作罢。

罢了!罢了!心里却念念不忘,偶尔也会跟人说起,消息不胫而走。

一次在北京开会,作家出版社一位编辑领着社长来见我,动员我把《暗算》修订版签给他们。我说,"人文社"肯定不会同意。我们去协调,对方说。协调的结果似是而非,一边说同意了,一边又要我给当时的人文社潘凯雄社长写封信说明情况。我其实猜到他们没有协调下来,要我去协调,把我当枪使。我明知被戏弄,却还是给潘社长写一封长长的信,五千多字呢。这充分透露出我对"修订版"的偏爱,为了它能出世,我甘于忍辱负重,也乐于"制造混战"。

感谢潘社长的大度和仁义,我手机收到他一句回话:收信,你看着办吧。

从此,《暗算》便有两个版本在市场上共存,双方各自为阵,各行其事,不时推出不同版次,有时我自己都搞不清爽谁是谁。呜呼哀哉矣。

前面说过，书如人，有命。《暗算》的命，似乎是个"多版本的命"。总以为，从此再不会衍生新版本，殊不知……

2012年，《暗算》和《解密》一道被英国企鹅买下英语版权，并列入"企鹅经典"文库组织翻译出版。译者米欧敏女士在比照《暗算》两个版本后，选择修订版作为译本。这一定意义上也合我心意。

几个月前，译文完稿，交付编辑。不久，我接到编辑来信，要求删掉最后一章，即《刀尖上的步履》，理由是：前面四章，题材类型是一致的，都是一群天赋异秉的奇人异事，做的也都是事关国家安危的谍报工作，却独独最后一章，岔开去，讲一个国家的内部斗争，两党之争，扭着的，不搭。结构上讲，删掉最后一章，全书分三部、四章，呈ABA结构，是一种古典的封闭性平衡结构，与701单位独具的封闭属性构成呼应；否则为ABB结构，是开放型的，现代性的，形式和内容不贴，云云。

阅罢信，我心生佩服。作为编辑，自是反复细致地研读过文本。于是可以想见，在不久的以后，《暗算》将出现第三个版本（也是本版）。这是它的命。命运很神秘，不可猜。我不知道，该书奇特的命会不会还安排哪个编辑来制造新的版本？

2013.12.12

于杭州

图书在版编目（CIP）数据

暗算 / 麦家著 . —3 版 . — 北京：北京十月文艺出版社，2018.4（2024.8 重印）
ISBN 978-7-5302-1759-7

Ⅰ . ①暗… Ⅱ . ①麦… Ⅲ . ①长篇小说 – 中国 – 当代
Ⅳ . ① I247.5

中国版本图书馆 CIP 数据核字 (2017) 第 282257 号

暗算
ANSUAN
麦家　著

出　　版	北 京 出 版 集 团	
	北京十月文艺出版社	
地　　址	北京北三环中路 6 号	
邮　　编	100120	
网　　址	www.bph.com.cn	
发　　行	新经典发行有限公司	
	电话（010）68423599	
经　　销	新华书店	
印　　刷	山东韵杰文化科技有限公司	
版　　次	2018 年 4 月第 3 版	
印　　次	2024 年 8 月第 26 次印刷	
开　　本	850 毫米 X 1168 毫米　1/32	
印　　张	11.5	
字　　数	241 千字	
书　　号	ISBN 978-7-5302-1759-7	
定　　价	49.60 元	
质量监督电话：010-58572393		

版权所有，未经书面许可，不得转载、复制、翻印，违者必究。